गुरुदत्त
की
लोकप्रिय कहानियाँ

गुरुदत्त
की
लोकप्रिय कहानियाँ

प्रकाशक

प्रभात प्रकाशन प्रा. लि.

4/19 आसफ अली रोड, नई दिल्ली–110002

फोन : 011–23289777 • हेल्पलाइन नं. : 7827007777

इ–मेल : prabhatbooks@gmail.com ❖ वेब ठिकाना : www.prabhatbooks.com

संस्करण

2025

मूल्य

तीन सौ पचास रुपए

मुद्रक

नरुला प्रिंटर्स, दिल्ली

—————— ★ ——————

GURU DATT KI LOKPRIYA KAHANIYAN

Published by **PRABHAT PRAKASHAN PVT. LTD.**
4/19 Asaf Ali Road, New Delhi-110002

ISBN 978-93-5186-294-9

₹ 350.00

पाठकों से निवेदन

अपने आसपास होने वाली किसी भी घटना या दुर्घटना को देखना और उसे शब्द देकर कथारूप देना एक लेखक के लिए ही संभव है। अत: हम कह सकते हैं कि लेखक एक साधारण मानव से अधिक समर्थ होता है और हम उसे द्रष्टा कह सकते हैं। अर्थात् वह व्यक्ति, जो कुछ समाज में घट रहा है या घट चुका है, उसका यथार्थ वर्णन कर हमें उसका ज्ञान देता है। वह वर्णन कितना रोचक है, यह उस लेखक के भाषा ज्ञान पर आधारित होता है।

परंतु उस घटना या दुर्घटना का अनुमानित कारण, परिणाम और उसका हल अपने पात्रों के माध्यम से समाज के सामने रखना एक साधारण द्रष्टा या लेखक से अधिक एक साहित्यकार ही कर सकता है।

साहित्यकार अपने पात्रों द्वारा समाज को एक दिशा देता है। वह अपने पात्रों द्वारा अपने पाठकों को अच्छाई या बुराई का ज्ञान दे सकता है। यही प्रयास स्व. गुरुदत्त ने अपनी कथाओं में किया है। अत: निश्चित ही स्व. गुरुदत्त को हम साहित्यकार की श्रेणी में रख सकते हैं। स्व. गुरुदत्त ने अपनी कथाओं में विशुद्ध भारतीय संस्कृति का वर्णन अत्यंत रोचक ढंग से अपने पात्रों के माध्यम से लिखा।

आज के बदलते परिवेश में हमें कई प्रकार की समस्याओं का सामना करना पड़ता है। इन कथाओं (चालीस वर्ष पूर्व लिखी गई) के पात्र आज वर्तमान में होने वाली घटनाएँ या उनके परिणामस्वरूप होने वाली समस्याएँ या अव्यवस्था को झेलते भी हैं (इन समस्याओं का अनुमान चालीस वर्ष पूर्व उन्होंने कर लिया था)। इन कथाओं के पात्र पाठकों को अपने आसपास घूमते मिलेंगे।

प्रस्तुत पुस्तक में स्व. गुरुदत्त की कुछ ऐसी ही दुर्लभ कथाओं का संग्रह है। प्रथम दो कथाएँ केवल कथाएँ ही नहीं, सत्य घटनाएँ हैं, जो उनके अपने जीवन से संबंधित हैं। भारत विभाजन से पूर्व ब्रिटिश राज की क्रूरता से इस देश का नागरिक कितना त्रस्त था, इसका चित्रण है। शेष कथाओं में अत्यंत रोचक ढंग में आधुनिक भारत के नागरिकों

द्वारा झेली जाने वाली विभिन्न परेशानियाँ हैं। प्रमुखत: न्यायालयों की अव्यवस्था, तथाकथित गुरुओं द्वारा प्राचीन ग्रंथों की मनघड़ंत व्याख्या, धर्मांतरण के दुष्परिणाम, अति आत्मविश्वास, आजादी के पूर्व भारतीय मनस्थिति, युवाओं में पश्चिम का बढ़ता प्रभाव, सरकारी कर्मचारियों का मूर्खतापूर्ण व्यवहार, बेरोजगार के परिणाम, संयुक्त परिवारों की समस्या, युवा मन की उड़ान, उनतर्जातीय विवाहोपरांत बच्चों में असमंजस, आधुनिक युवाओं का दबंगपन तथा कुछ अन्य ऐसी समस्याओं का इन कथाओं में वर्णन है। ये कथाएँ भले ही छोटी हैं, परंतु अपने अंदर एक विस्तृत संदेश सहेजे हुए हैं। ध्यान से पढ़ने व उसके उपरांत मनन करने पर ही पाठक को इनमें छुपा संदेश मिलेगा कि आधुनिकता की दौड़ में कुछ पाने की चाह में हमने कितना खो दिया।

लेखक अपने संदेश में कितना सफल हुए हैं और एक भावुक मन पर इन कथाओं का क्या प्रभाव पड़ता है, इनका निर्णय हम पाठकों पर ही छोड़ देते हैं।

—पद्मेश दत्त

अनुक्रम

ज्ञान की सीमा

जब मैं पाँच वर्ष का हुआ तो मेरे पढ़ने-लिखने की चिंता होने लगी। उन दिनों यह प्रथा थी कि पहले लड़कों को पाधे के पास पढ़ने बैठा दिया जाता था। हमारे मुहल्ले के मेरी आयु के लड़के पाधे के पास पढ़ने के लिए बैठाए गए थे।

जैसे परिवारों के पुरोहित होते हैं, वैसे ही पाधे होते थे। स्वाभाविकतया मुझे भी एक पाधे के पास पढ़ने के लिए बैठाया गया। पाधे ने मेरी नई पाटी ली और उस पर केसर से गणेश (स्वास्तिक) का चिह्न बनाकर उसका पूजन किया और फिर मुझे लुंडी भाषा का 'उड़ा-ऐड़ा' (अ-आ) लिखना सिखाया।

हमारा पारिवारिक पाधा हमारी गली के सामने की गली में रहता था, परंतु उसके पढ़ाने का स्थान कुछ अंतर पर था। उसका विख्यात नाम था—मोती पाधा। वैसे उसके पिता अथवा बाबा का नाम मोती राम था और उनके नाम से ही वह भी मोती पाधा प्रसिद्ध था। वास्तव में उसका नाम था पंडित हुकुमचंद।

मुझे प्रथम शिक्षा तथा दीक्षा देने के लिए पंडितजी को सवा रुपए तथा लड्डू दिए गए। इसके साथ ही सारे मुहल्ले में भी लड्डू बाँटे गए। मैं भी बहुत प्रसन्न था। कारण यह कि मुहल्ले के अन्य लड़कों के साथ मैं भी पढ़नेवाला बन गया था।

लगभग छह मास तक मैं पंडित हुकुमचंद अर्थात् मोती पाधे से पढ़ता रहा। इन छह महीनों में लुंडी के अक्षरों का ज्ञान ही प्राप्त कर सका था। मुझे इससे संतुष्टि नहीं थी और मैं निराश हो गया था।

मेरा एक मित्र था चुन्नीलाल। हमारे मकान के सामने के मकान में रहता था। वह मुझसे आयु में कुछ बड़ा था और एक अन्य पाधे से पढ़ा करता था। वह शिक्षा में पहाड़े (गुणा करने के गुर) सीख चुका था।

एक दिन उसने मुझे कहा कि चलो हमारे पाधे के पास। तुम्हारे मोती पाधे को तो पढ़ाना ही नहीं आता। मैं भी पहले वहाँ पढ़ने बैठा था, परंतु जब उसने कुछ पढ़ाया नहीं तो मैं उसे छोड़ 'टक्साल' वाले पाधे से पढ़ने जाने लगा हूँ। मुझे उसकी बात पसंद आई

और मैं बिना पिताजी तथा माँ को बताए उसके साथ उसके पाधे के पास जा पहुँचा।

पाधे के सम्मुख मुझे प्रस्तुत किया गया तो पाधे ने कह दिया, "सवा रुपया लाओ।"

मैंने पाधे को बता दिया कि मैं पिताजी को बताए बिना ही आया हूँ और मेरे पास रुपए नहीं हैं। उसने कहा, "अच्छा, कुछ दिन आओ और फिर घर से माँग लाना।"

मैं उस पाधे के पास जाने लगा। मुझे जमा-बाकी तथा पहाड़े सिखाए जाने लगे। अभी मुझे वहाँ जाते कुछ ही दिन हुए थे कि पाधा हुकुमचंद पिताजी के पास शिकायत लेकर आ पहुँचा कि मैं उसके पास पढ़ने नहीं आता। यह बात उसने मेरे पीछे कही थी। उस समय मैं टक्सालवाले पाधे के पास पढ़ने गया हुआ था।

इस कारण मेरी खोज होने लगी। सायंकाल मैं अपनी पाटी और कलम-दवात लिये आया तो पिताजी ने बुला लिया। मैं उनके सामने दुकान पर जा खड़ा हुआ। पिताजी ने पूछा, "कहाँ से आ रहे हो?"

"पाधे से पढ़कर।"

"तुम वहाँ नहीं थे?"

"मैं टक्सालवाले पाधे से पढ़ने जाता हूँ।"

"पर वह तो मुसलमान है?"

"वह मोती पाधे से अच्छा पढ़ाता है और मैं जमा, बाकी तथा पहाड़े सीख रहा हूँ!"

"कब से जा रहे हो वहाँ?"

"दो महीने से।"

"और उसने नजर (दक्षिणा) नहीं माँगी?"

"माँगी थी!"

"तो कहाँ से दी थी?"

"मैंने कहा था कि मैं आपसे पूछे बिना पढ़ने आया हूँ। उसने कह दिया कि कुछ दिन आओ, फिर घर से माँग लाना।"

इस घटना ने मेरी शिक्षा की चर्चा आरंभ कर दी। दुकान पर फोरमैन क्रिश्चियन स्कूल के मास्टर लाला बूटाराम आया करते थे। वह हमारे मुहल्ले में ही रहते थे और मास्टरजी करके पुकारे जाते थे।

वह कई बार पिताजी को कह चुके थे कि मुझे स्कूल में प्रवेश दिलाना चाहिए, पाधे की प्रथा अब नहीं रहेगी। पिताजी का विचार कुछ भिन्न था। हमारी दुकान के सामने के मकान में एक पंडित धर्मचंद रहते थे। वह नित्य दुकान पर एक-आध लवंग लेने आया करते थे। पंडित धर्मचंद रहनेवाले अमृतसर के थे और उन दिनों लाहौर आकर रहने लगे थे। किसी समय वह स्वामी दयानंदजी के साथ लेखक के रूप में रह चुके थे, इस कारण

पिताजी के मन में उनके प्रति भारी श्रद्धा थी। वह पिताजी को कहा करते थे कि गुरुदास को जरा बड़ा होने दें, फिर इसे संस्कृत पढ़ाकर वैद्यक सिखा दें। तब यह वैद्य बन जाएगा।

पिताजी की दुकान अत्तारी की थी और उन दिनों वह हिकमत (चिकित्सा-कार्य) भी करते थे। अत: पंडित धर्मचंद की योजना पिताजी को पसंद थी और वह उचित समय की प्रतीक्षा कर रहे थे।

परंतु अपने आप पाधा बदलने की घटना से अविलंब कुछ करना आवश्यक हो गया।

हमारी दुकान पर मुहल्ले के युवक, जो मेरे बड़े भाई साहब के मित्र थे, एकत्र हुआ करते थे। यहाँ एक प्रकार की गोष्ठी हुआ करती थी। एक व्यक्ति समाचार-पत्र पढ़ा करता था और सब सुना करते थे और फिर चर्चा आरंभ हो जाती थी।

उस दिन पिताजी ने मेरी बात सबको बता दी कि मैंने अपना पाधा स्वयं ही बदल लिया है। मास्टर बूटाराम भी प्राय: वहाँ आया करते थे और वह उस दिन भी उपस्थित थे। उन्होंने पिताजी को कह दिया, ''इसे हमारे स्कूल में भरती करा दो। वहाँ उर्दू तथा अंग्रेजी भी पढ़ाई जाती है।''

पिताजी ने पूछ लिया, ''वहाँ हिंदी भी पढ़ाते हैं क्या?''

''नहीं।''

वहाँ उपस्थित बालकराम कहने लगे, ''इसे हमारे स्कूल में भरती करा दो। वहाँ हिंदी भी पढ़ाई जाती है।''

बालकराम हमारे मुहल्ले का ही युवक था और डी.ए.वी. स्कूल में आठवीं कक्षा में पढ़ता था। उसकी बात सुनकर मास्टर बूटाराम ने कह दिया, ''वहाँ उर्दू नहीं पढ़ाई जाती और बिना उर्दू पढ़े इसे कहीं नौकरी नहीं मिलेगी।'' पिताजी के मुख से निकल गया, ''गुरुदास नौकरी नहीं करेगा।''

मास्टरजी हँस पड़े। उन दिनों स्कूल में पढ़ाने का अभिप्राय यह लिया जाता था कि लड़का पढ़-लिखकर कहीं नौकरी करे। पिताजी के मस्तिष्क में संभवतया पंडित धर्मचंद की योजना थी।

अत: मेरी पढ़ाई का काँटा फिर बदला। अपने मुहल्ले से कुछ ही दूरी पर एक प्राइमरी स्कूल में मुझे पढ़ने भेजा गया। उस स्कूल में उर्दू तथा हिंदी, दोनों भाषाएँ पढ़ाई जाती थीं।

इस प्राइमरी स्कूल में एक वर्ष तक मैं पढ़ा। एक वर्ष के उपरांत मुझे डी.ए.वी. स्कूल की प्रथम श्रेणी में भरती करा दिया गया।

इन दिनों मैं बड़े भाई साहब के साथ आर्यसमाज के साप्ताहिक सत्संगों में जाने लगा था। मेरा उनके साथ जाने में आकर्षण यह था कि भाई साहब सत्संगों से लौटते हुए

लाहौरी दरवाजे से दो-तीन आने के फल खरीद लाया करते थे और वे मुझे भी खाने के लिए मिलते थे।

बहुत ही सस्ता काल था। तीन पैसे के एक दर्जन अच्छे केले, एक आने दर्जन संतरे, मौसम के दिनों सहारनपुरी कलमी आम एक आने के दर्जन मिल जाते थे और फिर भाई साहब द्वारा तीन आने में खरीदे हुए फलों से घर में दावत हो जाती थी। अत: मैं बहुत ही शौक से जाता था और वापसी में फल खरीदकर खाने का लोभ ही जाने में मुझे उत्साहित करता था।

आर्यसमाज अनारकली में भाई साहब के एक मित्र थे मास्टर हरगोविंद। जब भी आर्यसमाज में कोई सेवा-कार्य होता तो दोनों सेवा के लिए अपना नाम लिखाया करते थे। अत: दोनों में काफी घनिष्टता थी।

मास्टरजी का एक लड़का था मदनगोपाल। वह भी डी.ए.वी. स्कूल की पहली कक्षा में पढ़ता था। भाई साहब ने जब बताया कि मुझे भी डी.ए.वी. स्कूल में भरती कराया जा रहा है तो मास्टर हरगोविंद ने कह दिया कि मैं भी मदनगोपाल के साथ ही स्कूल चला जाया करूँ। मदनगोपाल लाहौरी दरवाजा सूत्तर मंडी में रहता था। वह स्थान हमारे स्कूल के रास्ते में ही था।

फिर भी पहले दिन मैं बालकराम के साथ ही स्कूल गया। उसने ही स्कूल में मेरा फॉर्म भरकर मुझे भरती कराया था। प्रवेश शुल्क चार आने और पीछे दो आना शुल्क प्रति मास देने का नियम था। कुछ दिन तक मैं बालकराम के साथ गया और फिर मैं अकेला जाने लगा।

अगले महीने स्कूल में एक घटना हो गई।

'वच्छो वाली' प्राइमरी स्कूल में तो केवल तीन मास्टर थे, परंतु यहाँ डी.ए.वी. स्कूल में दस श्रेणियाँ थीं और पंद्रह-सोलह मास्टर थे। हेडमास्टर था, क्लर्क था, चपरासी था और फिर एक 'ड्रिल मास्टर' था। इस प्रकार एक भीड़-भाड़ थी।

दूसरे महीने की फीस दो आने मैं लेकर गया तो मुझे विदित नहीं था कि कहाँ जमा करानी चाहिए। मैंने मदनगोपाल से पूछा तो वह मुझे अपने साथ ही ले गया। उसे भी फीस जमा करानी थी। उसने हम दोनों की फीस जमा करा दी। क्लर्क बाबू ने चार आने लिये और रजिस्टर पर लिख दिया। फीस देकर हम चले आए।

इसके आठ-दस दिन उपरांत स्कूल का चपरासी आया और मुझे कक्षा में से उठाकर हेडमास्टर के कमरे में ले गया।

हेडमास्टर की मूँछें कुछ-कुछ वैसी ही थीं जैसी क्लर्क बाबू की थीं। जब उनके कमरे में पहुँचा तो उन्होंने पूछ लिया, "तुम गुरुदास हो।"

मैंने कहा, "जी हाँ।"

"तुम पहली श्रेणी में पढ़ते हो?"

"जी।"

"इस महीने की फीस नहीं दी?"

"जी, दी है।"

"किसको दी है?"

मैंने हेडमास्टर के मुख पर देखकर कहा, "जी, आपको दी है?"

हेडमास्टर ने तीन-चार बार पूछा और मैंने यही दुहराया कि आपको दी है। इस पर हेडमास्टर को क्रोध चढ़ गया और उसने कमरे की अलमारी में से बेंत निकालकर मुझे कहा, "हाथ निकालो।"

मैंने हाथ आगे किया तो हेडमास्टर ने तीन बेंत लगाकर पुनः पूछा, "फीस किसको दी है?"

क्रोध तो मुझे भी आ रहा था, परंतु मैं विवश था। मैं उनकी मूँछें देखकर प्रत्येक बार यही कहता था कि आपको दी है।

जब आठ-दस बेंत लग चुके और मैं अभी अपनी बात पर दृढ़ था कि मैंने फीस उनको ही दी है तो मेरी आँखों में आँसू छलकने लगे। इस पर हेडमास्टर साहब को कुछ चेतना आई। वह कुछ विचारकर पूछने लगे, "तुम अकेले ही मुझे फीस देने आए थे अथवा तुम्हारे साथ कोई और भी था?"

मुझे भी स्मरण हो आया। मैंने कहा, "जी, मेरा एक दोस्त है मदनगोपाल। वह मेरी ही कक्षा में पढ़ता है। हम दोनों ने एक साथ दी थी।"

इस पर चपरासी भेजकर मदनगोपाल को बुलाया गया। वह आया तो हेडमास्टर ने उससे पूछ लिया, "तुमने इस महीने की फीस दी है?"

"जी।" मदनगोपाल ने कहा।

"इस लड़के ने भी दी है?"

"जी। हम दोनों ने एक साथ दी थी।"

"किसको दी थी?"

"क्लर्क बाबू को।" मदनगोपाल ने कहा।

अब क्लर्क को बुलाया गया। वह मदनगोपाल को पहचानता था। उसने रजिस्टर में उसके नाम के आगे चार आने जमा लिखे थे।

भूल क्लर्क बाबू की थी। दोनों की फीस एक के नाम के आगे जमा की गई थी। परंतु हेडमास्टर का रोष तो मेरा उनका नाम लेने पर था। मेरे कथन का अर्थ यह लिया गया कि मैं उनको बदनाम कर रहा हूँ। अतः उन्होंने फिर मुझसे पूछा, "फीस किसको दी थी?"

अब मैंने क्लर्क बाबू को देखा तो दोनों में अंतर समझ गया। मैंने कह दिया, "इनको दी थी।"

''तुम तो कहते थे कि मुझे दी थी?'' वास्तव में हेडमास्टरजी ने यह प्रश्न अपनी पीटने की सफाई देने के लिए पूछा था। मैंने कह दिया, ''जी, आप दोनों एक जैसे ही लगते हैं।''

इस पर हेडमास्टरजी हँस पड़े।

जब मैं मदनगोपाल के साथ वापस कक्षा में आने लगा तो उसने पूछ लिया कि क्या हुआ है। मैंने सारी बात बताई तो वह भी हँस पड़ा।

उस दिन मैंने अपनी पुस्तकें उठाईं और स्कूल समाप्त होने से पहले ही घर लौट गया।

इसका भी एक परिणाम हुआ। मैं हेडमास्टर साहब को भलीभाँति पहचानने लगा था और वह भी मुझे पहचान गए थे। आर्यसमाज के सत्संग में भाई साहब से उन्होंने मेरी शिकायत लगाई होगी और भाई साहब ने भी मेरे विषय में उन्हें बताया होगा। मुझे फोकट में दस बेंत खाने पड़े थे।

समय व्यतीत होता गया। मैं चौथी कक्षा में पहुँचा। हमारी श्रेणी में एक जयगोपाल पढ़ता था। वह भी हमारे मुहल्ले में रहता था। हम दोनों एक साथ ही स्कूल आते-जाते थे।

हमारे एक मास्टर कृपाराम थे। वह सामान्य ज्ञान तथा 'किंडर-गार्डन' पढ़ाया करते थे। सामान्य ज्ञान में वह देश-विदेश की बातें बताते थे। उन्होंने एक दिन कक्षा में एक 'शेर' सुनाया—

हॉलैंड के एक तिफ्ल ने जान अपनी वार के,
मुल्क अपना बचा लिया पानी की मार से।

इस शेर से संबंधित एक कहानी भी उन्होंने सुनाई थी, परंतु जो बात मैं यहाँ बताना चाहता हूँ, वह है उनका शिक्षा देने का ढंग।

एक दिन मास्टरजी ने दो रंग के कागज लिये। उनको काटकर उन्होंने एक का ताना बनाया और दूसरे का बाना बनाया। फिर उसमें फूल बनाने का ढंग बताया। यह सब बताकर उन्होंने सब लड़कों को अपने-अपने घर से यह बनाकर लाने के लिए कह दिया।

हम दोनों घर पहुँचे। मैंने अपने पिताजी से दो पैसे लिये और रंगदार दो रोगनी कागज़ खरीद लाया। जयगोपाल के पास पैसे नहीं थे। इस कारण मैंने दोनों कागज आधे-आधे उसको दे दिए।

हम दोनों मास्टरजी के बताए अनुसार चटाई बनाने लगे। जयगोपाल ने तुरंत बना ली, परंतु मैं कई बार यत्न करके भी नहीं बना सका।

तीन-चार बार असफल यत्न करने के बाद मैंने जयगोपाल को कहा कि मुझे भी बना दे। उसने इनकार कर दिया। उसका कहना था कि अपना काम स्वयं करना चाहिए।

मैं फिर बनाने लगा, परंतु जब कई बार यत्न करने पर भी नहीं बना सका तो झुंझलाकर

मैंने अपने कागज के टुकड़े-टुकड़े कर दिए।

इस पर जयगोपाल मुझे चिढ़ाते हुए कहने लगा, ''यह देखो, मेरी कितनी सुंदर बनी है!'' मुझे क्रोध आ रहा था। मैंने उसकी चटाई छीनकर उसके भी टुकड़े-टुकड़े कर दिए। मैं जयगोपाल के घर गया हुआ था। जयगोपाल ने कागज के टुकड़े अपने स्कूल की पुस्तकों के थैले में रख लिये और मुझे कहने लगा, कल स्कूल चलो, मास्टरजी से दंड दिलवाऊँगा।

मैं झुँझलाया बैठा था। उसकी बात सुनकर मुझे क्रोध चढ़ आया। मैंने कहा, ''मैं तुम्हें यहीं दंड देता हूँ।'' इतना कह मैं उससे लड़ने लगा। हम दोनों में हाथापाई होने लगी।

कुश्ती हो गई। वह मुझसे दुर्बल था। जब मैंने उसे नीचे पटका और मुक्कों से उसकी मरम्मत करने लगा तो उसने शोर मचाकर अपनी माँ को बुला लिया। उसकी माँ ने आकर हम दोनों को छुड़ाया। इसके बाद मैं अपने घर को लौट गया।

अगले दिन हम दोनों स्कूल साथ-साथ नहीं गए। मास्टर कृपाराम के घंटे में उसने मास्टरजी से मेरी शिकायत कर दी और फटे कागज के टुकड़े निकालकर दिखा दिए।

मास्टरजी ने मुझसे पूछा तो मैंने सत्य-सत्य बात बता दी। इस पर मास्टरजी ने पूछा, ''तुमने अपनी चटाई तो फाड़ी, परंतु जयगोपाल की क्यों फाड़ दी?''

''वह मेरी थी। कागज के दाम मैंने दिए थे।''

''परंतु कागज तुम्हारा होने से चटाई तुम्हारी कैसे हो गई?''

''तो किसकी थी?''

''तुम्हारे पास पैसे कहाँ से आए थे?''

''मैंने पिताजी से लिये थे।''

''पैसे पिताजी के थे तो कागज भी पिताजी का हुआ? तुमने इसे फाड़ने से पहले पिताजी से पूछा था?''

मैं इस न्याय का अर्थ समझ ही रहा था कि मास्टरजी ने मुझे दंड सुना दिया। उन्होंने कहा, ''बेंच पर खड़े हो जाओ।''

मैं बेंच पर खड़ा हो गया। मास्टर कृपाराम की घंटी में मैं बेंच पर खड़ा रहा। इससे जयगोपाल प्रसन्न हो गया और हम पुन: मित्र हो गए।

इस घटना को लिखने का अभिप्राय यह बताना है कि मैं हाथ का काम करने में भद्दा था, परंतु मुझमें एक विशेष बात थी। मैं बात करते हुए युक्ति-प्रतियुक्ति करता था। परंतु युक्ति का आधार तो ज्ञान होता है। यही कारण था कि मैं मास्टरजी की बात का उत्तर नहीं दे सका था। और उन दिनों मेरे ज्ञान की यही सीमा थी।

□

गुरु दक्षिणा

दिसंबर 1919 में मुझे गवर्नमेंट कॉलिज में डिमास्ट्रेटर बना दिया गया। उन्हीं दिनों प्रोफेसर बी.के. सिंह, जिनके साथ मैं रिसर्च कर रहा था, का ढाका तबादला हो गया। उन्होंने जितना रिसर्च का काम लाहौर में हुआ था, उसकी रिपोर्ट पंजाब विश्वविद्यालय को दी और शेष कार्य वहाँ ढाका में जाकर करने लगे। मेरे लिए वहाँ जाने का प्रबंध नहीं हो सका और मैं लाहौर में ही डिमास्ट्रेटर एक सौ पचास रुपए मासिक पर बना दिया गया।

इससे तो मेरे पास अवकाश बहुत रहने लगा। मैं पंजाब विश्वविद्यालय के पुस्तकालय में से राजनीति की पुस्तकें लेकर पढ़ने लगा। इन्हीं दिनों मुझे जॉन स्टुअर्ट मिल तथा हर्बर्ट स्पैंसर को पढ़ने का अवसर मिला।

मैंने इन्हीं दिनों कम्युनिस्ट विचारधारा पर साहित्य भी पढ़ा था। प्लेटो की 'रिपब्लिक' और अरस्तू तथा कांट के विचार पढ़ने का अवसर मिला।

दिसंबर 1919 में अमृतसर कांग्रेस का अधिवेशन हो रहा था। इस अधिवेशन में मैं दर्शक का टिकट लेकर पहुँचा। कॉलिज में क्रिसमस की छुट्टियाँ थीं। मैं नित्य प्रातः लाहौर से अमृतसर जाता था और रात की गाड़ी से लौट आता था। पहले दिन प्रधान का भाषण था। लाहौर से जानेवाली गाड़ी में भीड़ इतनी अधिक थी कि टिकट नहीं मिल सका। मुझे स्मरण है कि बिना टिकट के ही अमृतसर जाना पड़ा था।

उन दिनों मुझे कुछ ऐसा अनुभव हुआ कि अमृतसर के नागरिकों की ओर से जो स्वागत बाल गंगाधर तिलक का हुआ था, अन्य किसी नेता का नहीं हुआ। तिलक के सम्मुख जनसाधारण के अन्य सब नेता छोटे समझे गए थे।

कांग्रेस अधिवेशन का तीसरा दिन था। कदाचित् वह आखिरी दिन था। मैं अमृतसर रेलवे स्टेशन के प्लेटफॉर्म पर गाड़ी की प्रतीक्षा कर रहा था कि एक साहब मेरे पास आए और पूछने लगे, "आप लाहौर में रहते हैं?"

"हाँ।" मैंने कहा।

‘‘वहाँ क्या काम करते हैं?’’ उसका प्रश्न था।

‘‘गवर्नमेंट कॉलिज में प्रोफेसर हूँ।’’ मैं विचार करता था कि यह सामान्य व्यक्ति प्रोफेसर और डिमास्ट्रेटर में अंतर नहीं जानता होगा। इसी कारण मैंने प्रोफेसर बताया था। कदाचित् डिमास्ट्रेटर कहता तो वह समझता भी नहीं अथवा समझ लेता कि कार्यालय में एकाउंटेंट अथवा क्लर्क हूँ।

उस व्यक्ति ने अगला प्रश्न किया, ‘‘आपका शुभ नाम क्या है?’’

मैंने बताया, ‘‘गुरुदत्त।’’

यह सब बात बिना किसी छल-कपट के की गई थीं। परंतु बाद में विदित हुआ कि वह खुफिया-पुलिस का व्यक्ति था।

क्रिसमस के उपरांत जब कॉलिज खुला तो एक दिन हमारे विभाग के प्रोफेसर भाई प्रेमसिंह ने मुझे अपने कमरे में बुलाकर पूछा, ‘‘मिस्टर गुरुदत्त! तुम कांग्रेस अधिवेशन पर गए थे?’’

‘‘जी, गया था।’’ मेरा निश्छल उत्तर था।

‘‘तुम्हें ऐसा नहीं करना चाहिए था। तुम्हें विदित हो कि कांग्रेस सरकार की विद्रोही संस्था है।’’

‘‘तो सरकार ने उसका अधिवेशन क्यों होने दिया है?’’ मेरा यह प्रश्न था।

‘‘यह सरकार जाने। मगर हमें सरकारी नौकरी करनी है। हमें सावधान रहना चाहिए।’’

मैं मुख देखता रह गया। इस पर उसने बताया, ‘‘जानते हो, तुम्हारे वहाँ जाने का क्या परिणाम हुआ है?’’

‘‘क्या हुआ है?’’ मैंने पूछा।

‘‘किसी ने तुम्हें वहाँ देख लिया है और उसने किसी से तुम्हारा नाम पूछा और रिपोर्ट की है। उस रिपोर्ट पर डायरेक्टर एजुकेशन से प्रिंसिपल के पास जाँच आई है और वह गुरुदत्त सोंधी (हमारे कॉलिज के एक अन्य प्रोफेसर) के पास गई है। सोंधी इस पर पसीना-पसीना हो रहा है।

‘‘जब मुझे पता चला कि उससे प्रिंसिपल ने कहा है कि डायरेक्टर को मिलकर सफाई दो तो मैं समझ गया था कि यह शरारत तुम्हारी है। फिर भी मैंने बताया नहीं। मिस्टर सोंधी अभी-अभी डायरेक्टर से मिलने गया है।’’

पहले तो मैं डरा, परंतु बाद में शांत हो गया। मालूम होता है कि सोंधी के कथन के बाद मामला फाइल कर दिया गया था।

परंतु मेरे विरुद्ध एक अन्य प्रकार से मामला उपस्थित हो गया।

सन् 1920 की बात है, एक दिन मैं विश्वविद्यालय पुस्तकालय से दो पुस्तकें

हैरल्ड लास्की की लेकर लैबोरेटरी में आया। मैंने पुस्तकें मेज पर रख दीं और लड़कों को प्रैक्टिकल में सहायता देने लगा।

इस समय हमारे विभाग के सीनियर प्रोफेसर मिस्टर एच.बी. डन्क्लिफ वहाँ मुझे काम करते देखने आए। बाद में जब वह मेज के पास गए तो वहाँ हैरल्ड लास्की की पुस्तकें देख, पुस्तकें उठाकर बहुत देर तक पढ़ते रहे। उसी दिन पीरियड के उपरांत उसने मुझसे पूछा, "ये पुस्तकें तुम क्यों पढ़ते हो?"

मेरा सतर्क उत्तर था, "ज्ञान वृद्धि के लिए।"

"तुम्हें कैमिस्ट्री की पुस्तकें पढ़नी चाहिए।"

मैं चुप रहा।

मुझे कुछ ऐसा प्रतीत होता है कि उस दिन से ही वह मेरी गतिविधियों पर दृष्टि रखने लगा था। उसी वर्ष सितंबर-अक्तूबर में मुझे प्रोफेसर ने किसी खनिज पदार्थ का एक ढेला दिया और कहा, "इसमें पारे की मिकदार पता करनी है। इसे कैसे पता करेंगे?"

मैंने कहा, "मैं साहित्य पढ़कर बताऊँगा।"

उसका कहना था, "एक परीक्षण की योजना बनाओ और मुझे लिखकर बताओ कि इस पर तुम्हें रिसर्च करने के लिए क्या-क्या चाहिए?"

मैंने एक सप्ताह भर इस विषय की सब उपलब्ध पुस्तकें पढ़ीं और एक योजना बनाकर दे दी।

एक परीक्षण को प्रातः चार बजे आरंभ करें तो रात के 9-10 बजे तक वह समाप्त होता था। पहले उस खनिज पदार्थ को नाइट्रिक एसिड में उबाला जाता था। उससे जो कुछ तैयार होता था, उसमें से उसे शुद्ध किया जाता था। कई प्रकार के नाइट्रेट बनते थे। इनमें मर्करी नाइट्रेट भी होता था।

मर्करी नाइट्रेट पृथक् किया जाता था। तदनंतर उसको स्मैल्ट (भूना) जाता था और उसमें से नाइट्रोजन डाइ-ऑक्साइड खालिस नामक घोल में ले लिया जाता था और फिर उस सोडियम नाइट्राई की मिकदार जानी जाती थी।

वैसे खनिज पदार्थ का नाइट्रोजन में घोल तो कई तजुरबों के लिए एकदम तैयार कर लिया था, परंतु उनमें से खालिस पारे का नाइट्रेट निकालने और फिर उसमें नाइट्रोजन का अनुमान लगाने में दिन भर लग जाता था। मैं ये आँकड़े लिखता जाता था।

छह महीने से अधिक लगे एक सौ से ऊपर परीक्षण के परिणाम प्रतीत करने में। छह महीने के उपरांत मैंने अपने आँकड़े प्रोफेसर साहब को दिखाए। तीन-चार दिन आँकड़ों का अध्ययन कर उसने बताया, "ये ठीक नहीं हैं।"

मेरा प्रश्न था, "सर! क्या ठीक नहीं है?"

''परिणाम परस्पर बहुत भिन्न-भिन्न हैं।''

''यह इस कारण कि खनिज पदार्थ के टुकड़े के भिन्न-भिन्न भागों में पारे की मात्रा भिन्न-भिन्न है।''

वह बोला, ''परंतु मेरी जानकारी में इतना अंतर नहीं था।''

उसने यही जाँच अपने पहले संस्थान में कराई थी। वह गवर्नमेंट कॉलिज में आने से पूर्व सैनिक कैमिकल लैबोरेटरी में काम करता था। संभवतया वहाँ उसने अपने किसी असिस्टेंट से यही परीक्षण कराए होंगे।

मैंने पूछ लिया, ''परंतु श्रीमान् यह क्या है और किसलिए यह खोज कराई जा रही है?''

वह बोला, ''यह सरकारी रहस्य है। मैं बता नहीं सकता।''

मेरे मुख से अकस्मात् यह वाक्य निकल गया—

But Sir! I am not a beast of burden who is required to carry load without knowing what is in it. I must know what I am doing and why I am doing.

(श्रीमान्, मैं बोझा ढोनेवाला पशु नहीं कि बिना जाने कि बोझे में क्या है, उसे ढोता रहूँ। मुझे पता होना चाहिए कि मैं क्या और किस उद्देश्य से कर रहा हूँ।)

यह सुनकर उसने कह दिया, ''तुम जा सकते हो।''

मैं चला आया।

उसी वर्ष मैं प्रोफेसर प्रेमसिंह के साथ कश्मीर भ्रमण करने गया तो उस भ्रमण में मिस्टर डन्नक्लिफ के तजरबों पर चर्चा चली। तब प्रोफेसर साहब ने बताया कि मिस्टर डन्नक्लिफ मुझसे बहुत नाराज हैं।

कश्मीर से लौटने पर मुझमें एक अन्य परिवर्तन हुआ। महात्मा गांधी ने विदेशी वस्त्रों की होली कराई थी। मैंने भी अपना पैंट-कोट, नेकटाई-कॉलर इत्यादि होली के लिए दिए थे और तब से मैं खद्दर पहनने लगा था।

ग्रीष्म ऋतु के उपरांत जब कॉलिज खुला तो मैं सिर से पाँव तक खद्दर के कपड़ों में था।

प्रो. डन्नक्लिफ मुझे देख आग-बबूला हो गया। पहले ही दिन उसने पूछा, ''यह क्या पहन आए हो?''

''यह इंडियन ड्रेस है।''

''यह गांधी का यूनिफार्म है।''

''मैं समझता हूँ नहीं है।''

''गांधी सरकार का विद्रोही है।''

''मुझे इसका ज्ञान नहीं।''

मैंने खद्दर के कपड़े नहीं उतारे। इससे पहले एक अन्य घटना हो चुकी थी। प्रिंस ऑफ वेल्स भारत में आया था। गांधीजी ने प्रिंस का काले झंडों से स्वागत करने का प्रस्ताव कांग्रेस से पारित कराया था। कलकत्ता में प्रिंस के जलूस का बहुत जबरदस्त बहिष्कार हुआ था। जहाँ-जहाँ भी वह गया, वहाँ-वहाँ नगर-नगर में बाजार बंद कर उसके स्वागत का बहिष्कार किया गया था।

लाहौर में प्रिंस के जलूस को सफल करने के लिए सब सरकारी अफसरों और कर्मचारियों को आज्ञा हुई कि वे अपने परिवारों को लेकर उनके लिए नियत स्थानों पर जलूस के पहले पहुँच जाएँ।

हमारे प्रिंसिपल का भी एक सर्क्यूलर आया। उसके अनुसार कॉलिज के चपरासी से लेकर सीनियर-मोस्ट प्रोफेसर तक से पूछा गया कि उनके परिवार के लिए कितनी कुरसियाँ रखवाई जाएँ।

हमारे कॉलिज के स्टाफ के लिए हाई कोर्ट भवन के सामने सड़क के किनारे कुरसियाँ लगी थीं। सर्क्यूलर हमारे विभाग में भी आया। मैं प्रोफेसर प्रेमसिंह के कमरे में खड़ा था, जब वह सर्क्यूलर आया। मैंने भाई प्रेमसिंह की राय पूछी। उसने मेरे सम्मुख सर्क्यूलर पर लिख दिया, 'सीन' अर्थात् नोटिस मिला। मैंने भी ऐसा ही लिख दिया।

अगले दिन सब प्रोफेसरों ने अपने परिवार के लिए सीटें लिखकर भेजी थीं। मैंने यह आवश्यक नहीं समझा और मैं जलूस देखने भी नहीं गया।

मैं समझता हूँ कि ऊँट की कमर पर यह अंतिम तिनका सिद्ध हुआ। उस वर्ष ग्रीष्म ऋतु की छुट्टियों में मुझे नोटिस मिल गया कि गवर्नमेंट कॉलिज को मेरी सेवाओं की आवश्यकता नहीं है।

विचित्र बात यह थी कि वे लड़के, जो मुझसे प्रैक्टिकल में सहायता लेते थे, प्राय: मुझको घेरकर खड़े हो जाया करते थे। उन दिनों कांग्रेस स्कूलों, कॉलिजों के बहिष्कार की माँग कर रही थी। विद्यार्थी वर्ग में भी विचार-मंथन हो रहा था। लड़के मुझसे पूछते थे, "हमें कॉलिज छोड़ना चाहिए अथवा नहीं?"

मेरी विचारित राय यह होती थी, "नहीं, सबको पढ़ाई करनी चाहिए।" लड़के विस्मय करते थे। मेरी खद्दर की पोशाक, निर्भीकता से विद्यार्थियों से बातचीत, देशप्रेम और अंग्रेजी राज्य की समाप्ति के विचारों से यह राय मेल नहीं खाती थी। मैं यथासंभव उनको बताता था कि प्रत्येक कार्य अपने-अपने समय पर ठीक होता है।

ऐसा प्रतीत होता था कि कुछ एक विद्यार्थी मेरी मुखबिरी भी करते थे।

एक दिन भाई प्रेमसिंह ने मुझे अपने कमरे में बुलाकर कमरे का द्वार बंद कर कहा, "प्रोफेसर डन्नक्लिफ तुम्हारी बात पर विस्मय करता है।"

"क्या कहता है?" मैंने पूछा।

''कहता था, यह गुरुदत्त न समझ में आनेवाली पहेली है। यह लड़कों को कॉलिज छोड़ने को नहीं कहता, परंतु उन्हें सरकार के विपरीत तैयार करता है। वह कहता है कि अंग्रेजी सरकार को अब यहाँ से जाना चाहिए।''

भाई प्रेमसिंह ने मुझे बताया कि उसने प्रोफेसर से कहा है, ''गुरुदत्त एक सही दिमाग का देशभक्त है। परंतु प्रोफेसर ने कह दिया है कि वह तुम्हें खतरनाक बागी समझता है और तुम्हारी सेवाएँ टर्मिनेट करने के लिए अधिकारियों को लिख चुका है।''

प्रेमसिंहजी ने मुझे आगे कहा, ''मिस्टर गुरुदत्त! मुझे बहुत खेद है कि मैं तुम्हें यह बुरा समाचार सुना रहा हूँ।''

दुःख तो मुझे भी हुआ था। उस समय मैं दो बच्चों का पिता था। परंतु अपने भाग्य पर भरोसा करते हुए मैंने कह दिया, ''सर! देखा जाएगा।''

भाई प्रेमसिंह की मुझसे अत्यंत सहानुभूति थी। पर मेरा मार्ग विलक्षण था। उसने मुझे कहा, ''व्यर्थ में खद्दर-वद्दर के झगड़े में पड़कर तुमने अपना भविष्य बिगाड़ लिया है।''

''प्रोफेसर साहब! मुझे अपने भाग्य पर विश्वास है।'' मेरा कहना था।

बस उस दिन से मेरे जीवन का नया पट खुला।

□

भाई प्रेमसिंह की सूचना से कि गवर्नमेंट कॉलिज की मेरी नौकरी समाप्त हो रही है, मुझे चिंता तो लगी थी, परंतु भविष्य का भय नहीं था।

मैं कॉलिज लैबोरेटरी से निकल कॉलिज के सामने गोल बाग में जाकर वहाँ रखी बेंच पर बैठ यह विचार कर रहा था कि किसी स्कूल में टीचर का काम ढूँढ़ना चाहिए। इस समय प्रो. रुचिराम टाउन हॉल की तरफ से हाथ में टैनिस का बल्ला लिये घुमाते हुए आते दिखाई दिए।

प्रो. रुचिराम कैमिस्ट्री विभाग में सीनियर प्रोफेसर रह चुके थे। उन दिनों वह रिटायर हो चुके थे। प्रोफेसर साहब ने मेरी कई प्रकार से सहायता की थी। इस विषय में अपने शिक्षा संबंधी संस्मरणों में मैं लिखूँगा।

प्रोफेसर साहब ने मुझे बेंच पर बैठे देखा तो मेरे सामने आ पूछने लगे, ''हैलो गुरुदत्त! वट आर यू डूइंग हियर?'' (गुरुदत्त! यहाँ बैठे क्या कर रहे हो?)

मैंने बताया, ''मुझे अभी पता चला है कि मेरी सेवाएँ कॉलिज में समाप्त कर दी गई हैं।''

इस पर प्रोफेसर साहब ने पूछा, ''अब क्या करोगे?''

''सर! विचार कर रहा हूँ।''

''नोटिस मिल गया है क्या?''

"जी, अभी नहीं।"

"तो नोटिस आने दो। जब आए तो वह लेकर मेरे पास आ जाना। मैं तुम्हें काम दूँगा। मैं अभी-अभी तुम्हारे विषय में ही विचार कर रहा था।"

"मैं अवश्य मिलूँगा।"

सरकारी नौकरी से पेंशन लेकर प्रोफेसर रुचिराम कांग्रेस में काम कर रहे थे। वह भी खद्दर पहनने लगे थे।

इसके कुछ दिन पश्चात् ग्रीष्म ऋतु की छुट्टियाँ आरंभ हो गईं। 'ट्रिब्यून' समाचार-पत्र में दयालसिंह कॉलिज में कैमिस्ट्री के प्रोफेसर के लिए विज्ञापन निकला था। मैंने अरजी भेज दी। प्रोफेसर रुचिराम दयालसिंह कॉलिज की मैनेजिंग कमेटी के सदस्य थे। मैं समझा था कि प्रोफेसर साहब इसी काम के विषय में कह रहे थे। इसी कारण मैंने अरजी कर दी थी।

परंतु भाग्य में कुछ अन्य लिखा था। अगस्त मास के मध्य में मुझे डायरेक्टर ऑफ एजुकेशन का नोटिस मिला कि सरकार को मेरी सेवाओं की आवश्यकता नहीं है। उस समय मैं सपरिवार हरिद्वार गया हुआ था। अतः प्रोफेसर रुचिरामजी की बात स्मरण कर मैं लाहौर आया और प्रोफेसर साहब से मिला।

उन्होंने मेरा नोटिस देखा तो कहा, "दो अक्तूबर से तुम्हारी नौकरी छूटी है और दो अक्तूबर को प्रातःकाल मुझसे मिलना। तुम्हें काम मिल जाएगा।"

मैं समझा नहीं कि यह दयालसिंह कॉलिज में प्रोफेसरशिप है अथवा कुछ अन्य।

मैं दो अक्तूबर की प्रातः नौ बजे प्रोफेसर रुचिरामजी से मिला तो उन्होंने मुझे नेशनल कॉलिज के प्रिंसिपल आचार्य जुगलकिशोर के नाम एक लिफाफा देकर कहा, "यह पत्र आचार्यजी के पास ले जाओ और वहाँ पर काम करो।"

मैं ब्रैडला हॉल के समीप खुली भूमि पर बनी नई इमारत में जा पहुँचा। वहाँ कांग्रेस द्वारा संचालित नेशनल कॉलिज के प्रिंसिपल आचार्य जुगलकिशोर के सामने जा खड़ा हुआ।

आचार्यजी ने पत्र पढ़ा और मुझे अपने समीप बैठाकर बताया, "कांग्रेस की एजुकेशन कमेटी ने बेसिक शिक्षा प्रणाली पर एक स्कूल खोला है। तुम्हें उसमें हेडमास्टर नियुक्त किया गया है।"

मुझे संतोष इस बात का था कि मैं बेकार एक दिन के लिए भी नहीं हुआ। यह ठीक है कि मैं दयालसिंह कॉलिज में प्रोफेसर बनने की आशा करता था, इस कारण मुझे कुछ निराशा हुई थी।

परंतु यह निराशा अधिक काल तक नहीं रही। साथ ही शिक्षा संबंधी उद्‌देश्यों का प्रथम पाठ मुझे उसी दिन मिला।

मैं स्कूल की फिट हो रही लैबोरेटरी को देख रहा था कि आचार्य जुगलकिशोर भाई परमानंदजी के साथ लैबोरेटरी की ओर आते दिखाई दिए। वास्तव में आचार्यजी भाईजी से मेरा परिचय कराने आए थे।

भाईजी को मैं भलीभाँति पहचानता था। आर्यसमाज के प्लेटफॉर्म पर अनेक बार उनके दर्शन कर चुका था और उनके मुकदमे, फाँसी, फिर आजन्म कैद का सब वृत्तांत जानता था। मुझे यह भी ज्ञात था कि कैसे पंडित मदनमोहन मालवीय तथा बाद में श्री सी. एफ. एंड्रूज के प्रयत्नों से भाईजी सन् 1920 में छूटे थे और भाईजी अब शिक्षा के क्षेत्र में काम कर रहे थे।

जुगलकिशोरजी ने मुझे कहा, ''आप हैं भाई परमानंदजी! आपने नाम तो सुना होगा?''

मेरी हँसी निकल गई। मैंने कहा, ''आचार्यजी! आज भारत में भाईजी को कौन नहीं जानता?''

मेरा मतलब था मेरा परिचय कराइए। परंतु आचार्यजी ने मतलब की बात की, ''आप इस स्कूल के मैनेजर हैं, अतः आप इनके अधीन हैं।''

अब आचार्यजी ने मेरा परिचय जैसा प्रो. रुचिरामजी के पत्र में लिखा था, करा दिया।

भाईजी ने आचार्यजी को छोड़कर मुझसे सीधी बातचीत आरंभ कर दी। वह कहने लगे, ''गुरुदत्त! गवर्नमेंट कॉलिज से क्यों चले आए हो?''

''जी, मैं छोड़ नहीं आया, निकाल दिया गया हूँ।''

''किस जुर्म के लिए।''

''देशभक्ति के अपराध के कारण।''

''तो लड़कों को कॉलिज का बहिष्कार करने को कह रहे थे?''

''जी नहीं। उनको वहाँ पढ़ते हुए देश से प्रेम करने को कहता था।''

भाईजी के मुख पर मुसकराहट आई और उन्हें मेरे इस उत्तर से संतोष अनुभव हुआ। उन्होंने बात बदलकर पूछ लिया, ''यहाँ क्या पढ़ाओगे?''

''मुझे साइंस पढ़ाने के लिए कहा गया है और वह भी हिंदी में।''

''साइंस के टेक्निकल शब्दों का क्या करोगे?''

इस समय तक मैं अपने मस्तिष्क में इस समस्या का सुझाव विचार कर चुका था। मैंने कहा, ''भाईजी, वे शब्द जिनका पर्याय हिंदी में नहीं, उनको विद्यार्थियों के मस्तिष्क में बैठाने के लिए अंग्रेजी अक्षरों में बोर्ड पर लिखकर हिंदी में उनका उच्चारण लिख दूँगा। फिर लड़कों को कहूँगा कि कॉपी पर लिख लो। जब उस शब्द का बीस-तीस बार प्रयोग होगा तो वह शब्द हिंदी भाषा का अपना हो जाएगा। शेष पढ़ाई तो ऐसे

कराऊँगा जैसे इतिहास, भूगोल पढ़ाया जाता है।''

मेरी इस सफाई ने भाईजी के मस्तिष्क पर गहरा प्रभाव उत्पन्न किया प्रतीत होता था। वह प्रसन्न प्रतीत होते थे। अब वह पूछने लगे कि इस स्कूल और कॉलिज का उद्‌देश्य क्या समझते हो?

मैंने कह दिया, ''गांधीजी के आंदोलन में स्कूलों-कॉलिजों से निकाले लड़कों को जीवनोपयोगी काम सिखाना।''

''हाँ, कांग्रेसी यही कहते हैं। परंतु मैं समझता हूँ कि हमारा उद्‌देश्य है शिक्षा से उन्हें बहुत अच्छा इनसान बनाना। इतना अच्छा कि सरकार उनको नौकरी देकर अपना कल्याण समझे। शिक्षा का उद्‌देश्य इनसान बनाना है। जिसको इनसानों की आवश्यकता होगी, वह इन शिक्षाओं के पीछे भागेगा। यही मैं चाहता हूँ।''

सरकारी कॉलिज में पढ़ते हुए तो मैं निरंतर विचार करता रहता था कि एम.एस-सी. करने पर कहाँ और कैसी नौकरी मिलेगी। आज पहली बार यह कानों में पड़ा कि वास्तविक शिक्षा वह है, जिसकी सरकार और लोगों को जरूरत हो।

मैं भाईजी का मुख देखता रहा। इसके उपरांत भाईजी साइंस के विषय में अन्य पूछताछ करते रहे।

वास्तव में मेरी राजनीति में नया अध्याय आरंभ हुआ था। गांधीजी की राजनीति तो पहले भी मेरी समझ में नहीं आती थी। भाईजी की नीति थी कि राज्य का बहिष्कार नहीं, वरन् राज्य में देशभक्तों का घुस जाना। यही मैं गवर्नमेंट कॉलिज के विद्यार्थियों को कहता था। देशभक्त बनकर सरकारी अफसर बनो।

यहाँ भाईजी के प्रथम पाठ का अर्थ मैं यह समझा था कि देश में योग्य मानव बनाओ। वे देशभक्त हों तो सरकार देशीय हो जाएगी। यह जड़ों में क्रांति लाना था। फल स्वत: क्रांति ही होगा।

ऐसा प्रतीत होता है कि सन् 1922 में भारत इस प्रकार के विचारों के अनुकूल नहीं था। गांधीजी की योजना असफल हो चुकी थी। कारण कुछ भी मानो, गांधीजी का नाम असफलता का लक्षण होता जा रहा था। नेहरू (मोतीलाल) का नाम जनता के समक्ष आ रहा था।

नेहरू नीति किसी प्रकार से भी भाईजी को पसंद नहीं थी। प्रत्यक्ष रूप में नेहरू-परिवार हिंदू विचार का विरोधी था और भाई परमानंद समझते थे कि देश हिंदू समाज के लिए है और हिंदू समाज ही देश का कल्याण कर सकेगा।

''परंतु भाईजी!''भाईजी के एक शिष्य गोकुलचंद्र ने पूछ लिया, ''गांधीजी भी तो अपने को रामभक्त कहते हैं?''

उन दिनों गांधीजी मोतीलालजी की प्रेरणा से 'खिलाफत' आंदोलन का समर्थन

कर चुके थे। खिलाफत आंदोलन की असफलता पर मुसलमानों में निराशा का संचार हो चुका था और देश में सबसे भयंकर हिंदू-मुसलमान फसाद मोपला-विद्रोह के नाम से संपन्न हो चुका था।

इस प्रकार गोकुलचंद्रजी के कहने पर भाईजी ने आवेश में कहा, ''गांधीजी इज आइदर ए फूल और ए नेव (या तो गांधीजी मूर्ख हैं या धूर्त हैं)।''

भाईजी खिलाफत के पद से भारत का संबंध नहीं मानते थे। मुसलमानों के नेता मुहम्मद अली हिंदुओं को गालियाँ देते थे और कांग्रेसी कहते फिरते थे, ''हिंदू-मुसलमान भाई-भाई!''

यह तो मुझे भाईजी की संगति से ही ज्ञात हुआ था कि देश के लिए त्याग-तपस्या हिंदू ही कर सकता है, मुसलमान तो दूध पीनेवाले मजनूँ हैं।

नेशनल स्कूल में काम करते हुए मेरे राजनीतिक विचारों में भारी परिवर्तन हुआ था। गांधीजी की सदैव और सर्वत्र अहिंसा एक न समझ में आनेवाली बात हो गई थी। साथ ही कांग्रेस का प्रत्येक कीमत पर हिंदू-मुसलिम का ऐक्य का घोष मूर्खतापूर्ण प्रतीत होने लगा था। पंजाब के युवक सत्याग्रह का विकल्प ढूँढ़ने लगे थे।

महामना पंडित मदनमोहन मालवीय, बालगंगाधर तिलक उनसे पूर्व स्वामी दयानंद, विवेकानंद इत्यादि का एक उपाय था, वह था जन-जागृति।

वीर सावरकर, लाला हरदयाल इत्यादि क्रांतिकारियों का दूसरा उपाय था हिंसात्मक क्रांति।

इन दोनों उपायों में मुसलमानों की हैसियत से कहीं कोई नहीं था। उत्तर प्रदेश में एक-दो मुसलमान रामप्रसाद बिस्मिल के साथियों में थे, परंतु वे अपवाद ही कहे जा सकते थे। वस्तुतः ये दोनों आंदोलन हिंदू आंदोलन ही थे।

यह ज्ञान-वृद्धि भाई परमानंदजी की संगति और सान्निध्य का फल था। भाईजी की विचारधारा की सत्यता का प्रमाण मोपला-विद्रोह, सहारनपुर दंगा और कोहाट के हिंदू-मुसलमान फसाद ने प्रस्तुत कर दिया था।

अतः पंजाब में दो आंदोलन चलने लगे। एक तिलक इत्यादि हिंदू विचार के लोगों के पदचिह्नों पर था और दूसरा सावरकर इत्यादि क्रांतिकारियों की नकल पर था। एक का नाम था आर्य स्वराज्य सभा और दूसरा था नौजवान भारत सभा।

इन दोनों आंदोलनों में सक्रिय भाग लेने का अवसर मुझे मिला।

मैं नेशनल स्कूल का हेडमास्टर ही था। एक दिन स्कूल की छुट्टी के उपरांत मैं घर को जा रहा था कि नेशनल कॉलिज के दो विद्यार्थी मेरे साथ चल पड़े। एक थे जो पीछे सरदार भगत सिंह के नाम से विख्यात हुए और दूसरे थे श्री सुखदेव। कुछ दूर तक साथ चलते-चलते भगत सिंह ने कहा, ''मास्टरजी! हम आपके साथ चल रहे हैं।''

"वह तो देख रहा हूँ, कुछ काम है?" मैंने पूछा।

"जी! हम गांधी द्वारा फैलाई भ्रांतियों को जनमानस से मिटाने के लिए एक सभा बनाना चाहते हैं।"

"सभा का क्या नाम रखोगे?"

"यह अभी विचाराधीन है।"

"गांधीजी की किस भ्रांति को मिटाने का यत्न करना चाहते हो?"

"सर्वत्र सदा अहिंसा।"

"यह तो नकारात्मक काम हुआ। कुछ सकारात्मक कार्यक्रम होना चाहिए।"

"उसी के लिए तो आपसे राय कर रहे हैं।"

मैंने मुसकराते हुए पूछा, "सड़क पर चलते-चलते?"

"नहीं, किसी सुरक्षित स्थान पर चलेंगे।" और फिर मैंने भगत सिंह की भेंट केदारनाथ सहगल से करवाई, जो बम बनाना जानता था। भेंट करवाते समय मैंने भगत सिंह से कहा, "गुरु दक्षिणा नहीं दोगे शिष्य!"

"कहिए मास्टरजी, क्या देना होगा?"

"बम का इस्तेमाल कभी किसी निर्दोष की हत्या के लिए नहीं करोगे।"

"ऐसा ही होगा मास्टरजी।"

भगत सिंह ने मुझको दिया हुआ वचन जीवन भर निभाया। असेंबली में भी उस स्थान पर बम फेंका, जहाँ कोई नहीं था।

□

राजनीति

बहुत छोटी अवस्था की बात है। यह स्मरण नहीं कि उस समय कितनी वयस थी। इतना स्मरण है कि मैं तब स्कूल अथवा 'पाधे' से भी पढ़ने नहीं जाता था। उन दिनों मेरा मुख्य काम था खाना-पीना और खेलना।

भाई-दूज का दिन था। बहनें भाइयों को टीका लगाने आई हुई थीं। हम तीन भाई थे और हमारी चार बहनें थीं। इन चार में एक बाल विधवा थी। वह प्राय: पिताजी के घर पर ही रहती थी। कभी-कभार अपनी ससुराल जाया करती थी। तीन बहनें ससुराल से मिठाई, फल, पुष्पमाला और पान लाई थीं। विधवा बहन ने भी छुहारे और बतासे एक थाली में रखकर दूसरी बहनों के सामान के साथ अपनी थाली रख दी थी।

मकान के नीचे के कुएँ से स्नान कर और पहले दिनवाले वस्त्र पहन मैं ऊपर आया था कि माँ ने मुझे नए धुले हुए वस्त्र देकर कहा, "इन्हें पहन लो।"

"क्या है?" मेरा प्रश्न था।

"बहनें टीका लगाएँगी। आज धुले वस्त्र पहनने चाहिए।"

हमारे मकान में ऊपर की मंजिल पर तीन कमरे और एक बरसाती थी। एक कमरे को बड़े भाई ने अपनी बैठक बनाया हुआ था और वह बरसाती में सोते थे। एक अन्य कमरा मँझले भाई के पास था। वह पिताजी के साथ दुकान पर काम करते थे, इस कारण उनके लिए पृथक् बैठक की आवश्यकता नहीं समझी गई थी।

मैं मँझले भाई के कमरे में गया और वहाँ कपड़े बदलकर बड़े कमरे में आ गया। मेरे वहाँ पहुँचते ही माताजी ने कहा, "जाओ दुकान पर, और पिताजी से बहनों को देने के लिए पैसे ले आओ।"

मैं दुकान पर गया। दुकान मकान के नीचे ही थी। हमारा मकान एक तरफ बाजार में पड़ता था, उधर ही दुकान थी। दूसरी तरफ 'भूरिया' की गली थी।

मकान की ऊपर की मंजिल से नीचे आया और दुकान पर जाकर माताजी की बात पिताजी को कह दी। पिताजी ने चार-चार आने की चार कागज की पुड़िया बनाकर दे

दीं और कहा, ''यह चारों के लिए हैं।''

मैं ऊपर आ दोनों भाइयों के बीच में बैठ गया। बहनों ने केसर से टीका लगाया। ऊपर चावल लगा दिए। तदनंतर गले में फूलों की माला और मुख में एक-एक टुकड़ा मिठाई डाल दी। बड़े भाई ने बहनों को दो-दो रुपए दिए। छोटे भाई ने एक-एक रुपया दिया और मैंने ताँबे के पैसोंवाली एक-एक पुड़िया दी। तदनंतर मैं नीचे गली में खेलने चला गया। बाल्यकाल का मेरा एक मित्र था। नाम था चुन्नीलाल। वह भी माथे पर तिलक लगाए हुए गली में खड़ा था।

मैं आया तो दोनों खेलने लगे। मध्याह्न के समय भूख लगी तो दोनों अपने-अपने मकान की छत पर चले गए।

उस कमरे में जहाँ बैठ बहनों ने टीका लगाया था, वहीं बैठकर खाना खाया जाता था। मैं बैठा तो माँ ने चने की दाल और चावल की बनी खिचड़ी थाली में डाल दी। मैंने खाते हुए पूछा, ''भाभी!'' माताजी को हम ऐसे ही संबोधित किया करते थे। वह भी किसी की भाभी रही होगी और अब तो परिवार में सबकी भाभी बन गई थीं।

''वह मिठाई?''

''वह तुम्हारी भौजाइयाँ ले गई हैं।''

''और मेरे हिस्से की?''

माताजी चुप बैठी रहीं। समीप बैठी छोटी भौजाई ने पूछा, ''बहनों को क्या दिया था?''

मैंने बताया, ''चार-चार आने।''

वह बोली, ''चार-चार आने में इतनी ही मिलती है।''

वास्तव में मुझे तो कुछ भी नहीं मिली थी। टीका करते समय बरफी का एक छोटा टुकड़ा मुख में दिया था बस! मैंने कहा, ''कुछ तो मिलनी थी।'' इसका उत्तर भौजाई ने नहीं दिया। माँ तो पहले ही चुप थी। मैं भी चुप रहा, परंतु मन में असंतोष बना रहा।

भोजन कर चुका तो माँ ने दुकान पर भेज दिया और कहा, ''पिताजी को भेज दो और स्वयं दुकान पर बैठना।''

दुकान पर जाकर मैंने पिताजी को कहा, ''मुझे मिठाई नहीं मिली।''

''क्यों?''

''भौजाइयों ने ले ली है।''

पिताजी ने कहा, ''वे बड़ी हैं। इसलिए उन्होंने ले ली है।''

मैं इस युक्ति को नहीं समझा। परंतु अब समझने लगा हूँ। इसे समझने में अनुभवों की एक लंबी प्रक्रिया में से गुजरना पड़ा है।

उस घटना को घटे लगभग अस्सी वर्ष व्यतीत हो चुके हैं और अब समझ में आ

रहा है कि इस भूमंडल में राजनीति के नाम पर यही कुछ हो रहा है।

इस लंबे काल के विभिन्न अनुभवों को ही मैं राजनीति की शिक्षा मानता हूँ और इस घटना का अर्थ आज मस्तिष्क में स्पष्ट हुआ है।

परिवार में बड़े का अर्थ तो यह है ही कि जो व्यक्ति कुछ वर्ष पहले इस संसार में आया। यही उस समय मैं समझा था। मैं कुछ वर्ष पीछे क्यों रह गया, यह समझ नहीं सका था। फिर भी यह समझा हूँ कि 'वे बड़े थे, इसलिए ले गए' यह संतोषजनक उत्तर नहीं था। आज भी यह संतोषजनक समझ में नहीं आता।

आज भी राजनीति में इस सफाई को ठीक नहीं माना जाता। परंतु मुझे यह समझ में आ रहा है कि भौजाइयों का मिठाई ले जाना और मुझे केवल उतना ही देना, जो उस समय मुख चोलने को मिली थी, ठीक ही था। दोनों भौजाइयों ने कितना-कितना भाग लिया था, यह मुझे पता नहीं चला। परंतु मुझे मुख मीठा करने मात्र को मिला, यही पर्याप्त समझा गया था।

मैं समाज में नेता नहीं माना जाता। न ही इस समय प्रचारक, उपदेशक, शिक्षक इत्यादि किसी प्रकार की उपाधि से युक्त हूँ।

फिर भी लिख रहा हूँ। इस वृद्धावस्था में उनको स्मरण करने में रस मिलता है। इनसे किसी को लाभ होगा अथवा नहीं, यह मेरी चिंता का विषय नहीं है।

ये संस्मरण बड़े-बड़े नेताओं, गुरुजनों अथवा अधिकारियों से संपर्क के नहीं हैं वरन् बदलते काल में अपने मन और अपनी बुद्धि का विकास तथा देश की प्रगति अथवा विगति की अपने मन पर उत्पन्न प्रतिक्रिया के हैं।

आज देश में व्यापक रूप में जो कुछ समझा जा रहा है, वह अपनी समझ से कुछ विलक्षण है। मैं तो स्वयं को ठीक समझता ही हूँ, परंतु दूसरे जो भी समझें, उनका अधिकार।

जिसे राजनीति समझा जाता है और जब की बात मैं लिख रहा हूँ, तब भी ऐसा ही समझा जाता था, उसका मस्तिष्क पर पहला आघात हुआ सन् 1904 में।

मैं डी.ए.वी. हाई स्कूल की चौथी श्रेणी में पढ़ता था। हमारे एक मास्टर थे लाला कृपाराम। वह हमें किंडरगार्टन और सामान्य ज्ञान की शिक्षा दिया करते थे।

एक दिन वह श्रेणी में आए और कहने लगे, ''कल रविवार है और अपने देश में एक नई बात होनेवाली है।''

सब विद्यार्थियों का ध्यान मास्टरजी की ओर आकर्षित हुआ तो उन्होंने लड़कों से पूछ लिया, ''जानते हो, हमारे देश का क्या नाम है?''

मास्टरजी ने एक लड़के की ओर संकेत कर पूछा, ''मदनलाल! तुम बताओ।''

मदनलाल मेरे साथ ही बेंच पर बैठा हुआ था। वह उठकर बोला, ''हिंदुस्तान।''

''और इसमें रहनेवालों का क्या नाम है?'' मास्टरजी ने पूछा।

''हिंदुस्तानी।''

''कल हम हिंदुस्तानी यह घोषणा करनेवाले हैं कि यह देश हमारा है। अंग्रेज यहाँ से चले जाएँ। जानते हो क्यों?'' मास्टरजी ने लड़कों से पूछा।

मैंने हाथ खड़ा कर संकेत किया कि मैं जानता हूँ।

''हाँ, गुरुदास बताएगा।'' मास्टरजी ने कहा।

उन दिनों मैं गुरुदास के नाम से जाना जाता था।

मैंने खड़े होकर, उन दिनों के एक मशहूर गाने का एक पद बोल दिया—''हिंदी हैं हम, वतन है हिंदोस्ताँ हमारा।''

लड़कों ने ताली बजा दी। मास्टरजी ने कहा, ''कल हम यही घोषणा करनेवाले हैं कि यह हिंदुस्तान हमारा देश है। शहर में लोहे के तालाब पर 'लंगे-मंडी' के मैदान में जलसा होगा और हमारे नेता लाला लाजपतराय व्याख्यान देंगे। सब लड़कों को वहाँ चार बजे पहुँच जाना चाहिए।''

हमारा एक सहपाठी जयदेव था। वह हमारी श्रेणी में सबसे नालायक समझा जाता था। पिछले वर्ष वह इसी श्रेणी में फेल हुआ था। परिणामस्वरूप वह और उसका छोटा भाई दोनों एक ही श्रेणी में पढ़ते थे।

जयदेव शक्ति में और लंबाई में श्रेणी के विद्यार्थियों में सबसे अधिक था। वह उठ खड़ा हुआ और पूछने लगा, ''पर मास्टरजी! अंग्रेजों में क्या बुराई है?'' लड़के हँस पड़े। उनके हँसने का कारण था डी.ए.वी. स्कूल का वातावरण। उस समय पंजाब में आर्यसमाज और आर्यसमाज का डी.ए.वी. स्कूल तथा कॉलिज देशभक्ति सिखानेवाली संस्थाएँ समझी जाती थीं।

परंतु मास्टरजी ने जयदेव को उत्तर में देशभक्ति की वह शिक्षा दी, जिसको मैं आज तक नहीं भूल सका। मास्टरजी ने पूछा, ''जयदेव! कहाँ रहते हो?''

जयदेव अभी भी खड़ा था। वह बोला, ''मुहल्ले सत्थाँ में।''

''किसके मकान में रहते हो?''

''अपने मकान में।''

''वह मकान तुम्हारा क्यों है?''

''मेरे बाप-दादाओं का है।''

''यदि उसमें कोई दूसरा घुस आए तो क्या करोगे?''

''हम सब घरवाले उसको धक्के मार-मारकर निकाल देंगे।''

''तो जयदेव, यही बात हिंदुस्तान की है। यह देश हमारा घर है। हमारे बाप-दादा सदियों से यहाँ रहते आए हैं। और ये गोरे-फिरंगी छह हजार मील से आकर इसमें

घुसकर बैठ गए हैं। इसी कारण हम सब मिलकर उनको धक्के दे-देकर निकाल रहे हैं।''

जयदेव क्या समझा और क्या नहीं समझा, यह तो मैं नहीं जानता, परंतु मेरे मस्तिष्क में बात स्पष्ट थी। मैंने ही तो कहा था, 'हिंदी हैं हम, वतन है हिंदोस्ताँ हमारा।' और मास्टरजी ने मेरी बात का समर्थन किया था।

स्कूल में देश से प्रेम की शिक्षा स्वामी दयानंदजी की शिक्षा का एक अंग थी। उन दिनों उनकी स्मृति में चलाया जा रहा स्कूल और कॉलिज उनकी बात का कार्य-रूप ही था। मेरा राजनीति का आरंभ वहीं से हुआ।

वैसे डी.ए.वी. स्कूल और कॉलिज स्वामी दयानंद की स्मृति में खोले गए, यह ठीक है कि आर्यसमाज और इसके अधीन सब संस्थाएँ देश-प्रेम और ज्ञान की स्वतंत्रता की पोषक मानी जाती थीं। और वे संस्थाएँ जो हिंदू समाज में सुधार के स्थान पर रूढ़िवादिता बनाए रखने का प्रचार करती थीं, वे सरकार-भक्त समझी जाती थीं। इनमें अपवाद कहीं-कहीं ही थे।

मैं अपने संस्मरणों की बात कह रहा हूँ। जिस दिन स्कूल से यह प्रेरणा लेकर कि अगले दिन लाला लाजपतरायजी का व्याख्यान सुनने के लिए जाना है, घर पहुँचा और सायंकाल अपने बड़े भाई लाला लक्ष्मणदासजी से कहा तो वह बोले, ''हम सब व्याख्यान सुनने चल रहे हैं।''

हम सबके विशेष अर्थ थे।

मोहल्ले में आठ-दस के लगभग ऐसे युवक थे, जो स्वयं को पढ़े-लिखे मानते थे। वैसे उनकी शिक्षा आठवीं और दसवीं श्रेणी तक ही थी। मेरे बड़े भाई भी मिडल फेल थे। मोहल्ले में सबसे अधिक पढ़े-लिखे थे लाला बूटाराम। वे 'इंटर' पास थे अर्थात् एफ.ए. (बारहवीं श्रेणी तक) पढ़े थे। वह उन दिनों ईसाई स्कूल में अंग्रेजी पढ़ाते थे। एक अन्य साहब थे। वे थे लाला रामदास वकील। वह भी एफ.ए. पास कर मुखतार की परीक्षा उत्तीर्ण कर कचहरी जाने लगे थे और समय पाकर अभ्यास के कारण वकील का लाइसेंस पा गए थे।

ये दोनों पढ़े-लिखे व्यक्ति मोहल्ले के अन्य नौकरी-पेशा लोगों से अपने को पृथक् समझते थे। इनमें लाला बूटाराम तो कभी-कभार दूसरों की संगति में आ भी जाते थे। वकील रामदास अपने को सर्वथा पृथक् समझते थे।

इन कम पढ़े-लिखे नौकरी-पेशा लोगों की एक गोष्ठी होती थी। ये प्रति सायंकाल पिताजी की दुकान पर मिला करते थे।

मैं सन् 1902 से 1907 तक की बात कह रहा हूँ। उन दिनों पिताजी की दुकान का काम प्रायः दीपक जले समाप्त हो जाता था। उनकी अत्तारी की दुकान थी और साथ ही

चिकित्सा-कार्य होता था।

दीपक जलने के उपरांत ग्राहक प्राय: नहीं आते थे। दुकान के बाहर दो बेंच, एक खाट और एक-दो स्टूल रख दिए जाते थे और भाई साहब के साथी, मोहल्ले के पढ़े-लिखे नौकरी-पेशा लोग वहाँ एकत्र हो जाते थे। एक व्यक्ति दैनिक अथवा साप्ताहिक उर्दू का पत्र पढ़कर सुनाया करता और अन्य लोग सुना करते थे। पढ़नेवाले प्राय: लाला बालकराम होते थे। वह दसवीं जमायत पास थे और 'लाहौर बैंक' में नौकरी करते थे।

किसी दिन कोई विशेष समाचार होता तो सड़क पर चलते-चलते लोग भी खड़े होकर सुनने लगते थे।

मेरी राजनीतिक शिक्षा की दूसरी पाठशाला यही थी। उस दिन भाई साहब ने जब कहा, हम सब चलेंगे तो उनका अभिप्राय इसी गोष्ठी के सदस्यों से था।

उस सायंकाल 'पैसा अखबार' समाचार-पत्र पढ़ा गया। यह समाचार था कि बंगाल की स्वदेशी सभा ने यह फैसला किया है कि पूरे देश में रविवार के दिन सभाएँ की जाएँ, जिनमें यह प्रस्ताव पास किया जाए कि हम विदेशी माल नहीं लेंगे और स्वदेशी माल खरीदा करेंगे।

उस दिन की गोष्ठी में भाई साहब ने कहा कि हम सब लोगों को लंगे मंडी, लोहे के तालाब के मैदान में लाला लाजपतराय का व्याख्यान सुनने चलना चाहिए।

इस स्वदेशी आंदोलन की भी एक पृष्ठभूमि थी। वैसे तो स्वदेशी माल न खरीदने का आंदोलन देश में चिरकाल से चल रहा था। स्वामी दयानंद, स्वामी विवेकानंद, बालगंगाधर तिलक इत्यादि नेता लोग इसके लिए आग्रह कर चुके थे। परंतु उन दिनों इस आंदोलन में उग्रता आने का कारण यह था कि कुछ लोगों ने विदेशी सरकार को यहाँ से निकाल बाहर करने का उपाय यह बताया था कि अंग्रेज हिंदुस्तान में व्यापार करने आए थे और व्यापार में सुविधा प्राप्ति के लिए ही यहाँ राज्य जमा बैठे हैं। इस कारण यदि इनको यहाँ व्यापार करने में सुविधा नहीं रहेगी तो ये स्वयमेव देश छोड़कर चले जाएँगे।

ब्रिटिश सरकार को निकालने की इस योजना को बल मिला था बंगाल-विभाजन के कारण। बंगाल-विभाजन में सरकार को क्या लाभ था, यह तो स्पष्ट नहीं है, परंतु जनता को यह समझ में आया था कि अंग्रेजी सरकार का विरोध देश में रहनेवाले प्राय: हिंदू ही करते हैं। अंग्रेजी सरकार हिंदुओं के विरुद्ध थी और बंगाल-विभाजन बंगाल के धनी-मानी हिंदुओं को हानि पहुँचाने के लिए था। मुसलमान नेता बंगाल-विभाजन का समर्थन कर रहे थे और हिंदू बंगाली हिंदुओं के नेतृत्व में इसका विरोध कर रहे थे।

वास्तव में तत्कालीन वायसराय लॉर्ड कर्जन की नीति का यह एक अंग था। इस कारण आंदोलन के विरोध में अंग्रेजी सरकार को देश से भगा देने के लिए स्वदेशी

आंदोलन जोर पकड़ रहा था।

अगले दिन हमारे मोहल्ले की गोष्ठी के प्राय: सदस्य 'लगे मंडी' के मैदान में जा पहुँचे। मेरे भाई साहब मुझे भी साथ ले गए थे। इस सभा में पंडित विष्णु दिगंबर ने वंदे मातरम् गीत गाया।

पंडित विष्णु दिगंबर भारत के प्रसिद्ध संगीतकारों में हुए हैं। वे रहनेवाले तो महाराष्ट्र के थे, परंतु उन्होंने दो संगीत विद्यालय खोले हुए थे। एक मुंबई में और दूसरा लाहौर में। जिस मैदान में यह जलसा हो रहा था, उसके समीप ही एक मकान में इनका उन दिनों गंधर्व महाविद्यालय के नाम से संगीत विद्यालय चलता था और श्री विष्णु दिगंबरजी ने ही इस सभा में 'वंदे मातरम्' गीत गाया था। इस गीत के विषय में मुझे ज्ञान था। बंकिमचंद्र के उपन्यास 'आनंदमठ' का अनुवाद उर्दू में छप चुका था और पिताजी की दुकान पर कई दिन तक इस उपन्यास का संपूर्ण पाठ हो चुका था। उसमें 'सुजलां सुफलां…' इत्यादि गीत की ख्याति का ज्ञान मुझे था। समाचार-पत्रों में यह विख्यात हो चुका था कि बंगाल में इस गीत को राष्ट्रीय गीत माना जाता है।

लाला लाजपतरायजी के व्याख्यान के पूर्व पंडित विष्णु दिगंबरजी ने गीत गाया और सभा के सब लोगों ने खड़े होकर इस गीत को ऐसे ही सुना मानो भगवान् की आरती उतारी जा रही है।

गीत के उपरांत लाला लाजपतरायजी का व्याख्यान हुआ। लालाजी ने बड़े गर्व से कहा था कि वह हिंदू हैं। उनका कहना था कि यद्यपि सब ओर से लोग हिंदू की निंदा करते हैं, इस पर भी वह हिंदू हैं, हिंदू रहेंगे, हिंदू के रूप में ही मरेंगे। इसके साथ ही उन्होंने एक पक्षी की कथा सुना दी।

किसी वृक्ष को आग लगी थी। उस पर एक तोता बैठा था। वह वृक्ष से उड़कर नहीं जा रहा था। किसी राही ने उसे कहा, "भले पक्षी! उड़ जाओ। तुम्हारे पास पंख हैं, तुम उड़ सकते हो। वृक्ष को आग लगी है। बैठे रहे तो जल जाओगे।"

पंछी ने करुण स्वर में उत्तर दिया—

फल खाए इस वृक्ष के गंदे कीने पात।
धर्म हमारा है यही, जलें इसी के साथ॥

इस पर भी लाला लाजपतराय की यह घोषणा केवल मनोद्‍गार ही थी और मनोद्‍गार बुद्धिशील व्यक्ति के लिए कुछ भी अस्तित्व नहीं रखते।

लाजपतरायजी का व्याख्यान सुनना मेरे लिए नवीन बात नहीं थी। आर्यसमाज के सत्संगों में लालाजी का व्याख्यान पहले सुन चुका था।

मुझे उस दिन की 'लंगे मंडी' वाली सभा की तीन बातें ही स्पष्ट रूप से स्मरण हैं। मैदान खचाखच भरा हुआ था। सभा में 'वंदे मातरम्' गीत लोगों ने ऐसे सुना था मानो

भगवान् की आरती उतारी गई हो और तीसरी बात थी लालाजी का व्याख्यान। लालाजी ने अपनी घंटी की भाँति तेज तथा स्पष्ट आवाज में कहा था, ''इन बनियों की कौम द्वारा अपने देश को लूटने से बचाने का एक ही उपाय है, अंग्रेजी माल का बहिष्कार करो।''

मेरी राजनीतिक शिक्षा की यह स्मृति अमिट रूप से मेरे मस्तिष्क में अंकित है। मैं इस स्वदेशी आंदोलन से राजनीति और अर्थव्यवस्था में संबंध की प्रथम झलक पा गया था।

□

कचहरी के वरांडे में

किसी फौजदारी के मुकदमे में गवाही देने के लिए मैं कचहरी गया हुआ था और जैसा कि साधारणतया होता है, मुझे अपनी बारी की प्रतीक्षा करनी पड़ी।

मुझे ग्यारह बजे पहुँचने की आज्ञा हुई थी और जब मैं निश्चित समय पर वहाँ पहुँचा, तो मैंने देखा कि मजिस्ट्रेट महाशय अभी पधारे ही नहीं थे। इससे तो मैं थोड़ा ही खीजा, किंतु जब मैंने अभियोग-सूची में अपनेवाले अभियोग को सबसे अंत में पाया, तो मैं उद्विग्न हो उठा। मैं इसका कारण जानने में भी असमर्थ था कि मुझे ऐसे समय उपस्थित होने के लिए क्यों कहा गया है, जिस समय कि मजिस्ट्रेट स्वयं ही उपस्थित नहीं हो सकता। मैं न तो अभियुक्त था और न ही उसका गवाह। मैं तो पुलिस का गवाह था। इसलिए मुझे इस पर विस्मय हो रहा था कि अधिकारियों की अनिपुणता का दंड मुझे दिया जा रहा है। कम-से-कम कोर्ट क्लर्क को चाहिए था कि वह अभियोगों को दो भागों में विभक्त कर एक भाग से संबंधित व्यक्तियों को अपराह्न-भोजन के पूर्व और दूसरे भाग के व्यक्तियों को उसके उपरांत बुलाता।

मजिस्ट्रेट महाशय 12.30 पर पधारे, 1 बजे उन्होंने काम आरंभ किया और 1.30 पर वे मध्याह्न-भोजन के लिए चल दिए। जो कोर्ट इंस्पेक्टर हमारे अभियोग का कार्य कर रहा था, उसने बताया कि हमारी बारी लगभग 4 बजे तक आएगी। मैं तो क्रोध से काँप रहा था। मैं पहली बार कचहरी आया था और यह समझने में सर्वथा असमर्थ था कि इस प्रकार समय की निर्मम हत्या क्यों? इंस्पेक्टर मेरी भावना समझ गया, इससे पूछने लगा, ''पहली बार ही कचहरी आए हैं?''

''जी, किंतु क्या यहाँ सदा ऐसा ही होता है?''

''जी, अधिकतर ऐसा ही होता है। बात यह है कि आदमी होते हैं और उन्हें अनेक कार्य भी करने पड़ते हैं।''

मैंने केवल इतना ही कहा, ''मुझे एक बहुत ही महत्त्वपूर्ण कार्य करना था।''

उस समय एक वृद्ध सज्जन वहाँ से जा रहे थे। उन्हें देखकर कोर्ट इंस्पेक्टर की

आँखें चमकीं और वह मुझसे पूछने लगा, ''मिस्टर नाथ, क्या आप इस व्यक्ति को जानते हैं?'' फिर वह स्वयं ही कहने लगा, ''आप किस प्रकार जान सकते हैं? आप तो पहली बार ही कचहरी आए हैं। मैं आपका इनसे परिचय कराऊँगा और मुझे विश्वास है कि आप इन्हें बहुत पसंद करेंगे।''

तब तक उसने उस व्यक्ति को पुकारा, 'लालाजी!'

वह व्यक्ति घूमा और देखकर हमारे समीप आ गया। कोर्ट इंस्पेक्टर ने मेरा परिचय कराते हुए कहा, ''लालाजी, यह हैं चिरंजीलालजी के पुत्र अमरनाथजी। यह आपसे परिचय उत्पन्न करने के लिए उत्सुक हैं।'' फिर मेरी ओर घूमकर कहने लगा, ''आप देखेंगे कि लालाजी बहुत ही दिलचस्प और उपयोगी व्यक्ति हैं।''

यह कहकर मुझे लालाजी के सुपुर्द कर कोर्ट इंस्पेक्टर चला गया। लालाजी ने एक क्षण मुझे सिर से पैर तक देखकर कहा, ''मेरा खयाल है कि मैं तुम्हें जानता हूँ। आपके पिताजी मेरे परम मित्र थे। तुम्हारे चाचा के साथवाले केस में मैंने उनकी सहायता की थी। उस समय तुम तो बहुत छोटे ही थे।''

मैंने उस बड़े अभियोग के विषय में सुन रखा था, जिसे संपत्ति का तिगुना धन व्यय करने पर मेरे पिताजी ने जीता था। मुझे पिताजी ने रामरक्खामल के विषय में भी बताया था, जिसने अभियोग जीतने के लिए उनके पक्ष में झूठी गवाहियों का प्रबंध कर दिया था। इसलिए मैंने उनसे पूछा, ''क्या आप श्री रामरक्खामल हैं?''

''हाँ,'' उसने मेरी पहचान पर संतोष व्यक्त करते हुए उत्तर दिया, ''ऐसा प्रतीत होता है, तुम्हारे पिता ने मेरे विषय में तुम्हें बता रखा है।''

''जी हाँ, वे आपकी सहायता के लिए तो आभारी थे, परंतु मैं समझता हूँ कि उस अभियोग ने उन्हें समाप्त कर दिया। अपनी आयु के सर्वोत्तम दस वर्ष उन्होंने कचहरियों में नष्ट कर दिए और जीतने पर जो लाभ उन्हें हुआ, उसका तिगुना धन वे उस केस पर व्यय कर चुके थे।''

''यह सत्य है, किंतु सभी अभियोगों में लगभग ऐसा ही होता है। यहाँ कचहरियों में साधारण सी चीज के लिए आपको बहुत अधिक व्यय करना पड़ता है। न्याय यहाँ उस मूल्य पर बिकता है, जो प्राय: अन्याय सिद्ध हो जाता है।''

''लेकिन इसके लिए उत्तरदायी कौन है? क्या अभियोक्ताओं को इसके लिए दोषी नहीं ठहराया जा सकता? वे क्यों मुकदमेबाजी में रुचि लेते हैं?''

''सर्वदा ऐसा नहीं होता। अपने विगत बीस वर्षों के अनुभव से मेरी यह धारणा दृढ़ हो गई है कि इस सभी विपत्ति की जड़ वकील लोग हैं। इन लोगों ने सारी स्थिति ऐसी उलझा दी है कि कोई साधारण व्यक्ति बिना वकील की सहायता के कचहरी में अपना अभियोग प्रस्तुत ही नहीं कर सकता। कचहरी अब देश के सर्वसाधारण व्यक्ति

के लिए सार्वजनिक संस्थान नहीं रही। साधारण व्यक्ति और न्याय के मध्य वकील एक ऐसी दीवार की भाँति खड़ा हो गया है, जिसे लाँघने में बहुत साधन और समय का अपव्यय करना पड़ता है।''

''लालाजी, तो क्या आप वकील-वर्ग को सर्वथा समाप्त करना चाहते हैं?''

''बिलकुल, वकील तो बहुत ही भयानक जीव है। अपने मुवक्किल की जीत के लिए उसको सब प्रकार के प्रयत्न करने पड़ते हैं। यह तभी संभव है कि जब विपक्षी के केस में से झूठे अथवा सच्चे दोष ढूँढ़े जाएँ और अपने मुवक्किल के दोष छिपाए जाएँ।''

''उचित तो यही है कि मजिस्ट्रेट और जज को कानून का पूरा ज्ञान चाहिए, जिससे कि उनके निर्णय पूर्णतया कानून पर आधारित हों। व्यक्ति को कठिनाई हो, वह कचहरी में जाकर सरल एवं स्पष्ट में अपनी बात रखे और मजिस्ट्रेट के अथवा जज के सम्मुख ही उसके वक्तव्य को कोई क्लर्क अंकित कर ले। तब न्यायकर्ता उस व्यक्ति को बुलाए, जिसके विरुद्ध शिकायत की गई हो और उसका वक्तव्य भी सुने। तदनंतर विषय से संबंधित साक्षियों को बुलाकर फिर अपना निर्णय दे। इसमें वकील के लिए कोई स्थान नहीं है। मजिस्ट्रेट अथवा जज स्वयं अभियोग का निर्णय कर सकता है।''

''लेकिन लालाजी,'' मैंने कहा, ''केवल एक व्यक्ति का ही निर्णायक होना तो अधिक संदेहास्पद हो सकता है। वकील के होने से कम-से-कम दो व्यक्ति और ऐसे हो जाते हैं, जो कानूनी दृष्टिकोण से विचार करने में न्यायकर्ता की सहायता कर सकते हैं।''

''एक अभियोग में एकाधिक न्यायकर्ताओं द्वारा विचार करने के विषय में तो मैं कुछ नहीं कह रहा। मेरा कहना तो यह है कि किसी पक्ष विशेष द्वारा किराए पर किया गया वकील न्यायकर्ता के निर्णय में कदापि सहायक नहीं हो सकता। विपरीत इसके अधिकांशतया वकील न्याय के मार्ग में बाधक ही होता है।''

''मैं आपको अपने उस केस के बारे में बताता हूँ, जिसमें मेरा आधा जीवन और पूरी शक्ति नष्ट हो गई है।''

बातें करते-करते हम एक हलवाई की दुकान के समीप पहुँच गए थे। मैंने लालाजी को कुछ पीने के लिए कहा, तो उन्होंने सहर्ष स्वीकार कर लिया और फिर अपनी बात बताने लगे, ''मेरी आयु उस समय बीस वर्ष की थी, जब मैं एक दीवानी मुकदमे में फँस गया। मेरा बड़ा भाई, जिसे पिताजी ने दस वर्ष पूर्व अलग कर दिया था और जो बंगाल के किसी नगर में व्यापार करता था, पिताजी की मृत्यु पर आया। मैं शोक में था और वह दस वर्ष बाद आया था। स्वाभाविकतया मैंने उसे अपने साथ रहने दिया। मैंने सोचा, कुछ दिनों में ही वह चला जाएगा, किंतु पिताजी की मृत्यु से संबंधित सारे रीति-रिवाज

पूर्ण हो जाने पर भी मेरे भाई ने जाने का नाम नहीं लिया। एक दिन रात के समय उसने मकान के सभी कमरों और दुकान को ताला लगा दिया। जिस कमरे में मैं सो रहा था, प्रात:काल केवल वही मेरे प्रयोग के लिए छूटा हुआ था। दूसरे दिन उसने संपत्ति के विभाजन के लिए न्यायालय में अरजी दे दी।

''मैंने प्रयत्न किया कि उससे स्वयं बातचीत कर अथवा किसी मध्यस्थ द्वारा मामले को सुलझाया जाए, किंतु उसके वकील ने उसको समझा दिया था कि मध्यस्थ व्यक्ति तो तथ्य से परिचित होने के कारण उसके पक्ष में निर्णय नहीं दे सकता, जबकि कचहरी में होने के कारण उसके पक्ष भी सभी कुछ गवाहियों की बात और वकील के जज को समझाने के ढंग एवं निपुणता पर निर्भर करता है।

''न्यायाधीश को यह प्रारंभिक बात समझने में दो वर्ष लग गए कि अभियोक्ता कौन है और उसकी स्थिति क्या है। मेरा भाई, उसकी पत्नी और पुत्र अभियोक्ता थे, जिनका प्रतिनिधित्व पृथक्-पृथक् वकीलों द्वारा होता था। अल्पवयस्क होने के कारण मेरे भतीजे का प्रतिनिधित्व एक संरक्षक भी करता था, जो कि मेरा भाई नहीं था।

''अभियोग की प्रारंभिक स्थिति में तो मैं स्वयं ही उसकी देखभाल करता रहा। एक अवसर पर जबकि किसी-न-किसी बहाने अभियोग की तिथि बार-बार टलती रही, तो मैंने क्रोध में यह लिखकर दे दिया, 'एक वर्ष से अधिक हो गया है, किंतु कोर्ट अभी तक यह नहीं समझ सका कि कौन-कौन अभियोक्ता हैं और कौन-कौन उनका प्रतिनिधित्व करते हैं। यदि इस प्रकार कार्य होता रहा, तब तो मैं समझता हूँ कि मेरी मृत्यु के बाद ही संभवतया निर्णय हो सके।'

''न्यायालय ने मेरे वक्तव्य पर आपत्ति उठाई और मुझे धमकी दी गई कि मेरे विरुद्ध न्यायालय में मानहानि का अभियोग दायर किया जाएगा। यद्यपि मेरे वक्तव्य में ऐसी कोई बात नहीं थी, किंतु मेरे भाई के वकील ने आपत्ति उठाई और मुझे अपने उस तथाकथित दोष के लिए क्षमा-याचना करनी पड़ी। तब मुझे भी वकील रखना ही पड़ा।

''अभियोग टलता रहा और अंत में हाईकोर्ट के यह निर्णय करने तक कि पिताजी की मृत्यु के समय मेरे बड़े भाई का उसकी संपत्ति में किंचित् भी अधिकार नहीं था, सात वर्ष लग गए, किंतु यहीं इसका अंत नहीं हो गया। जिस संपत्ति पर मेरे भाई ने अपना अधिकार कर लिया था, उसे छुड़ाने में एक वर्ष और नष्ट हुआ।

''इस सबका परिणाम यह हुआ कि मेरा भाई भिखारी बन गया और मेरा मकान खाली करने के कुछ ही समय बाद उसका देहांत हो गया। उसके लड़के की शिक्षा इस कारण ठीक प्रकार से नहीं हो सकी, क्योंकि उसकी संपत्ति के और भी लेनदार थे। इस समय वह बेचारा एक साधारण सी दुकान पर तीस रुपए की नौकरी कर रहा है, मेरे भाई की पत्नी अपने पड़ोसियों के घरों में काम करके अपना गुजारा कर रही है।

''मैंने भी मुकदमा लड़ने के लिए इतना कर्ज लिया कि उसको चुकाने के लिए मुझे वह सब संपत्ति बेचनी पड़ी।

''इससे भी अधिक बुरा यह हुआ कि मुझे कचहरी में आकर वकीलों की बहस सुनने का चस्का लग गया है—और मैं किसी भी व्यक्ति के केस में रुचि लेने लगता हूँ। ईमानदारी के प्रति मेरा विश्वास मिट गया है। कभी-कभी मुझे झूठी गवाही देने पर कुछ रुपए मिल जाया करते हैं।'' अब तक हम ठंडाई पी चुके थे। वह अपने रास्ते चला गया और मैं वापस कचहरी के वरांडे में आकर उसकी बात पर विचार करता हुआ अपने केस की बारी की प्रतीक्षा करने लगा।

□

निस्पृह

अहंकारं बलं दर्पं कामं क्रोधं परिग्रहम्।
विमुच्य निर्ममः शान्तो ब्रह्मभूयाय कल्पते॥

स्वामीजी महाराज उस दिन गीता के उक्त श्लोक की व्याख्या कर रहे थे। वह कह रहे थे, ''पुत्र-कलत्र, धन-संपद्, मानापमान ये सब मनुष्य को इस संसार में बाँधते हैं और संसार दुःखों का घर है। दुःखों से छुटकारा पाने के लिए प्रत्येक प्राणी की आत्मा व्याकुल रहती है।

''संत-जन इनसे दूर रहकर ही परम सुख की प्राप्ति करते हैं। भगवान् ने अपने अमर वचनामृत में कहा, अहंकार, बल, अभिमान, कामना तथा क्रोध को छोड़कर जो व्यक्ति ममता-रहित शांत रहता है, वह ब्रह्म में लीन होने के योग्य माना जाता है।''

इस प्रकार इसी लय में श्री स्वामीजी महाराज त्याग के विचार का प्रतिपादन करते हुए लगभग एक घंटे तक प्रवचन करते रहे। श्रोतागण, सभी स्त्री-पुरुष स्वामीजी के प्रवचन की मधुर शैली, समय-समय पर पुराणादि ग्रंथों के कथानकों से सुसज्जित और भक्तजनों के वाक्यों से अलंकृत इसको मंत्र-मुग्ध होकर सुनते रहे।

हजरत ईसा ने गलीलियों की झील के रेतीले किनारों पर धान बिखेरते हुए कहा था, ''बीज डालना मेरा काम है, कौन सा बीज जमता है और कौन सा नहीं, यह प्रभु के हाथ में है। वहाँ कोई सौ बीजों में से एक जमा होगा, परंतु मानव-मन तो उससे भी कई गुणा अधिक ऊसर है। इस पर तो लाखों में से एक ही जड़ पकड़ता है।''

इस पर भी साधु-जन तो विचार-रूपी बीज बिखेरते रहते हैं और वे इस बात की चिंता नहीं करते कि विचार किसके मन में अंकुरित होता है और किसके मन में जाकर गल जाता है।

लाखों में एक के मन में ही यह फलता है। इन लाखों में एक इस कथा में बैठा हुआ था, रामसहाय, जो एक छोटी सी दुकान का मालिक था, इस तीर का निशाना बन गया।

वह कथा से उठा और लगा बुद्धि चलाने। घर जाते हुए वह विचार कर रहा था, पुत्र-कलत्र, धन-संपद्, मानापमान ये सब मनुष्य को इस संसार में बाँधते हैं और संसार दुःखों का घर है। स्वामीजी के उक्त शब्द पूर्ण मार्ग भर उसके कानों में निनाद कर रहे थे और उसके पग चलते-चलते रुक जाते थे। वह मन में विचार कर रहा था कि यदि यह सत्य है, तो वह किधर जा रहा है। स्वामीजी असत्य भाषण तो कर नहीं सकते और फिर उन्होंने तो भगवान् के वचनों में से ही यह बात कही थी। यह बात असत्य नहीं हो सकती।

तो फिर वह घर जाकर ही क्या करेगा? वहाँ उसकी पत्नी है, उसका नवजात शिशु है। घर पहुँचकर अल्पाहार कर वह दुकान पर जाएगा, वहाँ क्या है, धन-संपद् का स्रोत है।

इस विचार से वह काँप उठा और उसके पग आगे बढ़ते हुए रुक गए। वह अनिश्चित मन था। दुःखों के सागर में डूबने के लिए घर को भागा जाता सा अनुभव कर रहा था।

वह लौट पड़ा। उसका घर का जीवन कुछ सुखी सा भी नहीं था। छोटे से कारोबार से बहुत कम उपलब्ध होता था। इतने से उसकी युवा स्त्री संतुष्ट नहीं हो सकती थी। वह चंचल, नवयुग की लड़की थी। वस्त्राभूषण, नाटक, तमाशे, चाट-पकौड़ी, सैर-सपाटे, अभिप्राय यह कि प्रत्येक प्रकार की सुख-सुविधा के लिए लालायित रहती थी। इतना चाहती थी, जो उसका पति अपनी छोटी सी दुकान से प्राप्त नहीं कर सकता था।

कर सकना संभव भी नहीं था। रामसहाय नित्य प्रातःकाल स्नानादि से निवृत्त हो एक घंटा पूजा-पाठ, एक घंटा कथा-कीर्तन, फिर अल्पाहार और ग्रीष्म ऋतु में नौ बजे तथा शीतकाल में दस बजे दुकान पर जाकर बैठ सकता था। मध्याह्न को भोजन करने घर पर जाना होता था। उसकी पत्नी उसके साथ बैठकर भोजन करने की इच्छा किया करती थी और सायंकाल वह सूर्यास्त होने पर घर आ जाया करता था। इस प्रकार दुकान चल सकना कठिन था और वह बहुत कम आय दे रही थी। उसकी पत्नी चंचल प्रकृति की होने के कारण इतने से संतुष्ट नहीं थी।

नित्य वह अपनी पड़ोसी स्त्रियों के वस्त्राभूषण तथा रहन-सहन अथवा उनके क्लर्क पतियों के साथ नाटक-सिनेमा अथवा बाजार में घूमने जाने की बात कहा करती थी। वह स्वयं दुःखी होती थी और अपने पति को भी दुःखी किया करती थी।

भगवान् ने उसके विवाह के एक वर्ष के भीतर ही उसकी गोद भर दी थी और अब तो बच्चे के लिए भी अनेकानेक माँगें उपस्थित होने लगी थीं। पति यह सबकुछ दुःख का सागर समझने लगा था और स्वामीजी ने इनके संग्रह का त्याग कर निर्मोही हो,

शांत होने से ब्रह्म-भूयाय (ब्रह्म प्राप्त करने के योग्य) होना बताया था। स्वामीजी ने यह भी बताया था कि ब्रह्म को प्राप्त हुआ पुरुष किसी वस्तु की चाहना नहीं करता।

रामसहाय घर जाने की अपेक्षा हरिद्वार की ओर चल पड़ा। उसने सब की चाहना छोड़ दी और शांत चित्त हो साधु होने की इच्छा से किसी योग्य गुरु की खोज करने लगा।

उसे एक गुरु मिल गए। वह नित्य सायंकाल भरत मंदिर में कथा किया करते थे। कैलाश आश्रमवास कर रहे थे और कथा के समय के अतिरिक्त किसी अन्य समय में लोगों से मिला भी नहीं करते थे।

रामसहाय भी सायं कथा के समय ही मिलने के लिए गया था। कथा समाप्त होने पर वह स्वामीजी के चरण पकड़ बैठा। स्वामीजी ने उसे देख पूछा, ''क्या चाहते हो?''

''संन्यास की दीक्षा।''

''क्या करोगे दीक्षा लेकर?''

''इस दुःखमय संसार से मुक्त होने की चेष्टा करना चाहता हूँ।''

''विचार शुभ है, पर इसके लिए संन्यास की क्या आवश्यकता है?''

''संसार से संबंध-विच्छेद करने के लिए।''

''भगवे पहनने से संबंध-विच्छेद हो जाएगा क्या?''

''आपने भी तो पहना है, महाराज।''

''भक्त, भगवा पहनने से संन्यासी नहीं हुआ, अपितु संन्यास प्राप्त हो जाने पर भगवा पहनना पड़ा है। पहले वैराग्य ग्रहण करो, संन्यास की दीक्षा स्वयमेव प्राप्त हो जाएगी।''

रामसहाय के मन में प्रकाश हो गया। वह पाँव छोड़, हाथ जोड़ खड़ा हो गया।

महात्मा ने पूछा, ''हाँ, क्या विचार है?''

''मैं मार्ग पा गया हूँ भगवन्!''

''परमात्मा तुम्हारा कल्याण करे।''

रामसहाय सोचता था कि वैराग्य तो उसको प्राप्त हो गया है। न हुआ होता, तो अपनी सुंदर पत्नी और प्रिय पुत्र को छोड़कर कैसे आ सकता था। वह वैराग्य-प्राप्त निर्मोही हो चुका है। अतः संन्यास तो अब उसको स्वयं ही प्राप्त होना चाहिए।

मंदिर से निकल वह गंगा-तट की ओर एकांत में चला गया।

□

रामसहाय की पत्नी चंचल अपने पति के दिन चढ़ने तक कथा-कीर्तन में व्यस्त रहने पर चिढ़ा करती थी। उसका उससे यह गिला रहता था कि वह दुकान पर बहुत विलंब से जाता है। अन्नादि की दुकान पर तो प्रातः-सायं ही बिक्री होती है और दोनों

समय वह साधु-संतों की संगति में व्यतीत करता था। मध्याह्न के समय तो सब लोग खा-पीकर काम-धंधे में लग जाते हैं। भला कौन आएगा उस समय माल खरीदने के लिए?

नित्य झगड़ा होता था। आज दिन के ग्यारह बजे तक उसका पति नहीं आया, तो वह यह अनुमान करने लगी कि वह अवश्य किसी अन्य साधु की सेवा में बैठा होगा। इससे वह आग-बबूला हो रही थी। वह आज घर पर ही महाभारत करने की तैयारी कर रही थी।

परंतु महाभारत के युद्ध के लिए विपक्षी आया ही नहीं। क्रोध के पात्र की अनुपस्थिति में शनैः-शनैः वह स्वयं ही शांत होने लगा। इतने में बच्चे ने भूख से व्याकुल हो दूध के लिए रोना शुरू कर दिया, तो उसने उसको दूध पिलाना आरंभ कर दिया। बच्चा छह मास का हो गया था। अब बाजारी दूध पीने लग गया था। माँ अपने स्वास्थ्य का विचार कर अपना दूध देना बंद कर चुकी थी। बच्चा दूध पीकर सो गया, तो उसने सामने मेज पर रखी टाइमपीस में समय देखा। बारह बज रहे थे। रामसहाय आया क्यों नहीं, यह अब उसके लिए चिंता का विषय हो गया था।

बारह के बाद एक, फिर दो, तीन, इसी प्रकार सायंकाल हो गया। बच्चा रोता, तो कभी उसको दूध दे देती और कभी उसके पिता की निष्ठुरता का विचार कर उसको पीटकर चुप कराने का यत्न करती।

अगले दिन प्रातःकाल वह उस मंदिर में जा पहुँची, जहाँ उसका पति कथा सुनने के लिए जाया करता था। वहाँ कथा करनेवाले स्वामीजी से तथा अंत में कथा सुननेवालों से पूछने पर चंचल को पता लगा कि उसका पति पिछले दिन कथा सुनने आया था और यहाँ से घर लौट गया था। किसी ने उसको यह भी बताया कि उसने उसको हरिद्वार की ओर जानेवाली गाड़ी में बैठे देखा था।

जिसने उसको यह सूचना दी थी, वह उस दिन अपने किसी संबंधी को हरिद्वार के लिए बैठाने गया था और उसने रामसहाय को गाड़ी के तीसरी श्रेणी के डिब्बे में बैठे देखा था।

चंचल का माथा ठनका और वह इस नई परिस्थिति में विचार करने लगी। दिन-पर-दिन व्यतीत होते गए और वह अपने आभूषण बेचकर गुजारा करने लगी। उसके संबंधी उसके पास आ-आकर रामसहाय के कहीं न मिलने की सूचना देकर चलते बनते।

जब एक-एक कर आभूषण चंचल की संदूकची में से निकलकर सर्राफ की तिजोरी में जाने लगा, और उससे प्राप्त धन शरीर के भरण-पोषण पर व्यय होने लगा तो चंचल की चिंता बढ़ने लगी।

रामसहाय को घर से गए एक वर्ष हो गया था। चंचल उलटे मार्ग पर चल पड़ी थी। वह पति का वियोग, धन की न्यूनता और संरक्षण के अभाव को सहन नहीं कर सकी। एक मनचला मिल गया। वह उसकी आवश्यकताओं की पूर्ति करने लगा।

यह पड़ोस का ही एक संपन्न सौदागर कामता प्रसाद था और पहले चोरी-चोरी फिर प्रत्यक्ष में उसको सहायता देने लगा। इस प्रकार कुछ काल तक निरासक्त-भाव से सहायता करने के बाद वह सहायता का प्रतिकार पाने के लिए उसके घर में जा पहुँचा, और चंचल से सहानुभूति प्रकट करते हुए अपनी सहायता का प्रसाद पा गया।

कुछ समय तक यह कार्य चोरी-चोरी चलता रहा। एक दिन इसका परिणाम भी समक्ष आ गया। चंचल ने कहा, ''लालाजी, मुझको गर्भ ठहर गया है।''

''यह तो होना ही था।''

''तो अब क्या होगा?''

''दो में से एक बात हो सकती है।''

''क्या?''

''तुम हरिद्वार चली जाओ। वहाँ तुम जैसी औरतें बे-बाप के बच्चे पैदा करने के लिए जाया करती हैं। खर्चा मैं दे दूँगा। बच्चा होने के बाद उसको किसी अस्पताल के बाहर कपड़े में लपेटकर फेंक आना, फिर लौट आना। ईश्वर ने चाहा, तो तुम्हारा रूप-रंग वैसा ही बना रहेगा, जैसा अब है।''

''तो अपने बच्चे को अपरिचित व्यक्तियों के हाथों में छोड़ आऊँ?''

''कौन किसका अपना है? जन्म से पहले तो बच्चे ने बाप को देखा नहीं, न ही बाप ने बच्चे को। तुम भी उसके विषय में क्या जानती हो? छोड़ो इस झूठी मोह-माया को। देखो, भगवान् ने कितनी सुंदर बात कही है—

निराशीर्यतचित्तात्मा त्यक्त सर्व परिग्रह:।
शारीरं केवलं कर्म कुर्वन्नाप्नोति किल्बिषम्।।

''अर्थात् अपने चित्त को जीतकर, सब संचित पदार्थों को छोड़कर, आशा रहित होकर केवल शरीर-संबंधी कर्म को करते हुए पाप को प्राप्त नहीं होंगे।

''इसलिए मैं कहता हूँ कि शरीर का धर्म हमने पालन किया है। अब तो मोह, ममता, आशा और संचित सबकुछ छोड़कर निर्वाह करो। ऐसा करते हुए तुम किसी प्रकार के भी पाप को प्राप्त नहीं होगी। पाप तो प्राप्त वस्तु में आसक्ति से उत्पन्न होता है।''

''बहुत कठिन है, लालाजी!''

''तो फिर दूसरी बात करो।''

''क्या?''

''बच्चा जब पैदा हो जाए तो उसको गंगाजी के अर्पण कर आ जाना।''

''तो यह पाप नहीं होगा क्या?''

''शारीरिक कर्म करते हुए मोह, ममता तथा धन-संपद्, पुत्र-कलत्र में आसक्ति का त्याग कर देने से पाप नहीं लगता।''

चंचल देख रही थी कि यह बात गलत है। भला एक जीव की हत्या किस प्रकार पुण्य का कार्य हो सकती है? और वह भी शरीर के सुख के लिए, परंतु मानव-मन है। वह जीवन का स्वाद लेने के लिए बहाना ढूँढ़ा करता है। अतः मन की दुर्बलता को श्रेष्ठ बतानेवाले वाक्य और प्रमाण पाकर वह मान गई।

समय आने पर चंचल हरिद्वार चली गई और वहाँ एक पंडे की सहायता से अपने बच्चे को ठिकाने लगा वापस आ गई। पंडे ने बच्चे की हत्या नहीं की थी। उसको भी लाला ने गीता का उक्त श्लोक सुनाया था, परंतु उसके मन ने यह जीवन-मीमांसा स्वीकार नहीं की और बच्चे को एक विधवा ब्राह्मणी को पालन-पोषण के लिए देने की बात हो गई, तो उसने लाला से लिया पाँच सौ रुपया उस विधवा को दे दिया और बच्चे का पालन-पोषण होने लगा।

□

पंडा लालाजी को जानता था और एक वर्ष के पश्चात् आकर बोला, ''बच्चा एक स्त्री के पास पल रहा है। पिछला पाँच सौ रुपया खर्च हो गया है। अगले वर्ष के लिए खर्चा दे दीजिए।''

''कौन सा बच्चा?'' लालाजी का प्रश्न था।

''चंचल देवी के गर्भ से उत्पन्न बच्चा।''

''तो चंचल से माँगो उसका खर्चा।''

''मैं उसको नहीं जातना। मैंने तो कार्य आपके लिए किया था। यदि आप इतना कुछ नहीं देंगे, तो वह विधवा सब बात कोर्ट में बताकर खर्च की माँग करेगी।''

विवश लालाजी को धन देना पड़ा। कदाचित् लाला कामता प्रसाद विधवा को कोर्ट में जाने की धमकी दे देता, यदि चंचल के फिर दिन न चढ़ गए होते। उसको अनुभव हो रहा था कि इसे पुनः इसी पंडे और उस विधवा की आवश्यकता पड़ेगी। इस पर भी वह अब चंचल के बच्चों की पालना घर पर ही करने का विचार कर रहा था।

इस प्रकार एक के बाद दूसरा और दूसरे के बाद तीसरा बच्चा हो गया। रामसहाय को गए सात वर्ष हो गए थे। मोहल्ले में चंचल के साथ लाला कामता प्रसाद के संबंध की बात विख्यात हो चुकी थी। लाला से उसके तीन बच्चों की बात भी सबको विदित थी। चंचल के प्रति मोहल्ले और रिश्तेदारों का आवेग आकर जा भी चुका था। उससे अब सबके सामान्य संबंध बनने लगे थे। चंचल के माता-पिता भी अब उसको दया की

पात्र मानने लगे थे।

चंचल कभी अपने मन में आत्मग्लानि अनुभव करती थी तो कामता प्रसाद की जीवन-मीमांसा उसमें पुनः साहस का संचार कर देती।

कामता प्रसाद तो अपना व्यवहार भगवान् के इस कथन पर आधारित मानता था—

त्यक्त्वा कर्मफलं संगं नित्यतृप्तो निराश्रयः।
कर्मण्यभिप्रवृत्तोऽपि नैव किञ्चित् करोति सः।।

वह चंचल को इसका अर्थ इस प्रकार सुना दिया करता था, जो कोई भी काम करो उसके फल की आशा को त्यागकर ही करो। सदा प्रसन्न रहो और बिना किसी के भरोसे रहकर कर्म करो, तो मानो तुम कुछ भी नहीं कर रहे।

इस कारण चंचल समझने लगती थी कि उसने कुछ नहीं किया। न पाप, न पुण्य।

कभी मोहल्ले-टोले वाली स्त्रियाँ उससे पूछतीं, "कल्याण के पिता का कुछ पता चला कि नहीं?"

"किसी से सुना था कि वह बद्रीनारायण के मार्ग पर जोशी मठ में स्वामी शंकराचार्यजी के आश्रम में रहता है।"

"कभी इच्छा नहीं होती मिलने की?"

"किसी भी बात की इच्छा करना तो अपने को संसार से बाँधना है। संसार से बँधने का अर्थ है, इसके दुःखों का अनुभव करना। मैं तो सुख-दुःख से परे हूँ।"

"तो क्या ये बच्चे बिना सुख की प्राप्ति के मिल गए हैं?"

"यह तो शरीर का कर्म है। यह होता रहता है। जैसे शरीर के अन्य कार्य होते रहते हैं।"

प्रश्न करने वालियाँ हँस पड़तीं और बात समाप्त हो जाती है। अब चंचल देवी गीता और वेदांत की व्याख्या किया करती थी। सब माया है, यह उसका स्वाभाविक कथन हो गया था। कल्याण, रामसहाय का लड़का और राम, शैला तथा श्याम कामता प्रसाद के बच्चे अब बड़े हो रहे थे। वे सब अपने को कामता प्रसाद की संतान मानते थे। लाला का व्यवहार चारों के साथ एक समान ही रहता था। उसने स्वयं कभी उनको एक पैसा भी नहीं दिया था। न बच्चों को उससे कुछ भी माँगने का अभ्यास था। चंचल को ही लाला से निर्वाह के लिए धन मिलता था और उससे वह अपने बच्चों की आवश्यकताएँ पूर्ण किया करती थी।

सबसे छोटा श्याम अब पाँच वर्ष का हो गया था। कल्याण ग्यारह वर्ष का था। माँ अपने चारों बच्चों को लेकर हरिद्वार गई हुई थी। इन दिनों घाट पर एक साधु कथा किया करता था। उस साधु के विषय में यह विख्यात था कि वह कोई ब्रह्मविद् व्यक्ति

है और सायंकाल उसके प्रवचनों को सुनने के लिए अपार भीड़ एकत्रित हो जाया करती थी।

चंचल हरिद्वार पहुँची, तो पहले दिन उसकी एक सखी ने साधु ब्रह्मानंद के विषय में उसको बताया। वह उसकी परिचित विधवा थी, जो बारहों मास वहीं रहा करती थी। उसका नाम था केवली। उसको पता चला कि चंचल आई है, तो वह उससे मिलने के लिए चली गई।

"तो चंचल बहिन आ गई हो?"

"हाँ बहिन! क्या समाचार है?"

"सब कुशल है। कभी-कभी तो हरिद्वार सूना प्रतीत होने लगता है, परंतु आजकल तो यहाँ भी रस आने लगा है।"

"क्या रस आने लगा है?"

"एक पहुँचे हुए महात्मा आए हुए हैं और नित्य सायंकाल घाट पर अपनी मधुर भाषा में सुलझे हुए विचार बताया करते हैं। सहस्त्रों की संख्या में नर-नारी उनके ओज तथा भावपूर्ण भावों को सुनने वहाँ जाया करते हैं।"

"ये साधु लोग, जिनके जीवन का आधे से अधिक भाग तो रहता ही नहीं, भला क्या उपदेश दे सकते हैं?"

"बहिन, यह तो स्वयं सुनने तथा रस ग्रहण करने की बात है। आम का स्वाद वाणी से वर्णन नहीं किया जा सकता। इसका तो आस्वादन ही किया जा सकता है। तभी उसका परिचय मिलता है। बहिन, आज चलो, यह मानव-जन्म कृतकृत्य हो जाएगा।"

चंचल के मन में उत्सुकता जाग पड़ी और उसी सायंकाल वह घाट पर जा पहुँची। स्वामीजी महाराज एक तख्ते पर बैठे थे। पर्याप्त संख्या में लोग उनका प्रवचन सुनने के लिए तख्त के चारों ओर बैठे हुए थे। अभी कीर्तन हो रहा था।

चंचल भी वहाँ पहुँची और सबके पीछे जाकर बैठ गई। वह बैठते ही पहचान गई कि स्वामी ब्रह्मानंद उसका पति रामसहाय ही था। पहले से वह बदल अवश्य गया था। गृहस्थ जीवन में उसके शरीर और आँखों में चंचलता रहा करती थी। अब वह निश्चल, शांत और गंभीर था। इस समय उसके मुख पर अलौकिक ओज भी था और चंचल अनुभव कर रही थी कि वह उसका ओज सहन नहीं कर सकती। उसका हृदय धक-धक कर रहा था और वह ऐसा अनुभव कर रही थी कि उसके नीचे से भूमि खिसक रही है।

चंचल के मन में अनेकानेक विचार उत्पन्न हो रहे थे। वह विचार कर रही थी कि क्या उसने भी उसको देखा होगा

कदाचित् नहीं। चंचल के मन ने उत्तर दिया, क्योंकि वह तो आँखें मूँदे बैठा है।

तो क्या वह उठकर वापस चली जाए?

परंतु इस प्रकार तो वह देखी जा सकती है, क्योंकि कोई भी उठकर जा नहीं रहा था।

तो वह भीड़ में छिपी बैठी रहे?

यही ठीक होगा कि सब लोग जब उठ पड़ें, तो वह भीड़ में से चुपचाप निकल जाएगी।

इस प्रकार मन की चंचलता को थपकियाँ दे-देकर वह चुपचाप गरदन झुकाए वहाँ बैठी रही। उसका मन तो अपने अतीत पर विचार करने लगा था। वह विचार कर रहा था कि आरंभ में कामता प्रसाद से संबंध कितना मधुर था और समाज में कितना निंदनीय बन गया था, परंतु अब समय व्यतीत हो जाने पर सांसारिक सुखों की लालसा तो कम हो रही है और एक अन्य प्रकार का विवेक उसके मन में बैठने लगा था। साथ ही उसको भय लग रहा था कि लाला की इंद्रियों में शैथिल्य आने पर उसकी उदारता और ज्ञान-ध्यान की प्रवृत्ति भी कहीं शिथिल न होने लगे।

परंतु वह विचार करती थी कि यदि यह सामने बैठा ज्ञान-ध्यान की बातें करनेवाला साधु वास्तविक ज्ञान रखनेवाला होता तो यह उस अबला को निस्सहाय छोड़ अपना कल्याण करने न चल पड़ता।

स्वामीजी के भाषण में रोचकता अधिक होने से तथा उसमें युक्ति और भाव होने पर लोग सुनने में मग्न थे। प्रवचन में संसार मिथ्या और केवल ब्रह्म ही सत्य पर बल नहीं दिया जा रहा था, अपितु सदाचार पर अधिक बल था।

चंचल यह सबकुछ सुनते हुए भी नहीं सुन रही थी। उसका मन स्वामीजी से बात करने अथवा न करने के विषय पर विचार कर रहा था। वह स्वामीजी के निवास-स्थान का पता करने की इच्छा करने लगी थी, परंतु सोचती थी कि उनसे मिलकर क्या करेगी? अब उससे उनका क्या संबंध रह गया है? वह सभी सांसारिक बातों से अलग हो गया था।

कथा समाप्त हुई और कहीं-कहीं कोई शब्द सुनने के अतिरिक्त वह न कुछ सुन सकी और न समझ सकी। उसके अपने मन में भारी शोक उत्पन्न हो रहा था और विभिन्न प्रकार के भाव उठ रहे थे। उसके प्रति घृणा से लेकर आदर और श्रद्धा की भावनाओं के भीतर पड़ी वह लहरों में लहरानेवाली नौका की भाँति कभी इधर और कभी उधर भटकने लगी।

गंगाजी की आरती हुई और लोग उठ पड़े। वह भी भीड़ में उठी और यह समझकर कि उसको किसी ने न देखा और न पहचाना है, वह वहाँ से आ गई। इस पर भी वह अपने मन की अवस्था को समझ नहीं सकती थी।

मन में यह निश्चय कर कि वह अब स्वामीजी की कथा सुनने नहीं आएगी, घर को लौट गई। उसके बच्चे उसके साथ ही थे। कल्याण अब सबकी देखभाल कर सकता था। आजकल स्कूल की छुट्टियाँ थीं और हरिद्वार में वे स्वतंत्रतापूर्वक घूम सकते थे।

लाला कामता प्रसाद और चंचल दोनों को ही बच्चों से मोह नहीं था। बच्चों को भी उनसे किसी प्रकार का लगाव नहीं था। उनको खाने-पीने को मिल जाता था। इतने से ही वे संतुष्ट थे।

□

अगले दिन चंचल की सहेली केवली उससे मिलने को आई। उसने पूछा, ''कल कथा सुनने के लिए गई थीं?''

''हाँ, गई थी।''

''मैं तो कल जा नहीं सकी। किस विषय पर कथा थी?''

''कथा थी''यही कि संसार माया है।''नहीं''मनुष्य का कर्तव्य''नहीं चरित्र के''हाँ कुछ।''कई बातें कही थीं।''

केवली हँस पड़ी। उसने विस्मय प्रकट करते हुए पूछा, ''क्या हो गया है तुमको आज? तुम तो ऐसी नहीं थीं?''

''कैसी?''

''कथा में जाओ और चित्त कहीं अन्य स्थान पर रहा हो।''

''अन्य कहाँ रह सकता था?''

''परंतु कथा में तो नहीं था। क्या मैं गलत कह रही हूँ? उस दिन स्वामी विशुद्धानंद का प्रवचन सुनकर आई थीं, तो तुमने अक्षरशः सुना दिया था।''

आखिर चंचल को मानना पड़ा, ''हाँ, कल मन कुछ खिन्न था। मैंने कथा सुनी ही नहीं। डेढ़ घंटा वहाँ बैठी और चली आई।''

''खिन्न क्यों हो रहा था? तुम तो बहुत ज्ञान की बातें जानती और किया करती हो।''

''कल मन मलिन हो गया था, किसी की याद आ गई थी और उसके प्रति मन की भावनाएँ उभर आई थीं। भावनाओं की आँधी में स्वामीजी की बात सुनती तो रही, परंतु समझी कुछ नहीं।''

''आज चलोगी?''

''नहीं, अब मैं वहाँ नहीं जाऊँगी।''

''क्यों?''

''पुनः मन की शांति विलीन हो जाएगी।''

"तो स्वामीजी को देख लेने से मन अशांत हो उठता है?"

चंचल ने कुछ उत्तर नहीं दिया। केवली उसके मुख पर परेशानी देख विस्मय कर रही थी। एकाएक उसके मन में कुछ विचार आया। उसने चंचल के गले में बाँह डाल पूछा, "उनके मोह में तो नहीं फँस गईं?"

चंचल के मुख से अनायास ही निकल गया, "फँस गई थी, परंतु वह बात बहुत पुरानी हो गई, जब वह साधु नहीं थे।"

"तो यह मोह-ममता उनको देख जाग पड़ी थी।"

"अपने मन की स्थिति को मोह-ममता तो नहीं कह सकती। वे मेरे विवाहित पति थे। मेरा बड़ा लड़का इनका ही है। मेरी आवश्यकताओं को पूर्ण न कर सकने के कारण ये घर से भाग आए थे। मैं अकिंचन हो गई और पेट भरने के लिए बच्चे उत्पन्न करने लगी। अब श्याम के बाद बच्चे नहीं हो रहे। इस पर भी संबंध तो चल रहा है।"

केवली अपनी सहेली का वृत्तांत सुनकर अवाक् बैठी रही, फिर बोली, "तो उन्हें देखकर चित्त अशांत हो जाता है क्या?"

"बहुत, कभी क्रोध, कभी संतोष, कभी दुःख, कभी हर्ष, कभी मोह, कभी ग्लानि, ऐसे द्वंद्वों में फँस जाती हूँ। जितनी देर तक वहाँ रही, इस प्रकार की परस्पर-विरोधी भावनाओं में हिलोरें ले रही थी और कथा का एक शब्द भी समझ नहीं सकी।"

"तो तुम निश्चय नहीं कर सकतीं कि मन क्या चाहता है?"

"नहीं, अभी भी नहीं। मैं समझती हूँ कि वह महापापी है, जो अपनी युवा पत्नी और शिशु पुत्र को असहाय छोड़कर भाग गया है, फिर वह विचार करती हूँ कि अच्छा ही हुआ है। श्याम के पिता मेरी सब प्रकार की आवश्यकताएँ पूर्ण कर रहे हैं और वह तो इतना भी कर नहीं सकता था।

"कभी विचार करती थी कि पर-पुरुष की पत्नी बन पाप की भागिनी बन गई हूँ, फिर विचार करने पर समझती हूँ कि मैं ज्ञानवान हो गई हूँ। शारीरिक कर्मों में पाप-पुण्य मानना छोड़ बैठी हूँ और मन से मैं इन कर्मों से अलिप्त रहती हूँ। मैं अपनी अवस्था ऐसी समझती हूँ जैसी भगवान् ने कही है—

न मां कर्माणि लिम्पन्ति न मे कर्म फले स्पृहा।

"जब यह विचार करती हूँ तो उसके मुझे छोड़कर जाने को वरदान मानने लगती हूँ। कभी अपनी उस एक वर्ष की अवस्था का स्मरण कर दुःखी होती हूँ, जो उसके मुझे छोड़ जाने के बाद हुई थी, परंतु उसके बाद के वर्षों की याद आती है, तो उसका धन्यवाद करती हूँ। मैं अब सहज सुख प्राप्त कर रही हूँ।

केवली ने सिर हिलाते हुए कह दिया, "बहिन, मन की यह अवस्था तो बहुत ही विकट है, इसमें शांति कहाँ मिलेगी?"

"यत्न कर रही हूँ।"

"असंभव है। जब तक मन में मथनी चलती रहेगी, क्षोभ उठता रहेगा और क्षोभ अशांति का ही दूसरा नाम है।"

"तो मथनी चलना कैसे बंद हो?"

"इसके कई तरीके हैं। दुखी संसारी मद्य का सेवन करते हैं। कुछ लोग खेल-तमाशे देख मन बहलाया करते हैं। कुछ ऐसे भी हैं, जो धर्म-कर्म, ज्ञान-ध्यान में चित्त लगाते हैं। कई साधु लोग चरस पीकर इस क्षोभ को शांत करते हैं।"

"मैं तो इनमें से कोई भी उपाय नहीं कर सकती?"

"तो फिर मैं कोई अन्य उपाय जानती भी नहीं।"

□

चंचल उस दिन कथा सुनने के लिए नहीं आई, परंतु कथा के सब समय वह बहुत सख्त बेचैनी अनुभव कर रही थी। घर बैठे हुए भी वह अपने चित्त को शांत नहीं रख सकी। वह कभी विचार करती थी कि उससे जाकर लड़ पड़े। कभी सोचती थी कि उसके पाँव पकड़कर अपने मन में उसके प्रति बुरे विचारों के लिए क्षमा माँग ले। कभी वह जाने लगती, किंतु फिर अपने को पागल समझ पुनः चटाई पर लेट जाती। लेटे-लेटे उसको भूमि चुभने लगती, तो वह उठ घर से बाहर निकलने का यत्न करती और मन पर नियंत्रण कर वापस आ जाती और अपने आपको कोसने लगती।

कथा सायंकाल सात बजे समाप्त होती थी। घड़ी में सात बजे और वह अपने मन को रोक नहीं सकी। घर से निकल पड़ी। वह मन में आशा-निराशा से भरी हुई चली जा रही थी। वह आशा कर रही थी कि कथा समाप्त हो चुकी होगी और स्वामीजी कथा कर वहाँ से जा चुके होंगे। वह निराशा इस कारण अनुभव कर रही थी कि स्वयं को वह घर पर स्थिर रखने में असफल सिद्ध हुई थी।

न चाहते हुए भी वह कथा-स्थान की ओर जा रही थी। क्यों? यह वह नहीं जानती थी। अपने इस व्यर्थ की भाग-दौड़ पर वह विस्मय करती थी, परंतु कुछ न समझते हुए भी भागती चली जा रही थी।

कथा-स्थान पर भीड़ एकत्र थी। इसका अर्थ वह समझ गई कि स्वामीजी अभी गए नहीं। वह रुकी, परंतु फिर चल पड़ी। वह भीड़ में पहुँची और उसमें से अपना मार्ग बनाते हुए स्वामीजी के पास जा खड़ी हुई। स्वामीजी केवली से बातें कर रहे थे। चंचल वहाँ पहुँची और उसने स्वामीजी के पाँव पकड़ लिये। अँधेरे में स्वामीजी ने उसको पहचाना नहीं। वह बोले, "माँ! बस करो, भगवान् तुम्हारा भला करे। उठो! अपने पति के पाँव का स्पर्श करो, तुम्हारा कल्याण होगा।"

केवली ने तो चंचल के आते ही उसको पहचान लिया था। इस कारण स्वामीजी

का आशीर्वाद सुन वह हँस पड़ी। उसने चंचल की बाँह पकड़कर उठाते हुए कहा, "महाराज, यह तो चंचल है।"

"चंचल, कौन चंचल?"

केवली ने चंचल को उठाया तो वह आँखों से आँसू टपकाते हुए सामने खड़ी हो गई।

स्वामीजी ने उसे देखा और आश्चर्यचकित हो कहने लगे, "तुम! यहाँ क्या कर रही हो?"

केवली और चंचल ही इस समागम का अर्थ समझती थीं। अन्य सब उपस्थित भक्त-जन तो टुकर-टुकर मुख देख रहे थे।

"बहुत दुःखी हो?" उसके आँसू देख स्वामीजी ने पूछा।

"महाराज," केवली ने कहा, "यह आपके दर्शन करना चाहती थी।"

"तो हो गए दर्शन?"

मन में डोलनेवाले उद्गारों के कारण चंचल बोलने में सर्वथा असमर्थ हो रही थी। वह चुप थी। केवली ने उत्तर दिया, "भगवन्! यह कल मध्याह्न के भोजन का निमंत्रण दे रही है।"

"कल नहीं," स्वामीजी ने गंभीर विचारमग्न होते हुए कहा, "भोजन करने के लिए स्वेच्छा से और स्वनिश्चित दिन आऊँगा।"

"तो कब तक प्रतीक्षा करें?"

"जब तक आ न जाऊँ।"

यह कह स्वामीजी चल दिए। केवली और चंचल पीछे खड़ी रह गईं। सब प्रश्न भरी दृष्टि से इन स्त्रियों की ओर देख रहे थे। केवली ने चंचल की बाँह पकड़ी और उसे घर की ओर ले गई। घर पहुँच उसने उसको ठंडा जल पिलाया और आराम से बैठाकर पूछा, "यह तुमने क्या कर दिया है?"

"मैं स्वयं पर नियंत्रण नहीं रख सकी। मैंने बहुत यत्न किया था कि वहाँ न जाऊँ, परंतु ऐसा प्रतीत हुआ कि कोई पकड़कर बलपूर्वक ले जा रहा है।"

"यह वासना थी।"

"नहीं, केवली, वासना नहीं थी। मैं इस विषय में तृप्त हूँ।"

"तो क्या था?"

"समझ नहीं सकी।"

केवली ने समझा कि यह कामना है। यह ज्ञान-ध्यान, अनासक्ति और निराश्रय का उपदेश देनेवाली या तो अपनी अंतरात्मा की बात जानती नहीं अथवा जानती है, तो बताती नहीं। बताते हुए लज्जा का अनुभव करती है।

बात आगे नहीं चल सकी। कल्याण इत्यादि बच्चे आ गए थे। वे अपने भ्रमण में हुई सामान्य घटनाओं की बात सुनाने लगे थे। केवली ने उससे कहा, ''कल तुम मेरे साथ चलना, मैं कथा के समय लेने के लिए आऊँगी।''

चंचल ने अपनी मौन अनुमति व्यक्त की, तो केवली उठकर वहाँ से चली गई। चंचल का मन कह रहा था कि उसका पति अगले दिन भोजन करने के लिए आएगा, परंतु आएगा कैसे? उसको तो उसके स्थान का ज्ञान ही नहीं है। मन की आशा और निराशा में डोलते हुए वह प्रतीक्षा करती रही।

चंचल को विचार करने पर यह समझ में आया कि वह उसको टरका गया है। उसने निमंत्रण तो अस्वीकार किया नहीं, परंतु उसने उसके निवास-स्थान का पता भी तो नहीं पूछा। इस पर भी वह अनेकानेक व्यंजन बना रही थी। वह बनाती जाती थी और अपने मन पर विस्मय भी करती जाती थी।

कल्याण मकान की ड्योढ़ी पर बैठा सड़क पर आने-जानेवालों को देख रहा था। यह उसका अतिप्रिय कार्य था। उसके भाई-बहिन ऊपर कमरे में बैठे ताश खेल रहे थे। चंचल रसोईघर में पाँच-छह प्रकार का साग बना अब पूड़ी निकालने लगी थी।

मकान के नीचे नारायण हरि का शब्द हुआ। चंचल के हाथ से पौनी गिर गई। वह चौकन्नी हो द्वार की ओर देखने लगी। फिर अपनी मूर्खता पर मुसकरा पौनी उठा कड़ाही में पूड़ी डालने लगी। तभी कल्याण ने सीढ़ियों से आवाज देते हुए पूछा, ''माँ, साधु बाबा को रोटी दोगी?''

''हाँ, ले जाओ।''

चंचल ने समझा कि जब इतना कुछ बनाया है तो किसी को तो खिलाना ही होगा।

''माँ, वह तो यहीं खाएगा। हाथ धुलाकर खाने के लिए बैठाऊँ?''

''हाँ।''

चंचल ने रसोईघर से बाहर कल्याण की ओर देखा तो उसके पीछे स्वामी ब्रह्मानंद खड़ा था।

''तो आप आ गए?''

''हाँ, अपना वचन पालन करने के लिए।''

''बैठिए।''

कल्याण उसको उस कमरे में ले गया, जहाँ उसके भाई-बहिन ताश खेल रहे थे। कल्याण ने आसन बिछा दिया था। स्वामीजी को बैठा दिया और हाथ धुलाने के लिए पानी ले आया। स्वामीजी ने हाथ धोते हुए उससे पूछा, ''क्या नाम है तुम्हारा?''

''कल्याण।''

''और इनके?'' स्वामीजी ने अन्य बच्चों की ओर संकेत करते हुए पूछा।

''यह मेरा भाई राम, यह बहिन शैला और यह सबसे छोटा और माँ का लाडला श्याम है।''

''और तुम्हारे पिता?''

''वे हमारे साथ नहीं आए। कहते हैं कि यदि कमाऊँगा नहीं, तो तुम सब को खिलाऊँगा कहाँ से।''

''वे घर पर ही रहते हैं अथवा दुकान पर?''

इस समय चंचल एक बड़े से थाल में सभी व्यंजन लगाकर ले आई।

''देवी, मुझे बैल समझा है, जो इतना कुछ उठा लाई हो।''

''जितना इच्छा हो खाइए, शेष हम पापियों के लिए छोड़ दीजिए।''

स्वामीजी ने चार पूड़ी और साग का कटोरा उठा लिया। अपना अँगोछा बिछा उस पर पूड़ियाँ रखीं और भोजन करने लगे। खाते हुए बोले, ''यह जानकर कि तुम सुखी हो, संतोष हुआ है। मुझको कभी थोड़ा सा पश्चात्ताप हुआ करता था, इससे मेरा ध्यान भंग हो जाता था। अब उस चिंता से भी मुक्त हो उन्नति में लीन हो सकूँगा।''

चंचल का मुख बंद था। वह मंत्रमुग्ध की भाँति स्वामीजी के मुख को देख रही थी।

स्वामीजी ने कहा, ''कभी समय निकालकर परब्रह्म परमेश्वर का भी चिंतन कर लिया करो। वही तुमको इस संसार-रूपी कीचड़ से निकालने में समर्थ है।''

चंचल मौन थी। स्वामीजी ने फिर कहा, ''इन बच्चों के पिता से कहना कि मैं उसका अति कृतज्ञ हूँ, वह जो भी हो, भगवान् उसका भला करेगा। मेरी कामना छोड़ दो। मैं स्वयं नहीं जानता कि कहाँ रहूँगा। यह संन्यासी का धर्म है।''

''महाराज,'' आखिर चंचल के मुख से निकला, ''धर्म तो कर्म का सूचक है। कर्म हमको संसार में बाँधता है।''

''बाँधना किसी प्रकार भी बुरा नहीं। विचारणीय तो यह है कि किसके साथ बँधा जाए। उसके साथ बँधो, जिसके साथ बँधे रहने की सामर्थ्य हो। सबसे श्रेष्ठ बंधन भगवान् श्रीहरि का है। सामर्थ्य हो, तो उसका अवलंबन लो।''

''और निस्पृहता?''

''यह वागाडंबर है। स्पृहा आत्मा का गुण है। गुण गुणी के साथ सदा बना रहता है। गुणविहीन गुणी कहीं देखा नहीं जाता, परंतु स्पृहा भगवान् से ही रखनी चाहिए। और भगवान् का कथन है—

निस्पृहः सर्वकामेभ्यो युक्त इच्त्युच्यते सदा।

''यह ठीक नहीं, अथवा यह वाक्य अधूरा है। कामना का विश्लेषण सांसारिक होना चाहिए।''

स्वामीजी ने चार पूड़ियाँ समाप्त कीं, लोटे से जल पिया और 'हरि ओं' कहकर उठ पड़े।

"अब फिर?" चंचल ने पूछा।

"नहीं जानता। सब भगवदिच्छा के अधीन है।"

"वह सीढ़ियाँ उतर गया।"

सायंकाल स्वामी ब्रह्मानंद घाट पर कथा करने के लिए नहीं आए। यह कोई नहीं जानता था कि स्वामीजी क्यों नहीं आए और कहाँ होंगे इस समय।

स्वल्प जाँच

न्यायिक स्वल्प जाँच की सुविधा का अभिप्राय है कि न्यायालयिक कार्यों की शीघ्र संपन्नता। किंतु शीघ्रता में कभी न्याय की अपेक्षा अन्याय भी हो जाता है। इसका यहाँ एक रोचक उदाहरण, जो मेरे मित्र ने मुझे सुनाया था, पाठकों के मनोरंजन के लिए दिया जा रहा है। विवरण इस प्रकार है—

एक दिन मैं अपने चिकित्सालय में बैठा हुआ था कि मेरा मित्र श्रीनाथ आया और कहने लगा, ''वैद्यजी, न्याय की वेदी पर पचास रुपए और दो दिन का समय व्यर्थ गँवाकर आ रहा हूँ।''

''क्यों, क्या हुआ?'' मैंने साश्चर्य पूछा, ''लगभग दो सप्ताह हुए, मैं अपने प्रातःकालीन भ्रमण से वापस आ रहा था। जब मैं अपने कूचे के मोड़ पर पहुँचा, तो मैंने देखा कि एक ट्रैफिक कांस्टेबल मेरे एक मित्र पुरुषोत्तम को पकड़े हुए है। अपनी साइकिल थामे पुरुषोत्तम कांस्टेबल की बगल में खड़ा था। उसको इस प्रकार कठिनाई में पड़ा देख मैं उसके पास गया और उससे इसके विषय में पूछने लगा।

''कांस्टेबल कहने लगा, 'ट्रैफिक के नियमों का उल्लंघन करने के अपराध में मैंने इनका चालान किया है। यदि यह कोई अपना जमानती प्रस्तुत नहीं कर पाएँगे, तो मैं इनको कोतवाली ले जाऊँगा।'

''मैंने इसके लिए स्वयं को प्रस्तुत किया, तो पुरुषोत्तम के साथ उस कांस्टेबल ने मेरा नाम भी अपनी डायरी में लिख लिया, फिर उसने हम दोनों से हस्ताक्षर कराए और तब वह पुरुषोत्तम से कहने लगा, 'अगले शुक्रवार को 11 बजे कचहरी में उपस्थित हो जाना।' इस प्रकार पुरुषोत्तम को उससे मुक्ति मिली।

''निश्चित तिथि को मैंने पुरुषोत्तम को कचहरी में उपस्थित होने के विषय में स्मरण कराया। उसने बताया, 'मुझको स्मरण है और जैसा कि चालान के केसों में होता है, तदनुसार वह जुरमाना देने के लिए कुछ रुपए भी साथ ले जा रहा है।'

''लगभग 12 बजे मैं भी उस दिन कचहरी जा पहुँचा। मैं निश्चित रूपेण जानना

चाहता था कि वह कचहरी गया है अथवा नहीं। आवागमन के नियमों का उल्लंघन करनेवाले सब लोगों को भीतर बुलाकर उन पर जुरमाना किया गया, किंतु पुरुषोत्तम का नाम ही नहीं पुकारा गया। भ्रम निवारण के लिए मैंने जब कोर्ट-क्लर्क से पूछा कि पुरुषोत्तम को कितना जुरमाना हुआ है, तो उसने सूची देखकर बताया, यहाँ पुरुषोत्तम नाम के किसी व्यक्ति का नाम नहीं है, जिस पर जुरमाना किया गया हो। मैंने सोचा कि कांस्टेबल नाम लिखना भूल गया होगा, अतः इस मामले को समाप्त समझ हम दोनों लौट आए।

''हम दोनों अपने मन में यह संतोष करते हुए लौटे कि कम-से-कम वे दो रुपए तो बचाए हैं, जो उन दिनों इन चालानों में सामान्यतया जुरमाने के देने होते थे।

''इसके एक सप्ताह बाद मुझे यह देखकर आश्चर्य हुआ कि कोई पुलिस का सिपाही मेरा दरवाजा खटखटा रहा है। मैंने बाहर आकर इसका कारण जानना चाहा। उसने कहा, 'आपके गिरफ्तारी के वारंट हैं।' मैंने इसका कारण पूछा, तो उसने बताया कि 'आवागमन के नियमों का उल्लंघन करने के अपराध में आपका चालान किया गया था, किंतु निश्चित तिथि को आप न्यायालय में उपस्थित नहीं हुए।' यह सुनकर तो मैं आश्चर्यचकित रह गया। मैंने कांस्टेबल से कहा कि कहीं तुम भूल तो नहीं कर रहे। उसने वारंट दिखा दिया, जिस पर स्पष्ट मेरा नाम और पता लिखा हुआ था। मेरे लिए इसके अतिरिक्त अन्य कोई उपाय नहीं रह गया था कि मैं अपने किसी पड़ोसी को बुलाकर जमानत दिलवाऊँ। जमानत के बाद मैंने वारंट पर हस्ताक्षर किए और वारंट को अपना मान रख लिया।

''निश्चित तिथि पर मैं सिटी मजिस्ट्रेट की कचहरी में उपस्थित हो गया। कोर्ट-क्लर्क से मैंने अपने गिरफ्तारी के वारंट के विषय में जानना चाहा। उसने मुझे उस दिन के केसों की सूची दिखा दी। उसमें पुरुषोत्तम का नाम साक्षी के रूप में था। मेरा नाम उसमें अपराधी के स्थान पर था। मैं तुरंत स्थिति समझ गया कि उस दिन केस के लिए सिपाही ने गलत रिपोर्ट कर दी होगी। अभियुक्त के स्थान पर पुरुषोत्तम के नाम की अपेक्षा मेरा नाम रख दिया है और मेरा नाम पुकारे जाने पर मेरी अनुपस्थिति में मेरे वारंट निकाले गए हैं।

''मजिस्ट्रेट के आने पर जब मेरा नाम पुकारा गया तो मैं सामने खड़ा हो गया।

मजिस्ट्रेट बोला, ''मिस्टर नाथ!''

''मैंने कहा, 'जी हुजूर!'

''फिर मेरे खिलाफ लगाए गए आरोपों को पढ़कर उसने मुझसे पूछा, 'आप उस दिन कचहरी में उपस्थित क्यों नहीं हुए?'

'' 'क्योंकि मैं अभियुक्त नहीं था, मेरा नाम गलती से अभियोग-सूची में रखा गया था।'

" 'नहीं, ऐसा नहीं हो सकता। बिना किसी बात के आपका चालान करने में सिपाही का क्या उद्देश्य हो सकता है?'

" 'जनाब...'

"मैं कहना चाहता था कि पुलिसमैन ने क्या भूल की है, किंतु मजिस्ट्रेट बीच में ही बोल पड़ा, 'आप उस दिन कोर्ट में हाजिर नहीं हुए, इस कारण आपको 50 रुपए और आवागमन के नियमों का उल्लंघन करने के 2 रुपए जुरमाना किया जाता है।'

"मैंने प्रतिरोध किया, 'लेकिन हुजूर!...'

"मजिस्ट्रेट ने मुझे फिर बीच में टोककर गुस्से में कहा, 'जाओ, जुरमाना जमा करो, नहीं तो चालान का जुरमाना बढ़ाकर 50 रुपए कर दूँगा।'

"इतना कहकर वह तुरंत दूसरा अभियोग चालू करने के लिए अपने क्लर्क की ओर मुड़ा।

"क्लर्क ने जोर से पुकारा, 'रहीमख्श ताँगावाला।'

"सो वैद्यजी! 'हमारे ट्रायल' की बलिवेदी पर पचास रुपए और जीवन के दो दिन स्वाहा कर आया हूँ।"

□

आखिरी किस्त

लगभग बीस वर्ष पूर्व गाँव की ही मसजिद में रामधन को हिंदू से मुसलमान बनाकर उसका नाम दीनमुहम्मद रख दिया गया। पड़ोसी की लड़की की काली चमकीली आँखें इसमें कारण थीं। लड़की के पिता ने रामधन को एक रात के अँधेरे में उस लड़की को आलिंगन और चुंबन करते देखा, तो उसको इसलाम स्वीकार करने के लिए विवश किया, अन्यथा धमकी दे दी कि उसको भयंकर परिणाम भुगतने पड़ेंगे। इस प्रकार उसने अपनी विधवा माता तथा छोटे भाई को छोड़, गाँव की मसजिद में इसलाम धर्म में शरण ले ली तथा फातिमा के पति के रूप में नूरुद्दीन के घर का अंग बन गया।

इसलाम ग्रहण करने पर भी उसका अपनी माता तथा भाई के प्रति प्रेम कम न हुआ, किंतु अपना मुख उन्हें दिखाते हुए वह बहुत डरता था। इस पर भी फातिमा से निकाह से पूर्व अपनी माता से मिलकर उसका आशीर्वाद ग्रहण करने की तीव्र भावना को वह दबा नहीं सका। निकाह रात को पढ़ा जानेवाला था और रात के अँधियारे में अवसर पाकर वह अपने श्वसुर के घर से खिसक गया। अपनी माँ के पास पहुँच, उसके पैर पकड़कर वह फूट-फूटकर रोने लगा। माँ भी इस सबका कारण जानती थी और अत्यंत दुःखी थी, किंतु कोई रास्ता न पा सकने के कारण शांत थी। वह जानती थी कि यदि रामू फातिमा से विवाह अस्वीकार कर देता है, तो नूरुद्दीन रामू को और अवसर मिला, तो उसके छोटे भाई को भी मार डालेगा और फातिमा से विवाह करने के लिए उसका मुसलमान बनना जरूरी था। यह तो उसके मस्तिष्क में कभी नहीं आया था कि उसकी संतान अथवा उसके लड़के की संतान गोहत्यारी और गोमांस-भक्षक बन सकेगी। ज्यों ही उसके मन में यह विचार उठा, उसने रामू की ओर से मुख फेरते हुए कहा, ''तुम मुझसे क्या चाहते हो?''

अपनी माँ के इस प्रकार के व्यवहार को देखकर उसे धक्का लगा। उसे माँ से बहुत प्यार था। नीचे जमीन की ओर देखते हुए वह बोला, ''माँ, मैं विवाह से पूर्व तुम्हारा आशीर्वाद लेने के लिए आया हूँ।''

इसमें माँ का हृदय कुछ पिघला, परंतु यह विचार कि वह गो-भक्षक बन रहा है, अभी भी उसे परेशान कर रहा था। उसने कहा, ''केवल एक शर्त पर मैं आशीर्वाद दे सकती हूँ।''

''क्या?''

''तुम गऊ की हत्या नहीं करोगे और गोमांस-भक्षण नहीं करोगे।''

''मैं वचन देता हूँ।''

''तो ठीक है। जाओ, ईश्वर तुम्हारा कल्याण करे।''

रामू ने अपना वचन निभाया और माँ का आशीर्वाद भी निष्फल नहीं हुआ। ईश्वर की कृपा से वह धनी होने के साथ-साथ गाँव का मुखिया भी हो गया और चार सुंदर पुत्र भी उसके हो गए। इस प्रकार बीस वसंत और पतझड़ आए और गए। उसका सबसे बड़ा लड़का रहमान इस समय उन्नीस वर्ष का था और सबसे छोटा बारह वर्ष का।

अंदर से दीनमुहम्मद हिंदू ही रहा, किंतु बाहर से तो वह मुसलमान के अतिरिक्त अन्य कुछ हो भी नहीं सकता था। जिस दिन बलात् उसे मुसलमान बनाया गया था, उसके बाद वह कभी मसजिद में नहीं गया और जब कभी भी वह शिवमंदिर के सामने से गुजरता, वह सिर नवाना न भूलता था। उसके धनी होने के कारण उसका आदर होता था और किसी प्रकार जाति-पाँति का भेदभाव किए बिना गाँव के सभी लोग उसकी शरण में आते थे।

दीनमुहम्मद का छोटा भाई शिवधनी भी फला-फूला। वह कलकत्ता चला गया और वहाँ जाकर उसने खूब धन कमाया। पाँच वर्ष कलकत्ता में रहने के बाद वह वापस अपने गाँव में आ गया। उसने शादी की और गाँव के मध्य में एक सुंदर मकान बनवाया। उसने बड़े-बड़े खेत खरीदे और उनकी जुताई आदि के लिए बड़ी-बड़ी मशीनें मोल ले लीं। बाढ़ के जल की भाँति पैसा आ रहा था। सारा गाँव उसके खेत, मशीन तथा अन्य व्यवस्था की चर्चा करता था। गाँव का कार्य शांति एवं सुव्यवस्था से चल रहा था।

परंतु गाँव के बाहर का संसार शांति से नहीं चल रहा था। द्वितीय विश्वयुद्ध आरंभ हुआ और जापान तथा जर्मनी की नितांत पराजय के साथ उसका अंत हो गया। बर्तानिया की सरकार को भारत सरकार को जनतांत्रिक राज्य बनाना लाभप्रद प्रतीत हुआ। इससे वे लोग, जो अब तक सरकार द्वारा रक्षित थे तथा भारत की उन्नति में बाधक बनने के लिए प्रोत्साहन पा रहे थे, सचेत हो गए। ब्रिटिश सरकार की ओर से जिन्हें सुविधा और सम्मान प्राप्त था, उनके पाँव तले से मानो धरती खिसकने लगी। जनतंत्र का अभिप्राय सबके लिए समान अवसर सुविधा प्राप्त करना, सभी को जीवन के लिए समान संघर्ष करना था।

उचित अथवा अनुचित किसी प्रकार से हो, मुसलमान समझते थे कि उनको

ब्रिटिश सरकार का संरक्षण प्राप्त है। इस कारण इस समान अवसर की बात सुनकर वे चिंतित हो गए। जब तक उनको पृथक् क्षेत्र नहीं मिल जाता, जहाँ कि वे उसी सुविधापूर्वक रह सकें, जैसे ब्रिटिश सरकार के अधीन रहते थे, तब तक वे जनतंत्र की स्थापना न होने देने के लिए कृत-संकल्प हो गए। जनतांत्रिक प्रणाली में अनुचित सुविधा की प्राप्ति संभव नहीं थी। अतः देश के समस्त मुसलमान इससे चिंतित हो गए। पाकिस्तान उनका नारा बना और मसजिदें उनकी प्रगति की पालना बनीं। मसजिदों में मुल्ला लोग मुसलमानों के कानों में पाकिस्तान का मंत्र फूँकते हुए अंग्रेजों को अपनी माँग पूरी करने के लिए कहने लगे।

इन बातों का गाँव के वातावरण पर भी गहरा प्रभाव पड़ा। पुराने मुतवल्ली के स्थान पर गाँव की मसजिद में दिल्ली से एक मुल्ला आकर नमाज पढ़ाने लगा।

मसजिद के अंदरवाली काररवाई बाहर के व्यक्ति के लिए सदा गुप्त ही रहती है। बाहर कोई भी मुसलमान उसकी चर्चा नहीं करता, विशेषतया गैर-मुसलिम के साथ।

किसी प्रकार से बात निकल गई और यह गाँववालों का साधारण चर्चा का विषय बन गया कि मुल्ला उनको पढ़ाता है कि वे गाँव के मध्य में गाय काटने तथा मसजिद के सम्मुख बाजे न बजने के अधिकार पर दृढ़ रहें, क्योंकि हिंदुओं को ये दोनों बातें स्वीकार नहीं, इसलिए मुल्ला ने समझा दिया कि पाकिस्तान का बनना आवश्यक है और गाँव के मुसलमानों ने इस पर अपनी सहमति जता दी। मुसलमानों ने कभी अहिंसा पर विश्वास नहीं दिखाया और इसलिए अपने लक्ष्य की सिद्धि के लिए बल का प्रयोग करने में चूके भी नहीं। उन्होंने निश्चय किया कि इस गाँव में भी इसी प्रकार किया जाएगा।

शिवधनी के लड़का उत्पन्न हुआ था और इस प्रसंग में उसके घर खुशियाँ मनाई जा रही थीं। लड़के के जन्म के ग्यारहवें दिन सारे गाँव को भोजन का निमंत्रण दिया। उसने समीप के नगर से दिन भर बजाने के लिए बैंड और रात को आतिशबाजी चलाने का प्रबंध कर रखा था। मुल्ला ने इस पर आपत्ति उठाई। अपने सहायकों के साथ मुल्ला गाँव के मुखिया के पास जाकर उसे शिवधनी को समझाने के लिए कह आया। शिवधनी के कलकत्ता से लौटने के बाद रामू, जो अब दीनमुहम्मद था, पहली बार अपने छोटे भाई के सामने गया और उसने गाँव के मुल्ला और मुसलमानों की भावना के विषय में बताया। शिवधनी अपने भाई के ही मुख से ऐसी बात सुनकर, जो कि गाँव की नीति के अनुकूल नहीं थी, किंकर्तव्यविमूढ़ सा रह गया। उसने पूछा, ''बैंड क्यों नहीं बजाना चाहिए?''

''मुसलमान चाहते हैं कि गाँव में मसजिद के होने पर बाजा न बजाया जाए।''

''पर ऐसा तो यहाँ सदा होता आया है, मेरे विवाह के अवसर पर इस प्रकार की

कोई आपत्ति नहीं उठाई गई थी।''

''शिव, जमाना बदल गया है। मुसलमान अपनी इच्छा को पूरी होते देखना चाहते हैं।''

''ठीक है, किंतु हमारी इच्छाओं का क्या होगा? मेरी इच्छा और मनुष्य का अधिकार कि अपने घर में वह जो चाहे करे?''

''एक व्यक्ति की सुविधा से मसजिद की पवित्रता अधिक आवश्यक है।''

''पर मेरे घर पर बाजा बजने से मसजिद की पवित्रता किस प्रकार भ्रष्ट हो जाएगी?''

''बाजे की ध्वनि मसजिद तक पहुँचेगी, उससे जो वहाँ नमाज पढ़ने जाते हैं, वे नमाज नहीं पढ़ पाएँगे।''

''मेरे यहाँ समारोह तो बुधवार को है, जुमे के दिन नहीं।''

''इससे क्या फरक पड़ता है? लोग नित्य ही नमाज पढ़ने जाते हैं।''

''पर वे सारा दिन तो वहाँ नमाज नहीं पढ़ते?''

''तो तुम नमाज पढ़ने के समय बाजा बंद करवा देना।''

''यदि आप ऐसा कहते हैं, तो मैं बंद करवा दूँगा। यद्यपि मैं इसे अपने अधिकारों का हनन समझता हूँ। मेरी समझ में नहीं आता कि जीवन में एक-दो बार भी इस साधारण रूप में मुझे अपने घर पर खुशियाँ क्यों नहीं मनाने दी जातीं। क्या उस केवल एक दिन के लिए वे नमाजी किसी अन्य मसजिद में नहीं जा सकते।''

''शिव,'' उसके बड़े भाई, जो कि अपने छोटे भाई के तर्क को समझ गया था, ने कहा, ''यह तुम्हारे और मेरे निर्णय करने की बात नहीं है कि दूसरे क्या करें अथवा क्या न करें। मैं तो केवल तुमसे यह कहने के लिए आया था कि मुसलमान लोग नमाज के समय बैंड बजना पसंद नहीं करेंगे। यदि तुमने फिर भी बाजा बजवाया तो उसका परिणाम भी तुम्हें भुगतना होगा।''

शिवधनी का दिल इससे खट्टा हो गया। गाँव के मुखिया की धमकी और आदेश वह समझ न पाया। केवल एक मास पूर्व ही तो इमामदीन के लड़के की बारात मसजिद के सामने से निकली थी और उसमें गाँव का बैंड भी बज रहा था, किंतु उस समय किसी ने ऐसी आपत्ति नहीं उठाई। जो हो, उसने निश्चय किया अपने वचनानुसार वह नमाज के समय बैंड रुकवा देगा।

बुधवार के दिन, जिस दिन समारोह था, दीनमुहम्मद ने अपने बड़े लड़के रहमान को एक बड़ा सा चाकू तेज करते हुए देखा। लड़के ने जब देखा कि उसका बाप उधर आ रहा है, तो उसने चाकू छिपाने का यत्न किया, किंतु वह ऐसा नहीं कर सका। बाप ने पहले ही उसकी चमक देख ली थी। उसने लड़के से पूछा, ''तुम क्या कर रहे हो?''

लड़के ने तथ्यहीन उत्तर देते हुए कहा, ''कुछ नहीं।''

बाप को उस समय आवश्यक काम से लगभग दो मील दूर पर स्थित एक गाँव में ठहरे हुए तहसीलदार के पास जाना था, इसलिए वह चला गया और लड़के ने अपने काम में मन लगाया।

दीनमुहम्मद जब तहसीलदार के पास से लौट रहा था, तो उसे स्मरण हो आया कि उसको शिवधनी के निमंत्रण पर जाना है। इसलिए वह उसके घर की ओर चल दिया।

बहुत से लोग शिवधनी के घर के बाहर एकत्र थे और खूब कोलाहल हो रहा था। दीनमुहम्मद ने अनुभव किया कि मानो प्रत्येक व्यक्ति अपने पूरे बल से बोल रहा है। सहसा उसे ध्यान आया कि कहीं बैंड के कारण कोई झगड़ा न हो गया हो। यद्यपि उसने अपने भाई से कहा था कि नमाज के समय वह बैंड रुकवा दे। अत: वह जल्दी से उस ओर चलने लगा। इसी समय उसे अपने लड़के का चाकू तेज करना भी स्मरण हो आया। वह जानता था कि रहमान नियमित रूपेण मसजिद में जाता है और मुल्ला वहाँ लोगों को बैंड के विरुद्ध भड़काया करता था। इससे उसको चिंता लग गई और उसका मन कुशंकाओं से भर गया। अपने कदम तेज कर वह वहाँ पहुँचा किंतु तब तक दुर्घटना हो चुकी थी।

लगभग 11 बजे प्रात: बैंड बजाना शुरू हुआ। युवक-समूह के लाठी और चाकुओं से सुसज्जित होकर निकलने के लिए यह सूचना ही थी। गाँव के लगभग सभी प्रतिष्ठित जन शिवधनी के घर उपस्थित थे और उन्होंने देखा कि शस्त्र-सज्जित युवकों का दल तूफान की भाँति उनकी ओर आ रहा है। सभी उठकर खड़े हो गए। वे जानना चाहते थे कि उनके इस क्रोध का कारण क्या है। रहमान उस समूह के आगे-आगे था। उन्मत्त की भाँति वह अपना चाकू घुमा रहा था। शिवधनी के मकान के आगे एकत्रित लोगों में से कुछ लोग उठकर उनकी ओर जा हाथ खड़ा कर शांत रहने का संकेत करने लगे। रहमान और उसके सहयोगी मुल्ला के उपदेशों को सुनकर ऐसे क्रुद्ध हो गए थे कि वे कोई भी कारण सुनने के लिए तैयार नहीं थे। जो आदमी उन्हें शांत कराने के लिए आया था, रहमान ने उसके छुरा घोंपने का यत्न किया। आदमी पीछे हट गया। इस प्रकार उसने स्वयं को बचा लिया। इससे तो शिवधनी के घर पर एकत्रित लोगों में भी क्रोधाग्नि भड़क उठी और कुछ लोग रहमान तथा उसके साथियों से निपटने के लिए आगे आ गए। दोनों दलों में गुत्थम-गुत्था होने लगी। लाठी, छुरी, चाकू, फावड़ा आदि-आदि जिसके हाथ में जो था, उससे वह काम लेने लगा। दोनों दलों में व्यक्ति घायल हो रहे थे और मर रहे थे।

शिवधनी के घर पर एकत्र लोग लड़ने के लिए तैयार होकर नहीं आए थे। इस कारण वे भागने लगे। इस समय दीनमुहम्मद वहाँ पहुँच गया। उसने देखा कि आहतों के

खून से लथपथ उसका बड़ा लड़का रहमान तेजी से उसके भाई के जनानखाने की ओर जा रहा है। वह उसकी कुत्सित वृत्ति समझ गया। उसके मन में यह विचार बिजली की तरह कौंधा कि रहमान महिलाओं पर आक्रमण करने गया है। अत: वह भी तेजी से उसके पीछे भागा।

शिवधनी अपने हाथ में लाठी लेकर जनानखाने के दरवाजे पर खड़ा था। कमरे के भीतर उसकी माँ और रुग्ण पत्नी थी। शेष सभी औरतें पिछले द्वार से भाग गई थीं। अब तक शिव ने एक आक्रामक को अपनी लाठी से घायल कर दिया था और अब दूसरे को घायल करने के लिए जब उसने लाठी उठाई, तो सामने खड़े व्यक्ति को पहचानकर वह रुक गया। उसने लाठी नीचे की और कहने लगा, "रहमान, मैं तुम्हारा चाचा हूँ और भीतर तुम्हारी चाची है।"

क्षण भर के लिए रहमान रुका और अपने चाचा को देखकर बोला, "चाचा? नहीं, तुम काफिर हो।" और अपना चाकू उठाकर वह उस पर झपटा। इतने में शिव की माँ बीच-बचाव करने उन दोनों के बीच आ गई और चाकू उसकी छाती को चीरता हुआ उसके हृदय के टुकड़े कर गया। बुढ़िया दोनों के पैरों में लुढ़क पड़ी। अपने चाचा पर दूसरा वार करने के लिए रहमान चाकू निकालना चाहता था। इतने में दीनमुहम्मद वहाँ पर पहुँच गया और अपनी माँ को खून से लथपथ जमीन पर पड़ी और अपने लड़के को चाकू खींचते देख वह क्रोध से भड़क उठा। अपनी माँ के प्रति उसे बहुत स्नेह था और बचपन में उसके लिए उसकी माँ ने जो कष्ट सहे थे, उन्हें वह भूला नहीं था। उसने रहमान की गरदन पकड़ ली और चिल्लाकर कहने लगा, "धूर्त! पिशाच!"

शिवधनी की, जो बाप-बेटे को गुत्थम-गुत्था देख विमूढ़ सा खड़ा था, अचानक दृष्टि उन लोगों पर पड़ी, जो शस्त्र-सज्जित हो घर में घुसकर जनानखाने की ओर बढ़ रहे थे। अपनी पत्नी तथा नवजात शिशु की रक्षा का विचार मन में आते ही उसने उन लोगों को मारने के लिए लाठी उठाई। उसकी लाठी ने दो का काम तमाम किया और शेष भाग गए। उसके पीछे दोनों बाप-बेटे अभी भी लड़ रहे थे। रहमान की गरदन उसके बाप के हाथ से छूट गई थी और वह पास पड़े हुए चाकू की ओर पहुँचने का असफल प्रयत्न कर रहा था। रहमान जवान था। उसका पिता थकान अनुभव करने लगा था। वह उसे चाकू से दूर रखने का भरसक प्रयत्न कर रहा था, किंतु शनै:-शनै: लड़का उस ओर बढ़ता ही जाता था। अगले ही क्षण वह चाकू तक पहुँचकर उसे उठा, पता नहीं अपने पिता पर ही वार कर देता कि शिवधनी की पत्नी बाहर आई, उसने चाकू उठाया और फिर अंदर चली गई।

तब तक शिवधनी को भी बाहर के आक्रामकों से अवकाश मिल गया था। उसने पीछे मुड़कर देखा तो बाप-बेटा दोनों लड़ रहे थे। उसने अपनी लाठी जमीन पर पटकी

और उन दोनों को छुड़ाने का यत्न करने लगा। उसे भी इसमें सफलता न मिलती यदि बाप पूर्णतया थक न गया होता और लड़का वहाँ से भाग न जाता। ज्यों ही उन दोनों को छुड़ाने में सफलता मिली, रहमान घर से भाग गया।

इस लड़ाई में दीनमुहम्मद को कई चोटें आई थीं। शिवधनी ने उसे जमीन से उठाकर बैठाया और उसकी चोटों पर लगी धूल साफ करने लगा। समीप ही उसने मृत माता का शव पड़ा देखा, तो उसका हृदय भर आया। अश्रुपूरित नयनों से वह बोला, ''दादा, मैं तुम्हें घर छोड़ आऊँ अथवा तुम अकेले चले जाओगे?''

दीनमुहम्मद की गरदन झुक गई और उसकी आँखों में आँसू बहने लगे। उसको अपनी भावनाओं पर नियंत्रण करना कठिन हो गया और वह रो पड़ा। मृत माँ के पैर पकड़कर वह कहने लगा, ''माँ, मैं पापी हूँ, मुझे शाप दो, मैं ही पापी हूँ।''

पुलिस ने मसजिद में छिपे रहमान को पकड़ लिया। लंबी-चौड़ी जाँच-पड़ताल के बाद दो अन्य साथियों के साथ रहमान पर धारा 303, 302, 307 तथा इसी प्रकार की अन्य अनेक धाराओं के अंतर्गत अभियोग चलाया गया। अभियोग में विशेष जान नहीं थी, क्योंकि कोई भी आँखों-देखा गवाह पुलिस को मिल नहीं पाया था। सभी लोग रहमान के पिता के कारण डरते थे। वे जानते थे कि दीनमुहम्मद ने स्वयं सबकुछ अपनी आँखों से देखा है। यदि वह पुलिस की सहायता के लिए आगे नहीं आ रहा, तो कोई अन्य क्यों आगे आए?

पुलिस ने शिवधनी को, जिसके घर पर यह दुर्घटना हुई थी, नहीं छोड़ा। उसको अदालत के सामने गवाही देने के लिए बुलाया गया। जिस दिन उसे गवाही देने के लिए जाना था, उसकी पहली रात को फातिमा शिवधनी के घर पर आई और उसने उसकी पत्नी के पैरों में सिर रख दिया। शिवधनी की पत्नी अपने छोटे बच्चे को दूध पिला रही थी और वह वहीं समीप बैठा था। ऐसे समय अपने लड़के की जीवन-रक्षा के लिए फातिमा ने जो विनती की, वह शिवधनी के हृदय में घर कर गई। आँसू भरी आँखों से उसने कहा, ''भाभी, तुम मुझसे क्या कहलवाना चाहती हो?''

''कोई भी बात, जिससे कि रहमान छूट जाए।''

''बहुत अच्छा,'' उसने गहरा साँस लेते हुए कहा, ''मैं वही करूँगा, जो तुम चाहती हो।''

अभियोग में शिवधनी की मुख्य गवाही थी। उसने मजिस्ट्रेट को बताया, ''मैं घर के भीतर जनानखाने की रक्षा कर रहा था। मैंने रहमान को वहाँ नहीं देखा। मेरे खयाल में न तो वह गुंडों की अगवाई कर रहा था और न ही मेरे मकान में घुसा।'' उसने आगे कहा, ''मैं उस समय परेशान हो गया था। कोई मेरे मकान में घुसा था, मैंने शायद उसे लाठी मारी और वह उससे मर गया। मैंने उस समय पहचाना नहीं। मैं नहीं समझता कि

वह रहमान था।''

शिवधनी की गवाही से पुलिस का केस बिलकुल सारहीन हो गया था और प्रोसीक्यूटर केस वापस लेने की सोच रहा था। इस समय दीनमुहम्मद कचहरी के कमरे के अंदर घुसकर मजिस्ट्रेट से बोला, ''मैं इस केस में गवाही देना चाहता हूँ।''

''आपने इसके लिए पुलिसवालों से संपर्क स्थापित क्यों नहीं किया?''

''पुलिस ने मुझे नहीं खोजा। यह तो पुलिस बताएगी कि मुझ जैसा आँखों देखा गवाह विद्यमान होने पर भी पुलिस ने मुझसे पूछताछ क्यों नहीं की? मैं सोचता हूँ कि गाँव का मुखिया होने के नाते मेरा यह कर्तव्य है कि घटना की सभी बातें स्पष्ट हो जाएँ, कोई चीज छिपी न रह सके।''

तब उसने रहमान के चाकू तेज करने, उसकी माँ को मारने और फिर उसे ही मारने का यत्न करने की पूरी कहानी सुना दी। अंत में उसने बताया, ''रहमान मेरा लड़का है। कुछ भी हो, वह हत्यारा है।''

उसने मुल्ला के विषय में भी बताया किंतु वह तब तक गाँव छोड़कर भाग गया था और उसका पता नहीं चला।

उस दिन शाम को दीनमुहम्मद ने अपनी पत्नी से कहा, ''आज मैंने तुम्हारे प्रेम के मूल्य की आखिरी किस्त चुका दी है।''

□

उन्माद की चिकित्सा

यह घटना वाराणसी की है। महात्मा परमानंद योगी के रूप में प्रख्यात थे। यह ख्याति कानोकान फैल रही थी। उनके विषय में यह कहा जा रहा था कि वह योगी हैं और सिद्धि प्राप्त किए हुए हैं।

वह व्याख्यान भी योग, ध्यान तथा तपस्या पर ही दिया करते थे। पवित्र गंगा के तट पर दशाश्वमेध घाट पर खड़े हुए वह अपने भक्तों को बताया करते थे कि एक योगी चाहे तो पृथ्वी को भी अपनी धुरी से उलट सकता है। वह चाहे तो आकाश में सूर्य को बाँध सकता है। इतनी बड़ी बात पर उनके भक्त विश्वास भी करते थे। ऐसा कहा जाता था कि स्वामीजी चकित कर देनेवाले चमत्कार कर चुके हैं। ख्याति इतनी अधिक थी कि नित्य के व्याख्यान के अनंतर सहस्रों की संख्या में नर-नारी, बाल-वृद्ध उनका आशीर्वाद लेने आ जाया करते थे। स्त्रियाँ अपने रुग्ण बच्चों के लिए स्वास्थ्य माँगने आती थीं। धनी-मानी दीर्घायु के लिए याचना करते थे और निर्धन धन-धान्य के लिए।

महात्माजी का जीवन-वृत्त तो वाराणसी भर में ज्ञात था। वे बिहार के एक संपन्न जमींदार के इकलौते पुत्र थे, नाम था अशोक। बहुत ही लाड़-प्यार में उनका लालन-पालन हुआ था। छोटी अवस्था में ही विवाह हो गया। पत्नी अभी पति के घर में नहीं आई थी कि अशोक ने एक तपसी बाबा की कथा सुनी। यह कहा जा रहा था कि वह इच्छानुसार आकाश में उड़ सकता है, भूमि के भीतर के रहस्यों को जान सकता है, जो कहता है, हो जाता है। इस कथा ने बालक अशोक के मन पर इतना प्रभाव जमाया कि वह तपसी बाबा के दर्शन की लालसा करने लगा और एक दिन उससे मिलकर योग और सिद्धि प्राप्त करने के लिए घर से निकल गया। पत्नी, धन-संपद्, वह समझता था, सिद्धि के पश्चात् तो उसके पाँव में लोट-पोट होने लगेंगी। उसके मन में बहुत बड़ी-बड़ी महत्त्वाकांक्षाएँ थीं और वह समझता था कि सिद्धि-प्राप्त करने पर वे सहज में ही पूरी हो जाएँगी।

तपसी बाबा तो मिले नहीं, परंतु अनेकानेक साधु हिमालय की कंदराओं में मिले

और उन्होंने उसको आशीर्वाद दे दिया तथा योग का मार्ग बता दिया। वह स्थान-स्थान पर, जहाँ किसी सिद्ध का समाचार मिलता, जा पहुँचता और जो कुछ उससे मिलता, श्रद्धा तथा भक्ति से ग्रहण कर, उस पर अभ्यास करने लगता।

□

वर्ष-पर-वर्ष व्यतीत होते गए और अशोक, जो तब तक महात्मा परमानंद बन चुका था, भारतभूमि के कोने-कोने में भ्रमण कर चुका था। उसने योग के विषय में कुछ सीखा भी था, कुछ कहीं से, कुछ कहीं से और अभ्यास भी किया था। वह समाधिस्थ हो जाने की प्रक्रिया का अभ्यास करने लगा था। इस पर भी उस अवस्था से कहीं दूर था, जिसकी आकांक्षा लेकर घर से निकला था।

अब उसे निराशा और अरुचि होने लगी। वह जीवन व्यर्थ गया समझने लगा था। जितनी आशा से वह घर से निकला था, उसके अनुमान में निराशा ही हुई थी। एक दिन वह उत्तरकाशी में गंगा के तट पर खिन्न मन एक पत्थर पर बैठा था और अपने पर्यटनों पर सोच रहा था और उस व्यर्थ गए जीवन पर पश्चात्ताप कर रहा था। वह अपने को अत्यंत क्लांत अनुभव कर रहा था।

इस समय वह पैंतीस वर्ष का युवक था, हट्टा-कट्टा, ब्रह्मचर्य के ओज से परिपूर्ण, परंतु निराशा से शिथिल। एकाएक उसको कुछ ऐसा प्रतीत हुआ कि उसके सामने कोई अति प्रकाशमान वस्तु गंगा के जल से निकल रही है। उस आलोक में से कुछ आकार बनता दिखाई देने लगा। धीरे-धीरे उसे उस प्रकाश-पुंज में शंख-चक्र, जटाधारी भगवान् विष्णु का आकार बनता दिखाई देने लगा। वह सतर्क हो भगवान् की मूर्ति पर मुग्ध इस सबकुछ का अर्थ समझने का यत्न करने लगा। भगवान् के सुंदर चित्ताकर्षक प्रकाशमय विग्रह पर वह अपने आपको भूल गया। उसका शोक और उसकी निराशा विलीन हो गई और वह आशान्वित भगवान् की ओर देखने लगा। प्रकाश इतना अधिक था कि आँखें खुलती नहीं थीं, परंतु वह अनुभव कर रहा कि सबकुछ देख रहा है। अपने को, गंगातट को, प्रकाशवान, परंतु वेग से बहती हुई गंगा की धारा को और उसके ऊपर खड़ी भगवान् की मूर्ति को। भगवान् उसके समीप पहुँचे और उसके सिर के ऊपर हाथ रखकर उसको आशीर्वाद देने लगे। भगवान् के होंठ फड़क नहीं रहे थे, परंतु वह सुन रहा था, भगवान् कह रहे थे, "जो चाहते थे, पा गए हो। तुम सिद्ध हो, योगी हो। संसार तुम्हारा है।"

परमानंद इस आशीर्वाद से गद्गद हो गया और कृतज्ञता से भरा झुककर प्रणाम करने लगा। वह भूमि पर लुढ़क गया और अचेत होकर भूमि पर पड़ा रहा।

□

उसको चेतनता हुई। वह एक साधु के आश्रम में पड़ा था। सब उसको जीवित

देख प्रसन्न थे और जब उसने देखनेवालों को बताया कि भगवान् के दर्शन और आशीर्वाद प्राप्त कर चुका है, तो सब मुसकराते हुए उसकी ओर देखने लगे।

वह अपने में अद्‌भुत शक्ति का संचार पाता था। उसने अपने शारीरिक बल की परीक्षा भी की। वे पत्थर, जिसको दस-दस मनुष्य भी कठिनाई से उलट सकते थे, वह थोड़े प्रयत्न से ही उठाने लगा था। उसमें वाचालता भी बढ़ गई थी। वह कई-कई दिन बिना सोए, बिना खाए-पीए निरंतर चलता दीख चुका था।

हरिद्वार में तो उसको यह भी समझ आया कि लोग उसको देखने, उसके चरण-स्पर्श करने और उसका आशीर्वाद प्राप्त करने पंक्तियाँ बाँध आने लगे हैं। स्वेच्छा से ही लोग उसकी सेवा-शुश्रूषा तथा उसके दर्शनों को आई भीड़ का प्रबंध करने के लिए एकत्र हो जाते थे।

वहाँ एक घटना घटी। कुछ लोग एक लड़के के मृत शव को श्मशान घाट लिये जा रहे थे। महात्मा गंगाघाट की ओर जा रहे थे। उनके भक्तजन उनके साथ थे। महात्माजी ने अरथी को देखा और एक भक्त की ओर देखकर कह दिया, "यह तो जीवित है। ये जीवित को ही जलाने के लिये जा रहे हैं।"

भक्तों ने यह बात मृतक के संबंधियों को कही, तो वे सब किंकर्तव्यविमूढ़ की भाँति देखने लगे। अरथी रोक दी गई। डॉक्टर बुलाया गया और लड़का जीवित घोषित हो गया। इस रागय तक महात्मा परमानंद तो घाट पर जा पहुँचे थे। लोग, जिसने सुना, भागे-भागे स्वामीजी के दर्शनों को आने लगे। लोगों ने, आशीर्वाद प्राप्त करनेवालों ने और अनेकानेक प्रश्न करनेवालों ने महात्माजी को इतना तंग कर दिया कि वे हरिद्वार छोड़ भाग खड़े हुए, परंतु उनकी ख्याति उनसे आगे-ही-आगे जा रही थी।

□

जब वे वाराणसी पहुँचे, वे सिद्ध योगी, ईश्वर तक पहुँचे हुए महात्मा प्रसिद्ध हो चुके थे। महात्मा परमानंद भी अब अपने को भगवान् के वर से युक्त एक असीम शक्ति का स्वामी समझने लगे थे। अब वह अपना आशीर्वाद अनायास ही देते रहते थे। किस-किसको उनका आशीर्वाद फलता था, कहना कठिन है, परंतु उनकी ख्याति उत्तरोत्तर बढ़ रही थी।

एक दिन स्वामीजी दशाश्वमेध घाट पर अपना प्रवचन देकर लौट रहे थे कि बाजार में दो साँड़ लड़ते दिखाई दिए। एक श्वेत रंग का था तथा दूसरा कृष्ण वर्ण का। दोनों के सींग परस्पर जुड़े हुए थे और वे एक-दूसरे को धकेल रहे थे। श्वेत साँड़ बलवान था और कृष्ण लगभग पीछे हट रहा था। एकाएक श्वेत साँड़ का पाँव फिसला। वह गिरा और कृष्ण ने उत्साहित हो, उस पर आक्रमण करने के लिए भाँ-भाँ की गर्जना की।

श्वेत साँड़ उठा और अपने बल पर विश्वास से भरा हुआ पुनः भिड़ जाने के लिए फूत्कारें मारने लगा।

इस समय स्वामीजी को एक चमत्कार दिखाने की सूझी। वे दोनों के बीच में खड़े हो गए और उच्च स्वर में कहने लगे, "अरे मूर्खो, बस करो। लड़ना ठीक नहीं। देखो, मैं कहता हूँ, शांत हो जाओ।"

श्वेत और कृष्ण दोनों साँड़ों ने समझा कि यह कोई तीसरा साँड़ उनमें आ खड़ा हुआ है। दोनों ने सोचा कि यह उनसे दुर्बल है। दोनों अपना क्रोध निकालने के लिए उस पर पिल पड़े। एक क्षण के लिए तो स्वामीजी ने दोनों के सींग पकड़ उनको रोकने का यत्न किया, परंतु अगले क्षण श्वेत साँड़ ने महात्माजी को सींगों पर उठा और उनको घायल कर हवा में उछाल दिया।

महात्माजी घायल रक्त से लथपथ अचेतावस्था में अस्पताल में पहुँचा दिए गए। कई दिन के पश्चात् उनकी संज्ञा लौटी। उनकी दो पसलियाँ टूट गई थीं और पलस्तर लगा दिया गया था। उनको ठीक होने में दो मास लग गए।

पहले भक्तों को स्वामीजी तक जाने की स्वीकृति नहीं थी। स्वामीजी, जो अपनी शक्ति की सीमा देख चुके थे और जिनका अभिमान अपने सिद्धि-प्राप्त योगी होने का विलीन हो चुका था, लज्जित हो भक्तों को मुख दिखाने से इनकार करते थे।

एक दिन अस्पताल के डॉक्टर ने कह दिया, "महाराज, आपके भक्त दर्शनों के लिए एक बहुत बड़ी संख्या में बाहर खड़े हैं। अब तो आप सब प्रकार से स्वस्थ हैं। आप उनसे मिल सकते हैं।"

महात्माजी ने क्षण भर विचार किया और तब कहा, "उनसे कहो, मैं बाहर ही आता हूँ।"

डॉक्टर कहने गया, तो स्वामीजी ने अपना कमंडल तथा डोरी उठाई और अस्पताल के पिछवाड़े की ओर चल पड़े। नर्स और नौकरों ने समझा कि लघुशंकादि के लिए जा रहे हैं, परंतु वे गए और लापता हो गए।

दर्शनाभिलाषी खड़े-खड़े प्रतीक्षा में उकता रहे थे और महात्माजी बिहार, अपने पिता के गाँव की ओर जा रहे थे। उनका पागलपन जा चुका था और वह पंडित बालक की भाँति सुधर गए, अनुभव करने लगे थे।

□

सूखी लकड़ी

''ऐसी अवस्था में तुम सरकारी नौकरी में किसलिए आए हो?''

''नियुक्त करनेवाले बोर्ड ने मुझे बीच प्रत्याशियों में से चुना था और नियुक्ति-पत्र दिया था।''

''परंतु तुमने 'सर्विस रूल' की पाबंदी नहीं की?''

''हुजूर! यही तो पूछ रहा हूँ कि किस 'रूल' की पाबंदी नहीं की?''

''तुम खद्दर पहनकर काम पर आते हो।''

''यह किसी भी 'रूल' में नहीं लिखा हुआ कि क्या पहनकर काम में आना चाहिए।''

प्रांतीय सरकारी निर्माण विभाग में एक सुपरिंटेंडेंट अपने अधीन एक क्लर्क को डाँट के भाव में पूछ रहा था और क्लर्क आदरपूर्वक सामने खड़ा अपनी सफाई दे रहा था।

सन् 1922 के दिन थे। गांधीजी ने हाथ में कते सूत से हाथ का बुना कपड़ा प्रयोग करने के लिए सब हिंदुस्तानियों को कहा था। देश में आधी की भाँति यह बात फैल गई थी। और मनोहरलाल, जो कुछ दिन पहले पाँव से सिर तक अंग्रेजी ढंग के कपड़े पहन कार्यालय में आया करता था, अब खद्दर के वस्त्र पहनकर आने लगा था। वह सिर पर खद्दर की पगड़ी, बंद गले का कोट, खद्दर का कुरता और पायजामा पहनने लगा था।

पहले ही दिन जब वह खद्दर की पोशाक में कार्यालय में आया था तो उसका चीफ इंजीनियर से आमना-सामना हो गया था। मनोहरलाल ने 'गुड मॉर्निंग' की तो चीफ इंजीनियर मिस्टर डी.ई. वुड उसे देख जल-भुन सा गया था। उसकी दृष्टि में गांधी एक महान् विद्रोही था और खद्दर की पोशाक को वह विद्रोहियों की 'यूनिफॉर्म' समझता था। सदा के विपरीत उसने 'गुड मॉर्निंग' का प्रतिवादन नहीं किया और मनोहरलाल की अवहेलना करता हुआ जहाँ जा रहा था, चला गया। इस घटना को हुए अभी सप्ताह भी नहीं हुआ था कि सुपरिंटेंडेंट मिस्टर पी. नरूला ने मनोहरलाल को अपने सामने

खड़ा कर कहा था, "तुम्हारा नेकटाई-कॉलर कहाँ गया है?"

नरूला मनोहरलाल के श्वसुर का मित्र था और उसने भी मनोहरलाल की नियुक्ति में योगदान किया था। मनोहरलाल ने भी यही समझा था कि मिस्टर नरूला पत्नी के पिता के नाते ही यह बात कह रहा है। इस कारण उसने भी उसी भाव में उत्तर दिया, "गांधीजी की आँधी में उड़ गए हैं।"

इस उत्तर से चिढ़कर नरूला ने कहा था कि वह सरकारी नौकरी में किसलिए आया है? जब मनोहरलाल ने कहा कि उसने किसी भी 'सर्विस रूल' का उल्लंघन नहीं किया तो नरूला ने कहा, "बड़े साहब अभी-अभी कह रहे थे कि मनोहरलाल को 'डिसमिस' करना पड़ेगा।"

इस बात पर मनोहरलाल के मन में चिंता होने लगी थी, परंतु शीघ्र ही उसने सावधान होकर कहा, "यह 'डिसमिसल' अकारण होगी।"

"मैं लाला नानकचंदजी को आज मिलने जाऊँगा। यदि तुम भी वहाँ आ सको तो ठीक रहेगा।"

"जी, आ जाऊँगा।"

"ठीक है। जाओ, काम करो।"

नानकचंद मनोहरलाल के श्वसुर का नाम था। यह सुन एक क्षण के लिए ही मनोहरलाल के मुख पर चिंता की रेखाएँ दृष्टिगोचर हुई, परंतु अगले ही क्षण वह स्वस्थचित्त हो अपनी 'सीट' पर जा बैठा और काम करने लगा।

मनोहरलाल घर गया तो पत्नी से बोला, "मैं तुम्हारे पिताजी से मिलने जा रहा हूँ।"

"कुछ काम है क्या?"

"तुम मिस्टर नरूला को जानती हो न? वह तुम्हारे पिताजी से मेरी शिकायत करने जा रहे हैं और वह शिकायत मेरे मुख पर करना चाहते हैं।"

"क्या किया है आपने, जो वह शिकायत करने जा रहे हैं?"

"मैंने खद्दर पहनना आरंभ कर दिया है और बड़े साहब को यह बुरा प्रतीत हुआ है।"

"वह कौन है?"

"एक अंग्रेज है। अपने देश में 'टोरी पार्टी' से संबंध रखता है।"

"तो आपको पिताजी को बीच में लाने की क्या आवश्यकता है? आप कल से अपनी पहली पोशाकें पहन दफ्तर में जा सकते हैं।"

"नहीं शकुंतला। नौकरी के कायदे-कानूनों में कहीं यह नहीं लिखा कि मैं कैसे कपड़े पहनकर दफ्तर में जाऊँगा।"

"अर्थात् आप अफ्रीका के जंगलों की भाँति नंगे भी दफ्तर में जा सकते हैं?"

"यह खद्दर के कपड़े जो हैं। इनके पहनने से मैं नंगा नहीं हो रहा।"

"तो फिर?"

"मैं पिताजी के घर जा रहा हूँ।"

"मैं भी साथ चलूँगी।"

"चल सकती हो।"

दोनों घर से पैदल ही शकुंतला के पिता के घर में जा पहुँचे। मनोहरलाल का डेढ़ वर्ष की वयस का एक लड़का भी था। वे उसे भी साथ ले गए थे।

वहाँ नरूला पहले ही शकुंतला के पिता के पास बैठा बतला रहा था। मनोहरलाल को बैठक-घर में आते देख शकुंतला के पिता ने कह दिया, "यह लो, मनोहरलालजी आ गए हैं।"

"मैं तो आपसे कहने आया हूँ कि इसे समझाना चाहिए। नहीं तो यह 'डिसमिस' कर दिया जाएगा और पुन: इसे सरकारी नौकरी नहीं मिलेगी।" नानकचंद स्वयं भी एकाउंटेंट जनरल के कार्यालय में काम करता था। इस पर भी वह परमात्मा पर भरोसा रखनेवाला व्यक्ति था। इस कारण वह दामाद की नौकरी छूटने के विषय में चिंतित नहीं था।

मनोहरलाल ने दोनों बड़ों को हाथ जोड़ नमस्ते की और उनके सम्मुख बैठ गया।

नानकचंद ने ही बात आरंभ की। उन्होंने कहा, "नरूला साहब तुम्हारी शिकायत कर रहे हैं।"

"पिताजी, इनको बड़े साहब को कहना चाहिए था कि खद्दर पहनने से कोई नौकरी के अयोग्य नहीं हो जाता। इन्होंने साहब को ठीक बात बताई नहीं और मुझे कार्यालय में ही डाँटने लगे थे।"

उत्तर नरूला ने दिया, "देखो बरखुरदार! यदि मैं यह बात कहता तो कदाचित् तुमसे पहले मैं ही बर्खास्त कर दिया जाता।"

"तो खद्दर पहनना और साथ ही खद्दर का 'सर्विस रूल' के खिलाफ न होना, कहना भी मना है?"

"हाँ, आजकल तो यही हो रहा है। यदि नौकरी करनी है तो कल कोट, पतलून, नेकटाई इत्यादि पहनकर आना। नहीं तो ठीक नहीं होगा।"

"परंतु हजूर!" मनोहरलाल ने घर पर भी उसी भाषा में संबोधन किया, जिस भाषा में वह कार्यालय में किया करता था, "मैं कुछ भी कसूर नहीं कर रहा। मैं तो अब इसी पोशाक में जाऊँगा।"

मिस्टर नरूला ने अब नानकचंद को कहा, "लड़के को समझाइए। इसे बता

दीजिए कि कोमल घास को, जो हवा से झुक जाती है, हवा उखाड़ नहीं सकती। परंतु वृक्ष की सूखी शाखाएँ आँधी से टूट भूमि पर गिर मिट्टी चाटने लगती हैं।''

''और फिर यह तो अभी शाखा भी नहीं। एक सूखी छड़ी ही है। थोड़े से दबाव में ही टूट जाएगी।''

इतना कह नरूला नानकचंद को नमस्ते कह चल दिया। उसका विचार था कि पृथक् में श्वसुर दामाद को समझाएगा तो वह समझ जाएगा।

नरूला के चले जाने के उपरांत शकुंतला और उसकी माँ भी वहाँ आ गईं। नानकचंद ने लड़की को बताया, ''मनोहरलाल को नरूला सूखी लकड़ी कह गया है। इसका मतलब है कि सरकार के दबाव के नीचे यह टूट जाएगी। वह इसे कोमल घास बन जाने के लिए कह गया है।''

अब शकुंतला ने कहा, ''पिताजी! आप इनको ठीक-ठीक सम्मति दीजिए।''

''ठीक बात तो यह ही विचार कर सकता है। सूखी लकड़ी टूट भी सकती है और यदि कुशलता से चलाई जाए तो दूसरों का सिर भी फोड़ सकती है और कोमल घास...'' नानकचंद कहता-कहता रुक गया।

बात मनोहरलाल ने पूरी कर दी। उसने कहा, ''पिताजी! कोमल घास दूसरों के पाँव-तले दबती रहती है। मैं संसार की ठोकरें खाने के लिए नहीं बना।''

''तो अब गली-गली, बाजार-बाजार में तिरंगा हाथ में लिये हुए महात्मा गांधी की जय बुलाते फिरोगे?''

''नहीं पिताजी! मैं कल कार्यालय जाऊँगा।''

''यह खद्दर पहने हुए ही?''

''यह मेरे निज के विचार करने की बात है।''

''तो 'डिसमिस' कर दिए जाओगे।''

''तो मैं घर लौट आऊँगा।''

''यही तो पूछ रहा हूँ। कांग्रेस का काम करोगे?''

''विचार करूँगा।''

□

मनोहरलाल को एक दिन नोटिस मिल गया। लिखा था—

''तुमको नौकरी से बर्खास्त किया जाता है। तुम्हारे काम में बहुत गलतियाँ होती हैं और तुम्हें काम के अयोग्य समझा गया है।''

मनोहरलाल को नोटिस मिला तो उसने पढ़ा और मिस्टर नरूला की मेज पर जा खड़ा हुआ। जब नरूला ने उसकी ओर प्रश्न भरी दृष्टि से देखा, तो मनोहरलाल ने कहा, ''मेरी 'सर्विस बुक' पर यह गलत बात किसने लिखी है?''

''किसी ने भी लिखी हो। यह तो होना ही था। अब अपने साथी को 'चार्ज' दो और छुट्टी करो। महीने की पहली तारीख को आ अपना शेष वेतन ले जाना।''

मनोहरलाल समझ गया कि उसके काम में गलतियों की बात नरूला ने लिखी है। कदाचित् उससे बलपूर्वक लिखाई गई है। और वह नरम घास की भाँति झुक गया है। अब उसे यह बात समझ आई तो वह अपनी मेज पर बैठे अपने साथी को चाबियाँ और फाइलें दे 'चार्ज' लेने का लिखवा, जेब में डाल, घर को चल दिया।

समय से पूर्व घर पर पहुँचा तो पत्नी मुख देखते ही समझ गई कि काम से छुट्टी हो गई है। मनोहरलाल के घर की बैठक में बैठते ही वह उठी और रसोईघर से गिलास में ठंडा जल लेकर आ गई। उसे पानी लाते देख मनोहरलाल हँस पड़ा और बोला, ''तो यह मेरे इस कारनामे पर इनाम दे रही हो?''

''यह समय चाय पीने का तो है नहीं, अन्यथा चाय ले आती।''

''तो सुनो! नरूला ने मेरी 'सर्विस फाइल' पर मेरे काम में भूलों की शिकायतें लिखी हैं और उसी के आधार पर मेरी छुट्टी कर दी गई है।''

''छोड़िए इस बात को। अब बताइए, क्या करिएगा। मैं समझती हूँ कि घर पर पड़े सामान से दो महीने का रोटी-पानी चल जाएगा।''

''मैं कल से काम पर जाऊँगा।''

''ठीक है। मुझे बताइए, मैं क्या करूँ?''

''तुम वही करो जो पहले करती थीं।''

''क्या करती थी?''

''रोटी, पानी और...और...'' वह कह नहीं सका और प्रेम भरी दृष्टि से पत्नी की ओर देखने लगा।

''नहीं, अब नहीं। जब तक आप वेतन-जितना मेरे हाथ पर लाकर नहीं रख देते, एक मुन्ना ही रहेगा।''

''कितना देता था?''

मनोहरलाल जानता था कि वह सवा सौ वेतन सबका सब शकुंतला को दे देता था और वह उसे एक रुपया नित्य पॉकेट-खर्चा देती थी। शेष सब व्यय वह ही करती थी। घर पिता की संपत्ति में से मिला हुआ था। शेष एक सौ रुपए में से सब व्यय कर बीस-तीस बच जाते थे और वे वस्त्र बनाने में व्यय होते थे।

अगले दिन मनोहरलाल ने साइकल ली और घर से निकल गया। वह दो बजे के लगभग वापस आया। भोजन किया और सो गया। यह नित्य का काम हो गया कि वह प्रातः पाँच बजे घर से जाता था। आठ-साढ़े आठ बजे लौटता था। पुनः अल्पाहार ले वह चला जाता था और मध्याह्नोत्तर घर आता था। महीने के उपरांत उसने एक सौ दस रुपए

ही शकुंतला को दिए।

"बस?"

"दस तारीख से दफ्तर से छुट्टी हुई थी। दस दिन का वेतन तो मिलेगा और इस महीने मैं इतना ही पैदा कर सका हूँ।"

"किस काम से पैदा किया है?"

"इसकी जानने की भी जरूरत है क्या? मैं समझता हूँ नहीं। इतना बता सकता हूँ कि यह चोरी नहीं किए। मेहनत से पैदा किए हैं।"

"मेरे लिए इतना जानना ही पर्याप्त है।" शकुंतला मुसकराती हुई पति का मुख देखती रही।

समय व्यतीत होने लगा। दो-तीन महीने में मासिक आय ढाई सौ से ऊपर हो गई। परंतु मनोहरलाल का कार्यक्रम बदल गया। अब वह प्रातः पाँच बजे के स्थान पर एक बार ही आठ बजे जाने लगा था और माध्याह्न के भोजन के समय आता था। भोजन कर आधा घंटा विश्राम कर वह पुनः चला जाता था और सायं आठ बजे आता था। इस कार्यक्रम के बदलने से वह घर पर तीन सौ रुपया महीना देने लगा था। नौकरी छूटे एक वर्ष हो चुका था।

एक वर्ष के उपरांत उसने पत्नी को बताया, "मैंने दुकान कर ली है।"

"सत्य? किस वस्तु की?"

"पुस्तकें बेचता हूँ। पहले समाचार-पत्र लोगों के घर में देता था। तदनंतर उसके लिए एक पुरबिया नौकर रखकर स्वयं पुस्तकें बेचने लगा था। एक हाथ रेड़ी पर स्थान-स्थान पर घूम-घूमकर बेचता था। अब पिछले महीने से एक दुकान ले ली है।"

"रुपया कहाँ से लिया है?"

"देखो शकुंतला! सरकारी नौकरी से निकाले जाते समय मेरी बचत इत्यादि के तीन सौ रुपए एक साथ मिले थे। उसमें से एक रेड़ी ली और शेष रुपया एक पुस्तक-विक्रेता के पास जमा कर दिया। उससे पुस्तकें बिक्री के लिए लेकर रेड़ी पर लगाकर बाजार में बेचने लगा था। समाचार-पत्र भी वही ले देता था। जितनी आय महीने में होती थी, उसमें से पहले चार आना रुपया, पीछे आठ आना पूँजी में जमा करता रहा हूँ। अब एक दुकान ले ली है। और अपनी पूँजी से उसमें पुस्तकें भरने लगा हूँ।"

"अब तुमसे एक नया लेन-देन का हिसाब करूँगा।"

"क्या?"

"नित्य के लाभ में से पचास प्रतिशत नित्य दिया करूँगा।"

"अब तो आपके दिए में से एक वर्ष में मेरे पास भी एक सहस्र के लगभग जमा हो गया है।"

"जो जिसके भाग का आता है, वह उसको मिलना चाहिए।"

अब समाचार-पत्र बेचनेवाले पुरबिया के अतिरिक्त दुकान के लिए एक नौकर भी रखना पड़ा। कभी उसे दुकान पर बिठाता था। और स्वयं रेड़ी पर पुस्तक बेचता था और कभी स्वयं दुकान पर बैठता था और रेड़ी पर नौकर को भेज देता था। पाँच से बीस रुपए नित्य तक कभी कितना कभी कितना घर पर देता था।

नौकरी छूटे पाँच वर्ष हो चुके थे। शकुंतला के एक लड़का और हो चुका था। पहला लड़का अरुण स्कूल में भरती हो गया था।

□

शकुंतला के छोटे भाई का विवाह था। निमंत्रण देने शकुंतला की माँ और पिता आए। मनोहरलाल घर पर ही था। जब नानकचंद ने निमंत्रण-पत्र दामाद के हाथ में दिया तो मनोहरलाल ने कार्ड पर समय देख कह दिया, "पिताजी! आ सकूँगा।"

"तुम कभी मिलने भी नहीं आते?" भगवती, शकुंतला की माँ ने कह दिया।

"माँजी! मालिक छुट्टी नहीं देता। जब तक काम करता-करता थक नहीं जाता, वह छोड़ता नहीं और तब थका हुआ घर पर आ सो जाता हूँ।"

"कौन मालिक है तुम्हारा? मैंने तो सुना था कि तुम अपना काम करने लगे हो।"

"हाँ, माताजी! परंतु उसमें भी एक मालिक है और वह ही बहुत तंग करता है।"

"कौन मालिक है उसमें?"

"अपना मन है। मेरी दुकान पर तीन नौकर हैं। मैं मालिक हूँ। जिस प्रकार मैं अपने से काम लेता हूँ, वैसा ही तो नौकरों से ले सकता हूँ। इसलिए हम चारों जब तक काम करते-करते थक नहीं जाते, घरों को नहीं जाते।"

इस पर नानकचंद ने पूछ लिया, "वे नौकर नाराज नहीं होते?"

"उन्हें वेतन के साथ बिक्री पर कमीशन भी देता हूँ। इस कारण वे काम करते हैं और थकते नहीं। वे बिक्री बढ़ाने के नए-नए तरीके बरतते रहते हैं। उनको कमीशन रात को ही दे देता हूँ और मैं भी अपना वेतन रात को लाकर शकुंतला को दे देता हूँ।"

नानकचंद मुख देखता रह गया। तदनंतर विचार कर पूछने लगा, "और किसी दिन छुट्टी नहीं करते?"

"सप्ताह में एक दिन बाजार बंद करने का विचार कर रहे हैं, परंतु बाजारवाले मेढकों की पंसेरी हैं। इकट्ठे होते ही नहीं।"

विवाह के दिन वह ससुराल में गया। शकुंतला ने जरीदार जंपर और साड़ी पहने हुए थे। उसके सैंडल भी बहुत बढ़िया सुनहरी रंग के थे। वह विवाहवाले लड़के की बहन लग रही थी। मनोहरलाल भी पतलून, कोट, नेकटाई और कॉलर पहने हुए था। सिर पर रेशमी पगड़ी बाँधे हुए था।

पति-पत्नी जब ससुराल पहुँचे तो मिस्टर नरूला भी वहाँ खड़ा मित्रों से बातें कर रहा था। उसने मनोहरलाल और शकुंतला को वहाँ खड़े लोगों से बढ़िया वस्त्र पहने आते देखा तो चकित रह गया।

मकान के बाहर शामियाना लगा था और बारात के साथ जानेवाले लोग उसके नीचे एकत्र हो रहे थे। मिस्टर नरूला ने आगे बढ़ मनोहरलाल से हाथ मिलाते हुए पूछ लिया, "हैलो! वह खद्दर का सूट कहाँ गया है?"

"वह भी है। परंतु आज यह भी पहन लिया है।"

"तो समझ गए हो?"

"क्या समझ गया हूँ?"

"यही कि तुमने भूल की थी। बताओ, अब कहाँ काम करते हो?"

"एक दुकान पर काम करता हूँ।"

"वो दिमाग ठीक हो गया?"

"जी।"

"ईश्वर का धन्यवाद है। जल्दी ही समझ आ गई है। मैं तो पहले ही कहता था कि कोमल घास बन जाओ।"

"सर! हूँ तो अब भी वही सूखी लकड़ी ही। अंतर यह आया है कि यह नया मालिक लकड़ी के गुणों को पहचानता है और लकड़ी से काम लेता है।"

"कौन है वह मालिक?"

"हुजूर! कभी दुकान पर आएँ। आपकी उनसे भेंट करा दूँगा।"

"आऊँगा। किस दुकान पर काम करते हो?"

"सन राइज बुक डिपो। अनारकली बाजार।"

"क्या वेतन देते हैं?"

"इतना कि यह सूट खरीद सकता हूँ और शकुंतला को भी देखा है? उसकी साड़ी को देखा है?"

"बहुत चमक रही थी! कितने की खरीदी है?"

"उसने बताया नहीं।"

इस समय नानकचंद गुलाबी पगड़ी बाँधे हुए आ गया और दामाद से बोला, "मनोहर! जल्दी करो। बारात चलने का समय हो गया है। मेरे साथ इधर आओ।"

नरूला साहब से अधिक बात नहीं हो सकी।

विवाह के कई दिन उपरांत एक दिन नरूला अनारकली बाजार में से जा रहा था कि उसकी दृष्टि 'सन राइज बुक डिपो' के बोर्ड पर जा पड़ी। उसे स्मरण आ गया कि नानकचंद का दामाद मनोहरलाल इस दुकान पर काम करता है। वह उससे मिलने

दुकान में जा पहुँचा। मनोहरलाल एक कोने में मेज-कुरसी लगाए बैठा था और नौकर ग्राहकों को पुस्तकें दिखा रहा था। मनोहरलाल अपने सामने किसी हिसाब रखने की किताब पर कुछ लिख रहा था। मिस्टर नरूला ने दुकान में ज्यों ही प्रवेश किया तो एक नौकर आगे आ पूछने लगा, ''किस विषय की पुस्तक चाहिए?''

नरूला हँस पड़ा और बोला, ''मुझे यह व्यसन नहीं है।'' और वह मनोहरलाल की मेज की ओर बढ़ा। मेज के समीप पहुँच उसने कहा, ''मनोहर! तो यह है तुम्हारी 'सनराइज बुक डिपो?' ''

नरूला की आवाज सुन मनोहर ने उठ हाथ जोड़ नमस्ते कही और अपने समीप रखी कुरसी पर बैठने के लिए कहने लगा।

नरूला ने कुरसी पर बैठते हुए कहा, ''मैं बाजार से गुजर रहा था। वैसे दुकान तो मैं वर्षों से देख रहा हूँ परंतु आज देखी तो तुम्हारी याद आई और तुम्हारे मालिक को देखने चला आया।''

''कुछ काम है उससे?''

''मैं देखना चाहता हूँ कि कौन है वह, जो सूखी लकड़ी को पसंद करता है?''

मनोहरलाल हँस पड़ा। हँसते हुए बोला, ''आप मेरे पिता-तुल्य हैं। इससे आपसे बहस नहीं कर सकता। इस पर भी एक छड़ी तो आपने भी हाथ में पकड़ी हुई है। कोमल घास को पकड़ आप क्यों घूमते?''

''यह तो बुढ़ापे में सहारे के लिए पकड़ ली है। इस समय मैं पचपन वर्ष का हो गया हूँ और लकड़ी का सहारा सुखकारक प्रतीत होता है।''

''यही बात मेरे मालिक की है। उसे भी एक लकड़ी का सहारा सुखकारक प्रतीत हुआ है और उसने सरकारी कार्यालय से बाहर फेंकी हुई सूखी लकड़ी उठा ली है और उसे अपना सहारा बना लिया है।''

''हाँ! लकड़ी भी तो काम देती ही है, मगर कोई काम लेनेवाला हो तब।''

''जी, मगर घास से कोई काम नहीं लेता। उसे रौंदते हुए लोग सैर करते हैं और अब बताइए, आप चाय लेंगे अथवा कॉफी?''

नरूला हँस पड़ा। वह बोला, ''मैं तो इस दुकान के मालिक से मिलने आया था।''

''वही तो आपसे चाय पूछ रहा है।''

''क्या मतलब? दुकान के मालिक तुम हो?''

''जी। यह आपकी ही दुकान है।''

□

शरीफ आदमी

"सारस्वतजी! देखिए, इस शरीफ आदमी की बात सुन लीजिए और इसका कुछ भला कर दीजिए।"

यह कहनेवाला निगम के निर्माण विभाग का सुपरिंटेंडेंट रघुनंदन अग्रवाल था और उसने यह आग्रह किया था नगर निगम के चीफ इंजीनियर के पी.ए. जयदेव सारस्वत से।

जयदेव सारस्वत का नगरपालिका के आभ्यंतरिक प्रबंध करनेवाले से इंजीनियर प्रभाशंकर सारस्वत की माँग पर कि उसे कोई ईमानदार शरीफ व्यक्ति पी.ए. के रूप में कार्य करने के लिए चाहिए, स्थानांतरण कर दिया गया था और उक्त सिफारिश निर्माण विभाग के सुपरिंटेंडेंट ने सारस्वत के आने पर पहली बार ही की थी। उसे इस विभाग में आए अभी पंद्रह दिन ही हुए थे।

उक्त वार्त्तालाप के एक दिन पूर्व ही नगर में एक कम्युनिटी हॉल के निर्माण तथा फर्नीचर लगाने के लिए 'टेंडर' आए थे और वे 'टेंडर' इंजीनियर साहब के पी.ए. की परिरक्षा में थे। टेंडर अगले दिन खुलनेवाले थे।

जयदेव ने उस व्यक्ति को देखा, जिसकी विभाग के सुपरिंटेंडेंट ने सिफरिश की थी। एक सिर से पाँव तक खद्दरधारी—टोपी, कुरता और धोती—सब दूध-समान श्वेत, पहने व्यक्ति को देख जयदेव ने सामने रखी कुरसी पर बैठने को कह दिया। सुपरिंटेंडेंट अपनी बात कह अपनी मेज पर चला गया।

जयदेव इंजीनियर साहब के कमरे में था और इंजीनियर साहब वहाँ नहीं थे। जयदेव के संकेत करने पर वह खद्दरधारी कुरसी को मेज के सामने से खिसकाकर जयदेव के समीप लाकर बैठ गया और अपनी इस हरकत की सफाई में बोला, "मैं तनिक ऊँचा सुनता हूँ। इस कारण समीप आ गया हूँ, जिससे आपको कष्ट न हो।"

जयदेव को इस व्यक्ति का कुरसी समीप ले जाना ठीक प्रतीत नहीं हुआ। परंतु कारण सुन आश्वस्त हो पूछने लगा, "आपका शुभ नाम?"

इस प्रश्न का उत्तर देने के स्थान पर खद्दरधारी ने कहा, ''मैं आपसे एक निवेदन करने आया हूँ।''

''हाँ, फरमाइए।''

''मैं आपको इंपीरियल में सायं पाँच बजे चाय का निमंत्रण दे रहा हूँ और इसी के मान लेने की आपके समक्ष सिफारिश की गई है।''

''चाय का निमंत्रण स्वीकार करने के लिए तो अग्रवाल साहब को कष्ट देने की आवश्यकता नहीं थी। वह तो मान जाता, परंतु यह तो पूछा ही जाएगा कि आमंत्रित करनेवाले कौन भद्र पुरुष हैं और किस उपलक्ष्य में यह निमंत्रण है?''

''हाँ, यह तो बता ही रहा हूँ। मैं सेठ सदाशंकर भुटानी हूँ और इस निमंत्रण का उपलक्ष्य तो चाय पीते हुए ही वर्णन करूँगा। पंडितजी, वहाँ का कार्यक्रम अति रोचक है। शब्दों में वर्णन नहीं किया जा सकता।''

''और कौन-कौन से लोग वहाँ आमंत्रित हैं?''

''हाथ कंगन को आरसी क्या! आइएगा तो स्वयं की देख लीजिएगा। आप निमंत्रण स्वीकार करिए और मैं आपका अधिक समय न लेते हुए आपसे छुट्टी लूँगा।''

जयदेव अभी विचार ही कर रहा था कि इस प्रकार के निमंत्रण को स्वीकार करे अथवा न, कि सेठ ने कह दिया, ''धन्यवाद है। मैं आपकी प्रतीक्षा होटल के पोर्च में पाँच बजे करता हुआ मिलूँगा। अन्य आनेवालों का भी स्वागत करना है।''

इतना कह भुटानी हाथ जोड़ नमस्ते कह विदा माँगते हुए खड़ा हो गया। जयदेव ने खड़े होकर हाथ मिलाते हुए कहा, ''यदि इंजीनियर साहब ने कोई आवश्यक काम न बताया तो आने का यत्न करूँगा।''

भुटानी ने धन्यवाद किया और कमरे से निकल गया। सारस्वत विचार कर रहा था कि यह बहरा तो प्रतीत नहीं होता था। परंतु चाय पार्टी पर निमंत्रण किस उपलक्ष्य में है और उसके साथ इसका क्या संबंध है? इसमें कुछ भी न समझते हुए वह इस बात के लिए अपने को चतुर मान रहा था कि उसने वचन नहीं दिया। अपने कथन में बचाव का मार्ग रख लिया है।

इंजीनियर साहब चार बजे कार्यालय में आए और बोले, ''मिस्टर जयदेव! कल साढ़े नौ बजे से पहले आ जाना। टेंडर खुलेंगे और तुम्हें टेंडरों को लेकर वहाँ उपस्थित रहना चाहिए।''

''जी, मैं उपस्थित हो जाऊँगा।''

इतना कह इंजीनियर साहब चल दिए और जयदेव विचार करने लगा कि वह चाय पर जाए अथवा न जाए?

जयदेव कभी इंपीरियल होटल में गया नहीं था और जा सकता भी नहीं था। वह

वहाँ व्यय करने के लिए दाम नहीं रखता था। इससे मन में इतने उच्च श्रेणी के होटलों को भीतर से देखने की उत्सुकता को दबा नहीं सका और सवा चार बजे कार्यालय से निकल, बस में सवार हो, होटल इंपीरियल के सामने जा उतरा। अभी नियत समय में पंद्रह मिनट शेष थे। वह समय से पहले अपने दर्शन भुटानी साहब को देना नहीं चाहता था; इस कारण सड़क पर टहलता हुआ समय व्यतीत करता रहा। जब उसकी कलाई पर घड़ी में चार बजकर पचपन मिनट हुए तो वह होटल की ओर चला और होटल की ड्योढ़ी पर पाँच बजने में एक मिनट रहते पहुँच गया।

□

भुटानी वहाँ अकेला खड़ा था। वह जयदेव को देख उसकी ओर बढ़कर हाथ मिलाते हुए नमस्कार कर बोला, "बहुत-बहुत धन्यवाद है। आइए, मैं आपको भीतर स्थान पर बैठा आऊँ। मैं एक अन्य व्यक्ति की प्रतीक्षा में हूँ। उसके लिए पुनः आ जाऊँगा।"

भुटानी सारस्वत को लेकर भीतर 'रिसेप्शन हॉल' में चला गया। भुटानी उसे हॉल के एक कोने में ले गया और एक मेज पर वे दोनों जा बैठे। वहाँ एक लड़की पहले ही बैठी थी। जयदेव को उस लड़की से परिचय कराते हुए भुटानी ने कहा, "प्रमिला! तुम तो इनको जानती ही हो। यह यहाँ बैठेंगे। मैं तनिक देसाई साहब को देखता हूँ।"

मेज पर केक, पेस्टरी, देसी मिठाई, सैंडविचेज इत्यादि खाने का सामान लगा हुआ था। चाय के लिए प्याले भी लगे थे। दूध-चीनी भी रखी थी। केवल चाय का 'पॉट' नहीं था।

जयदेव ने देखा, चार कुरसियाँ थीं। इससे उसे अनुमान लगाने में देर नहीं लगी कि केवल एक अन्य व्यक्ति आनेवाला है। दो तो वहाँ थे ही—वह स्वयं और प्रमिला। सेठ भुटानी बाहर चौथे व्यक्ति की प्रतीक्षा में गया था।

जयदेव लड़की और अपने में एक कुरसी छोड़ बैठ गया, परंतु वह लड़की उठ उसके समीप की कुरसी पर आ बैठी और बोली, "आपका बहुत-बहुत धन्यवाद है कि आपने निमंत्रण स्वीकार कर लिया है।"

"भुटानी साहब ने कहा कि आप मुझे जानती हैं?"

"बहुत भली-भाँति।"

"परंतु मैंने आपको पहले कभी नहीं देखा?"

"इसीलिए तो धन्यवाद करती हूँ कि आज तो आप देखने आए हैं। मैं तो आपको कॉलेज में देखती रहती थी।"

जयदेव मुसकराया और बोला, "परंतु कॉलेज में तो चार हजार विद्यार्थी पढ़ते थे?"

''हाँ!'' प्रमिला ने बात बीच में टोककर कहा, ''कुछ आपमें विशेषता थी, जिससे मेरी दृष्टि आप पर टिकी थी। पिछले मास मैंने बी.ए. पास किया है और सेठजी मेरा विवाह करने का विचार कर रहे हैं। इस कारण मैंने आपको चाय पर आमंत्रित करने का प्रस्ताव किया है।''

जयदेव कॉलेज में देखी लड़कियों के रूप-रंग को स्मरण करने लगा था। वह स्मरण नहीं कर सका था कि इस रूप-राशि की लड़की उसने कभी देखी थी।

जयदेव को विचार में निमग्न देख प्रमिला ने कहा, ''सेठजी ने एक अन्य को आपकी प्रतिस्पर्धा के लिए बुलाया है और वह भी आपकी भाँति नहीं जानता है कि कोई अन्य भी आ रहा है।''

''पर मैं तो यह भी नहीं जानता था कि यहाँ आपके दर्शन होंगे।''

''इससे कुछ हानि नहीं हुई। अब तो आप जान ही गए हैं और चाय का उद्‌देश्य भी जान गए हैं। सेठजी के मन में वह दूसरे साहब बसे हैं और मेर मन में...'' लड़की कहते-कहते रुक गई। बेयरा आया था और जानना चाहता था कि चाय लाए अथवा अभी ठहरे।

प्रमिला ने हाथ के संकेत से चाय लाने के लिए कह जयदेव से कहा, ''मुझे उसमें रुचि नहीं है। इस कारण मैं समझती हूँ कि हमें तो चाय पीनी चाहिए।''

''पर सेठजी?''

''वह अपनी 'ड्यूटी' निभा रहे हैं। वह देसाई साहब को लेकर ही आएँगे।''

जयदेव अविवाहित था। उसके माता-पिता इलाहाबाद में रहते थे और उसे कह रहे थे कि उसे दस-बारह हजार रुपया शीघ्रातिशीघ्र एकत्र करना चाहिए, जिससे वे उसके विवाह का प्रबंध कर सकें। वह मन में कल्पना कर रहा था कि इसके साथ विवाह से पहले कितने दाम के आभूषण तथा वस्त्र बनवाने पड़ेंगे?

उसे पुन: विचारमग्न देख प्रमिला ने कहा, ''हम तो अपना पेट भरें। देसाई आएगा तो हम पेट भर चुके होंगे। तब हम बैठे रहेंगे। बहुत मजा रहेगा।''

इतना कह वह पेस्टरी को काँटे से काटकर मुख में डालने लगी।

जयदेव ने कहा भी, ''भुटानी साहब की प्रतीक्षा कर लेते तो ठीक होता।''

''देसाई-भुटानी एक-दूसरे का साथ देंगे और हम उनको खाता देखेंगे।'' इतना कहते-कहते प्रमिला हँस पड़ी। जयदेव ने उसके मुक्तासम श्वेत दाँत देखे तो मुग्ध हो उसके मुख पर देखने लगा।

प्रमिला ने कहा, ''खाइए!''

जयदेव के भी मुख में लार टपक रही थी और उसने भी हाथ उठा रसगुल्लों पर चलाना आरंभ किया। वह विचार कर रहा था कि उसे नौकर हुए एक वर्ष हो चुका है

और एक वर्ष में वह दो सहस्र से कम ही बचा सका है। अत: माँ की माँग के अनुसार वह पाँच-छह वर्ष में दस-बारह सहस्र रुपया एकत्र कर सकेगा। यह जानने के लिए यह लड़की उसे कितना धनी समझती है, उसने कहा, ''परंतु विवाह में आर्थिक स्थिति का भी तो ध्यान रखना आवश्यक है?''

''भुटानीजी की आर्थिक स्थिति ऐसी है कि आपको आठ घंटे नित्य की चक्की पीसने से छुट्टी मिल सकेगी।''

''तो कितने घंटे नित्य चक्की पीसने से काम चल सकेगा?''

''चक्की नहीं पीसनी होगी। राज्य करना होगा। जब तक भुटानी साहब जीवित हैं, खाना, पीना और मौज उड़ाना होगा। वह अभी बहुत वर्ष तक जीएँगे। तब तक हम इतना जमा कर लेंगे कि जीवन भर चक्की पीसनी नहीं पड़ेगी।''

''परंतु मैं तो बहुत ही निर्धन माता-पिता का लड़का हूँ।''

''यह सब मुझे ज्ञात है।''

''ओह, तो बहुत देर से मेरे पीछे लगी हैं!''

''हाँ। और चाहती हूँ कि अब आप मेरे पीछे लग जाएँ।''

दोनों चाय पी रहे थे और 'सैंडविचस' मुख में डाल घोल-घोल भीतर निगल रहे थे। जयदेव मन में एक विशेष प्रकार की गुदगुदी अनुभव कर रहा था। जब वह दूसरे व्यक्ति के आने के भय से प्रतीक्षा करने लगा था। वह विचार कर रहा था कि कहीं किस्मत बनती-बनती बिगड़ न जाए।

वे खा-पीकर पेट भर चुके थे कि भुटानी मुख पर परेशानी के लक्षण प्रकट करता हुआ आया और बोला, ''मिस्टर सारस्वत! क्षमा करेंगे, आपको बहुत देर तक प्रतीक्षा करनी पड़ी है।''

जयदेव मुसकराता हुआ भुटानी के मुख पर देख रहा था। उत्तर प्रमिला ने दिया, ''दादा! हम तो पेट भर चुके हैं। आप बैठिए, मैं चाय बना देती हूँ।''

इस पर भुटानी दीर्घ श्वास ले बैठ गया। प्रमिला ने भुटानी के लिए चाय बनाते हुए कहा, ''मैंने इनसे चाय का उद्देश्य वर्णन कर दिया है और यह मेरे विचार से सहमत हैं।''

''क्या सहमति कर ली है?''

''देसाई, 'शंटिड आउट' है।''

''ओह!''

''हाँ, दादा!''

□

जब भुटानी पेट भर चुका और तीन प्याले चाय ले चुका तो बैरा प्लेटें उठाकर ले

गया। भुटानी ने कहा, ''मैं यहाँ से आपको अपने घर ले चलूँगा और प्रमिला को चाहिए कि आपको अपना परिचय भली-भाँति दे सके।''

बिल प्रमिला ने दिया। तीन आदमी के खाने का पच्चीस रुपए बिल आया और प्रमिला ने अपने पर्स से तीन दस-दस के नोट निकाल ट्रे में रख दिए और वह उठ पड़ी, अर्थात् पाँच रुपए 'टिप' दी थी। जयदेव अवाक् मुख देखता रह गया।

तीनों एक अमेरिकन मोटरगाड़ी में सवार हो जोरबाग को चल दिए। वहाँ एक दोमंजिली कोठी में जाकर मोटर ठहरी। सेठजी, जो पिछली सीट पर प्रमिला के साथ बैठे थे, गाड़ी से उतरे और आगे की सीट का दरवाजा खोल, जयदेव को उतर, कोठी में चलने का निमंत्रण देने लगे।

प्रमिला तो उतर सीधी नीचे की मंजिल पर एक कमरे में चली गई थी। सेठजी उसके पीछे-पीछे उसी कमरे का दरवाजा खोल जयदेव को भीतर जाने का निमंत्रण देने लगा। जयदेव भीतर गया तो सेठजी ने द्वार बंद करने से पहले कह दिया, ''आप अपना परिचय बढ़ाएँ। मैंने ड्राइवर को कह दिया है कि वह आपको गाड़ी में आपके 'लॉज' में छोड़ आएगा।''

जयदेव का मस्तिष्क चकरा रहा था। अकस्मात् वह अपने को आकाश में उड़ता अनुभव कर रहा था। द्वार बंद होते ही प्रमिला ने देव का हाथ पकड़ सोफा पर बिठाकर कहा, ''अब बताइए, आप इस कमरे में आकर रहना चाहेंगे अथवा ऐसा ही नया 'लॉज' बनवाना होगा?''

''मेरा मस्तिष्क चक्कर खा रहा है।'' जयदेव ने कहा, ''मैं समझ नहीं रहा कि क्या कहूँ।''

''तो ठीक है। आपको कहने की आवश्यकता नहीं। मैं अब स्वयं निश्चय कर लूँगी।''

जयदेव देखता रहा। कमरे में कालीन बिछा था, दीवारों पर गांधीजी, जवाहरलाल तथा अन्य महापुरुषों के चित्र लगे थे। सोफासैट था, सेंटर टेबल और कुछ अन्य कुरसियाँ थीं। कमरा वातानुकूलित था। कमरे में एक मेज और उसके ऊपर शैल्फ में कुछ पुस्तकें थीं।

प्रमिला बता रही थी, ''यह मेरा 'सिटिंग रूम' है और वह मेरी पढ़ाई करने की मेज है। और आइए, इधर मेरा 'बेड-रूम' है।''

जयदेव एक कुमारी के 'बेड-रूम' में जाने में संकोच अनुभव कर रहा था। उसे झिझकते देख प्रमिला ने उसकी बाँह में बाँह डाली और कमरे में ले गई।

बहुत सुंदर कमरा था। फूल, बूटे और चित्र छत पर बने थे। यह कमरा भी वातानुकूलित था। इस कमरे में भी कालीन बिछा था। उसपर एक पलंग लगा था।

प्रमिला ने कहा, ''जब आपने यहाँ आना होगा तो एक 'बेड' और लग जाएगा।''

जयदेव लालसा भरी दृष्टि से प्रमिला की ओर देख रहा था। प्रमिला वैसे ही बाँह में बाँह डाले हुए जयदेव को 'बेड-रूम' से बाहर ले जाते हुए बोली, ''अभी नहीं। बताइए, कब तक विवाह का प्रबंध होगा?''

''जब कहो।'' जयदेव कहनेवाला था कि वह तो तुरंत ही विवाह करने को तैयार है, परंतु बात प्रमिला ने बीच में ही काटकर कह दिया, ''तो ठीक है, अपने माता-पिता को बुला लीजिए। फिर विवाह हो जाएगा।''

जयदेव ने धीरज धारण करते हुए कहा, ''मैं कल की डाक से लिख दूँगा।''

''देखिए, मैं कल आपकी 'गेलॉर्ड' के बाहर पाँच बजे सायंकाल प्रतीक्षा करूँगी। तब आप बताइएगा कि अपनी माँ को मेरे विषय में क्या लिखा है।''

अगले चौबीस घंटे जयदेव के ऐसे व्यतीत हुए जैसे कि वह शराब के नशे में है। उस दिन वह इच्छा कर रहा था कि चीफ इंजीनियर जल्दी चला जाए तो वह 'गेलॉर्ड' पर समय पर पहुँच सके। उसको यह जान अति प्रसन्नता हुई कि इंजीनियर साहब अपने एक मित्र के साथ मेरठ गए हैं। अत: इस दिन भी सवा चार बजे तक अपना काम समेट सेफ को ताला लगा 'गेलॉर्ड' को चल पड़ा। आज भी वह पंद्रह मिनट समय से पूर्व पहुँचा था और वह प्रमिला की प्रतीक्षा करने लगा था। आज उसे रेस्तराँ के द्वार पर प्रतीक्षा करने में संकोच अनुभव नहीं हुआ।

ठीक पाँच बजे सेठ भुटानी की गाड़ी में प्रमिला आई। सेठ साहब साथ नहीं थे। उसे अकेली देख जयदेव को बहुत प्रसन्नता हुई। आज वह उससे हाथ मिला भीतर चला गया। इनके लिए एक कोने में मेज 'रिजर्व' थी। दोनों वहाँ जा बैठे। बैठते हुए जयदेव ने पूछा, ''सेठ साहब नहीं आए?''

''आज उनकी तबीयत ठीक नहीं थी। वह घर से नहीं निकल रहे।''

जयदेव प्रमिला से ठसकर बैठा था और प्रमिला आपत्ति नहीं कर रही थी। इस स्पर्श से वह पूर्ण शरीर में झुनझुनी अनुभव कर रहा था। जब प्रमिला ने कहा कि सेठजी की तबीयत ठीक नहीं है तो जयदेव ने चिंता व्यक्त करते हुए पूछा, ''क्या कष्ट है?''

''उनका 'टेंडर' स्वीकार नहीं हुआ न!''

''कौन सा टेंडर?''

''वहीं कम्युनिटी हॉलवाला। साढ़े पाँच लाख का काम था और वह इसमें से नकद चालीस पैदा करनेवाले थे।''

''परंतु जहाँ तक मुझे ज्ञात है 'टेंडर' तो भुटानी साहब का ही स्वीकार हुआ है।''

''नहीं जी। आज मध्याह्न इंजीनियर साहब का टेलीफोन आया था कि कोई सुमानी है, उनका 'टेंडर' स्वीकार हुआ है।''

जयदेव विचार करने लगा था कि यह कैसे हो सकता है? वह जानता था कि 'टेंडर' भुटानीजी का स्वीकार हुआ है और इंजीनियर साहब तो ग्यारह बजे के मेरठ गए हुए हैं। इस कारण उसने निश्चयात्मक भाव में कहा, "जी नहीं। किसी ने गलत टेलीफोन कर दिया है। मैं जानता हूँ कि भुटानीजी का 'टेंडर' स्वीकार हुआ है।"

"परंतु वह तो जिस समय से टेलीफोन सुना है, पलंग पर लेटे हुए हैं। उठकर बैठने पर उनका दिल धड़कने लगता है।"

"तो चाय के उपरांत मैं आपके मकान पर चलूँगा और उनको आश्वासन दिलाऊँगा।"

"इस प्रकार नहीं। यदि संभव हो सके तो उनको 'टेंडर' कागज, जिनके नीचे चीफ साहब के हस्ताक्षर हों, दिखाने से विश्वास कर सकेंगे।"

इस पर जयदेव गंभीर विचार में पड़ गया। फिर कुछ विचार कर उसने घड़ी देखी। उस चाय को वह, जिसकी चुस्कियाँ ले रहा था, छोड़ उठ खड़ा हुअ और बोला, "यह हो सकता है। अभी सवा पाँच बजे हैं। यदि आप गाड़ी दें तो मैं 'टेंडर' के कागजात लाकर दिखा सकता हूँ। चपरासी छह बजे तक कार्यालय में रहता है।"

"तो जल्दी करिए। मैं आपकी यहाँ ही प्रतीक्षा करूँगी।"

जयदेव भागता हुआ बाहर निकला और सेठ साहब की गाड़ी में कॉरपोरेशन के कार्यालय में चला गया।

प्रमिला आराम से चाय और कुछ खा-पीकर तथा दाम देकर रेस्तराँ के बाहर आ खड़ी हुई। ठीक छह बजे जयदेव हाथ में एक बड़ा सा लिफाफा लिये हुए आ पहुँचा।

प्रमिला ने लिफाफा देख लिया। इससे गाड़ी के आते ही वह लपककर गाड़ी में चढ़ गई और उसके गाड़ी में बैठते ही गाड़ी जोरबाग की ओर चल पड़ी।

मार्ग में प्रमिला ने पूछा, "आपने चाय तो पी ही नहीं?"

"मैं कार्यालय बंद होने से पहले वहाँ जाना चाहता था। समय बहुत कम था।"

"तो कोठी पर आपके लिए चाय बनवा दूँगी। सेठजी आपके बहुत ही कृतज्ञ रहेंगे।"

"पता नहीं किसने टेलीफोन कर दिया था।"

"कुछ भी हो। कागज देखकर उनको तसल्ली हो जाएगी।"

कोठी पर पहुँच प्रमिला ने जयदेव को अपने कमरे में बिठाया और 'टेंडर' वाला लिफाफा ले वह सेठजी के 'बेड-रूम' को जाती हुई बोली, "मैं सेठजी को दिखाकर अभी आती हूँ। तब तक बैरा को चाय लाने के लिए कह देती हूँ।"

प्रमिला गई तो आधे मिनट में ही लौट आई। लिफाफा उसके हाथ में नहीं था। जयदेव ने पूछा, "वह लिफाफा?"

"सेठ साहब कपड़े पहन स्वयं आ रहे हैं और आपका धन्यवाद भी करेंगे। तब

तक मैं चाय के लिए कह आई हूँ।''

पाँच मिनट लग गए चाय आने में। इस समय तक प्रमिला के पूछने पर जयदेव ने बताया, ''मैंने माताजी को इलाहाबाद में लिख दिया है और उनको लिखा है कि पिताजी को लेकर यहाँ चले आएँ।''

''बहुत अच्छा किया है। कब तक आ सकेंगी?''

''एक सप्ताह तो लग ही जाएगा।''

''इतने दिन? आपने तार क्यों नहीं भेज दिया?''

''आपके विषय में व्याख्या से लिखना चाहता था। वह तार में संभव नहीं था।''

''अर्थात् अभी तपस्या करनी पड़ेगी?''

चाय आई तो पीने लगे। इस समय सेठ भुटानी भी आ गया। वह लिफाफा ले आया था। जयदेव ने देखा कि 'टेंडर' की तीनों प्रतियाँ बीच में थीं। उसने 'टेंडर' अपने पास समीप सोफा पर रख लिया और सेठ साहब को अपने पास बैठा पूछने लगा, ''तो अब आपको तसल्ली हो गई है?''

''हाँ, आपका बहुत धन्यवाद है। मैं तो मर चला था। बात यह है कि इस पर मैं दस हजार रुपया पहले ही व्यय कर चुका हूँ।''

''सत्य?''

''हाँ, पर छोड़ो इस बात को। सब व्यय किया हुआ वसूल हो जाएगा।''

तीनों चाय पीने लगे। चाय समाप्त हुई और प्रमिला जयदेव को मोटर तक छोड़ने आई और पूछने लगी, ''कार्यालय जाइएगा अथवा घर पर?''

''मैं अब घर जाऊँगा।''

□

जयदेव पूछना भूल गया था कि अब वह प्रमिला से कहाँ मिल सकेगा। अतः अगले दिन वह प्रमिला के टेलीफोन की प्रतीक्षा करता रहा। टेलीफोन नहीं आया। प्रमिला की सूचना के बिना तीन दिन व्यतीत हो गए। उस दिन उसके माताजी का पत्र आया। उसमें लिखा था—

''जयदेव!

तुम्हारे पत्र से पूरा-पूरा वृत्तांत नहीं मिला। लड़की का चित्र और जाति-बिरादरी लिख भेजो। वह बहुत धनी की लड़की है, इससे वह विवाह के योग्य कैसे हो गई? उत्तर आने पर दिल्ली आने का कार्यक्रम लिखूँगी।''

यह पत्र मिला तो जयदेव प्रमिला की खोज में चल पड़ा। वह भुटानी के मकान पर पहुँचा तो द्वार पर खड़े एक व्यक्ति ने पूछा, ''किससे मिलने आए हो?''

''मिस्टर भुटानी से।''

''वह बंबई गए हैं।''

''और प्रमिला देवी?''

''प्रमिला देवी तो यहाँ कोई नहीं।''

''सेठजी की लड़की है न?''

''सेठजी की कोई लड़की नहीं।''

जयदेव भौंचक्का हो मुख देखता रह गया। उसने पूछ लिया, ''भुटानी साहब कब तक आनेवाले हैं?''

''एक सप्ताह तक आएँगे।''

जयदेव कुछ न समझता हुआ वहाँ से लौट आया। उसने अपनी माताजी के पत्र का उत्तर नहीं दिया। वह भुटानी से मिलना चाहता था। एक सप्ताह व्यतीत होने पर वह भुटानी के घर पर पहुँचा तो भुटानीजी से घर ही भेंट हो गई। भुटानी अपनी मोटर में सवार हो कहीं जा रहा था। सारस्वत को कोठी में प्रवेश करते देख वह गाड़ी-द्वार खोल नीचे उतर आया। भुटानी ने जयदेव से हाथ मिला अभिवादन करते हुए कहा, ''आइए, सारस्वतजी। कैसे आए हैं?''

''कुछ आपसे काम था।''

''हाँ, बताओ!''

''यहाँ पर ही?''

''नहीं। गाड़ी में आ जाओ। मैं कनॉट सरकस की ओर जा रहा हूँ। तुम्हें वहाँ कहीं उतार दूँगा और तुम्हारी बात भी सुन लूँगा।''

जयदेव के मन में कुछ शांति हुई। पिछले सप्ताह भर वह कई प्रकार के संशयों से उत्पीड़ित मन में अशांति अनुभव कर रहा था। वह सेठजी के समीप गाड़ी में बैठ गया। जब गाड़ी चल पड़ी तो जयदेव ने पूछ लिया, ''प्रमिला आपकी क्या लगती है?''

''मेरे एक मित्र की लड़की है। बस दिल्ली में कुछ दिन के लिए आई हुई थी। अब अपने पिता के पास बंबई चली गई है।''

''वह मुझसे विवाह करने की बात कह रही थी।''

''हो सकता है। वह कइयों से विवाह का प्रस्ताव कर चुकी है। यह उसके मनोरंजन का ढंग है।''

''परंतु आपने मुझे उस दिन इंपीरियल होटल में किसलिए चाय पर बुलाया था?''

''वह प्रमिला के कहने पर ही था।''

''मैं तो उसे जानता नहीं था।''

''मगर वह तो आपको जानती प्रतीत होती थी। प्रमिला ने मुझे कहा था कि जयदेव सारस्वत, जो चीफ इंजीनियर के पी.ए. हैं, के साथ चाय पीने को जी चाहता है।

मैं आपको बुला लाया था।''

''तो यह सब स्वप्न था?''

''हाँ, यह जगस्वप्ना है। ऐसा ही हमारे ऋषि-मुनि कहते हैं।''

जयदेव मौन हो गया। उसके मन के महल धराशायी हो चुके थे। गाड़ी अभी विजय चौक में ही पहुँची थी कि उसने कह दिया, ''मुझे यहाँ उतार दीजिएगा।''

अगले दिन वह कार्यालय में सुपरिंटेंडेंट से जाकर कहने लगा, ''कुछ दिन हुए कि आपने एक शरीफ आदमी की सहायता करने के लिए कहा था।''

सुपरिंटेंडेंट भूल गया था। इस पर जयदेव ने सेठ साहब की पोशाक और हुलिया वर्णन कर दिया। इस पर सुपरिंटेंडेंट मिस्टर अग्रवाल को स्मरण आ गया। उसने कहा, ''सारस्वत! मिस्टर भुटानी के विषय में कह रहे हैं?''

''हाँ, सर!''

''तो उसका क्या हुआ?''

''आपने कहा था कि वह शरीफ आदमी है।''

''तो क्या वह नहीं था?''

''मुझे तो वह महाबदमाश मालूम हुआ है।''

''तो तुम मेरे कहने का मतलब क्या समझते थे, सारस्वतजी? धनी शरीफ होते हैं। इनमें कुछ बदमाश भी होते हैं। उन्हें शरीफ बदमाश कहते हैं।''

जयदेव ने बताया नहीं कि उसने क्या बदमाशी की है। रघुनंदन अग्रवाल ने भी पूछा नहीं और कह दिया, ''हम गरीब लोग तो शरीफ हो नहीं सकते। यदि अपने साथ बहुत ही रियायत करूँ तो इतना कह सकता हूँ कि हम सरलचित्त हैं। यद्यपि दूसरे हमें मूर्ख समझते हैं।''

सारस्वत इंजीनियर साहब के कमरे में चला गया। वहाँ वे अपनी मेज पर भुटानी के 'टेंडर' की दो प्रतियाँ सामने रख दोनों में मुकाबला कर रहा था। एक प्रति तो ठेकेदार भुटानी को भेज दी गई थी।

जयदेव अपनी मेज पर बैठने लगा तो इंजीनियर साहब ने जयदेव को बुलाकर पूछा, ''तनिक देखो। 'टेंडरों' के नीचे यह पंक्ति पहले भी थी क्या?''

जयदेव ने देखा कि 'टेंडर' टाइप किया हुआ था और उसी मशीन और रंग में यह पंक्ति नई टाइप की हुई थी। उसने भी 'टेंडर' स्वीकृति से पहले देखा था। वहाँ यह पंक्ति पहले नहीं थी। उसमें लिखा था कि उक्त 'रेटों' से महँगाई के कारण पच्चीस प्रतिशत अधिक होंगे।

इसका मतलब था कि सवा लाख रुपए के लगभग 'टेंडर' की राशि बढ़ गई थी।

जयदेव को समझ आ गया कि शरीफ आदमी ने उसे किसलिए चाय पिलाई थी।

उसके पाँव तले से जमीन खिसकती हुई प्रतीत हो रही थी। इस पर भी उसने दिल कड़ा कर कहा, ''सर, टाइप इत्यादि की छपाई-स्याही तो वैसी ही प्रतीत होती है।''

इंजीनियर ने 'टेंडर' लपेट लिफाफे में बंद कर अपनी मेज के दराज में रख लिये। उसने कह दिया, ''समझ नहीं आ रहा था कि 'टेंडर' स्वीकार करते समय यह मेरी दृष्टि में क्यों नहीं आया।''

जयदेव का दिल धक-धक धड़क रहा था। परंतु वह अपनी मूर्खता को स्वीकार नहीं कर सका।

□

बेकार

"बरखुरदार! आजकल क्या काम करते हो?"

"चाचाजी, केंद्रीय कृषि विभाग में नौकर हो गया हूँ।"

"क्या वेतन मिल जाता है?"

"महँगाई-भत्ता इत्यादि डालकर साढ़े चार सौ मिल जाता है।"

"बहुत कम है।"

"चाचाजी, अभी नौकर हुए भी तो छह मास ही हुए हैं!"

"तो तरक्की होने की आशा है?"

लड़के ने उत्तर देने के स्थान पर मुसकरा दिया। प्रश्न पूछनेवाला लड़के का पड़ोसी लाला रामशरण था। वह स्वयं तो दरीबे में दुकान करता था। उसकी लड़की हायर सेकंडरी पास कर टाइपिंग सीख 'भागीरथ पैलेस' में नौकरी करने लगी थी और पिता को उसके विवाह की चिंता लगने लगी थी।

लड़के का नाम राधारमण था। एक विधवा माँ का पुत्र पिता की संपत्ति की आय से निर्वाह करता हुआ बी.ए. पास कर नौकरी ढूँढ़ रहा था। रामशरण के पूछने पर कि तरक्की होने की आशा है, लड़के के मुसकराने ने रामशरण के मन पर बहुत अच्छा प्रभाव उत्पन्न किया था।

राधारमण प्राय: समाचार-पत्रों में 'वांटेड' के स्तंभ पढ़ने दिल्ली पब्लिक लाइब्रेरी में जाया करता था। और आज भी वह वहाँ ही जा रहा था। उसे रामशरण की पूछताछ केवल पड़ोसी होने के नाते ही समझ आई थी। अत: वह उसको विस्मरण कर अपने नित्य के काम पर चल दिया था।

इसके दो दिन पीछे की बात है कि राधारमण मध्याह्नोत्तर पाँच बजे घर आया तो रामशरण की पत्नी सुमन उसकी माता से घुल-मिलकर बातें करती दिखाई दी। यह तो पहले भी कई बार हुआ करता था। जब राधारमण आया तो सुमन ने मुसकराकर राधारमण की ओर देखा। राधारमण ने हाथ जोड़कर कह दिया, "मौसी, नमस्ते!"

''जीते रहो बेटा!'' सुमन ने आशीर्वाद दे दिया। माँ ने पुत्र को आया देखा तो समीप बैठी सुमन को कुछ कहा और उसे विदा कर दिया। जब पड़ोसन चली गई तो माँ लड़के के लिए चाय बनाने रसोईघर में चली गई। राधारमण ने बाजार के कपड़े बदले और धोती-कुरता पहन अपने कमरे में जा एक उपन्यास पढ़ने लगा।

माँ ट्रे में चाय बनाकर लाई तो पुत्र के सामने रख उसके समीप ही कुरसी पर बैठ गई। माँ ने अपने लिए और पुत्र के लिए चाय बनाई। जब दोनों पीने लगे तो माँ ने कहा, ''रमण! तुम मेरे सामने भी झूठ बोलने लगे हो?''

''नहीं माँ! मैंने तुम्हारे सामने कभी झूठ नहीं बोला। कभी भूल से कोई बात मुख से निकल गई हो तो बताओ। क्षमा माँग लूँगा।''

''तुम्हारी नौकरी लग गई है क्या?''

''नहीं तो। माँ, नौकरी लग जाती तो सबसे पहले लड्डू तुम्हें ही खिलाता।''

''बहन सुमन बता रही थी कि तुम सरकारी दफ्तर में साढ़े चार सौ रुपया महीना पाते हो?''

राधारमण की हँसी निकल गई। फिर गंभीर हो बोला, ''माँ! साढ़े चार सौ की नौकरी तो मेरी बचपन से ही लगी हुई है। बंगाली मार्केटवाले क्वार्टर का किराया इतना तो आता है।''

''तो यह नौकरी है?''

''हाँ, माँ! दो दिन हुए कि चाचा रामशरण पूछने लगे तो मैंने यही बताया था कि साढ़े चार सौ वेतन मिल जाता है।''

''पर विमला की माँ तो अपनी लड़की की सगाई की बात करने आई थी। वह कह रही थी कि विमला तीन सौ वेतन पाती है। दोनों का मिलकर अच्छी प्रकार निर्वाह हो जाएगा।''

''मैं समझ नहीं सकी थी कि तुम इतना बड़ा झूठ कैसे बोल सकते हो। इस पर भी मैंने तुम्हारी नौकरी की बात को गलत तो नहीं कहा। मेरे चुप रहने पर वह विमला के विषय में बताने लगी थी।''

राधारमण ने चाय की एक चुस्की लगाकर कहा, ''माँ! वेतन तो मैं पाता ही हूँ। यह वेतन पिताजी ने लगाया हुआ है। हाँ, जब मुझे नौकरी मिल जाएगी तो उतनी मेरी उन्नति हो जाएगी। इस उन्नति के लिए ही यत्न कर रहा हूँ।''

''तो सगाई मान जाऊँ?''

''हाँ, माँ! विवाह होते ही मेरी तीन सौ रुपया उन्नति हो जाएगी।''

माँ को यह धोखाधड़ी पसंद न आई। परंतु घर में बहू तीन सौ रुपया महीना और साथ दित्त-दाज का प्रलोभन। यह सब विचार कर वह दुविधा में फँस गई। इसी परेशानी

में वह चाय पीना भूल गई और पुत्र का मुख देखने लगी।

राधारमण ने कहा, ''माँ! मान जाओ। मैं यत्न तो कर ही रहा हूँ। आखिर तो नौकरी मिलेगी ही। कब तक किस्मत की बेरुखी बनी रहेगी? क्या जाने विमला के भाग्य से ही किसी प्रकार की नौकरी मिल जाए?''

माँ ने अपने मुख से कभी नहीं कहा कि उसका पुत्र कहाँ नौकर है और कितना वेतन पाता है। यह तो रामशरण और उसकी पत्नी सुमन ही जाति-बिरादरी में कह रहे थे कि लड़का भारत सरकार के कृषि कार्यालय में नौकरी करता है और राधारमण की माँ लड़के का विवाह बहुत धूमधाम से करनेवाली है।

जब राधारमण अभी छोटा था तब मकान का भाड़ा डेढ़ सौ रुपया था। उस डेढ़ सौ में से भी राधारमण की माँ चालीस-पचास बचा लेती थी। जब मकानों के भाड़े बढ़ने लगे तो राधारमण के भी पर निकलने लगे और घर का व्यय भी बढ़ने लगा। अब मकान से आय साढ़े चार सौ रुपए होती थी और सब व्यय हो जाता था।

एक बात वह हुई कि मकान में रहनेवाले किराएदार का दिल्ली से बाहर तबादला हो गया और उसने मकान मालिक राधारमण को कह दिया कि वह महीने की तीस तारीख को मकान खाली कर देगा। राधारमण ने हिंदुस्तान टाइम्स के 'टु-लेट' के स्तंभ में मकान खाली का विज्ञापन दे दिया। उसने अपना पता देने के स्थान पर एक नंबर ही दिया। अब जो मकान किराए पर लेने आता तो वह उससे पाँच हजार पगड़ी माँग लेता।

मकान का एक जरूरतमंद मिल गया। पाँच हजार पगड़ी आई तो राधारमण ने विवाह की तिथि निश्चित कर ली। दोनों ओर तैयारी होने लगी। परंतु काठ की हँड़िया आग पर रखने से जलने लगी। राधारमण द्वारा बोला झूठ प्रकट होने लगा।

विवाह के एक दिन पूर्व रामशरण को पता चला कि राधारमण तो अभी तक बेकार है। वह भागा-भागा राधारमण के पास पहुँचा और पूछने लगा, ''बेटा रमण! कृषि विभाग का एक आदमी बताता था कि तुम वहाँ नौकरी नहीं करते?''

राधारमण ने बहस में पड़ने के स्थान पर यह कह दिया, ''चाचाजी, हाथ कंगन को आरसी क्या! इस पहली तारीख को लड़की से पूछ लीजिएगा। मैं साढ़े चार सौ रुपया उसके हाथ में रख दूँगा तब तो विश्वास हो सकेगा?''

रामशरण मुख देखता रह गया। विवाह महीने की पच्चीस तारीख को नियत था। इस कारण रामशरण परेशानी अनुभव कर रहा था। विवाह के निमंत्रण-पत्र भेजे जा चुके थे। बारात के स्वागत और भोजन के लिए हलवाई, तंबू-कनातोंवाले तथा क्रॉकरी और खिलाने-पिलानेवाले सब निश्चित हो चुके थे।

रामशरण अनुभव कर रहा था कि वह इतनी दूर तक जा चुका है कि अब लौट नहीं सकता। इस कारण राधारमण ने आश्वासन पा चुप कर रहा। उसने यह सूचना

अपनी पत्नी को भी नहीं दी और विवाह की तैयारियाँ होती रहीं।

विवाह हुआ। खूब खाना-पीना हुआ और रामशरण ने अपनी इकलौती लड़की को दिल खोलकर दित्त-दाज दिया।

राधारमण की माँ तो लड़की को भली-भाँति जानती थी और उससे स्नेह रखती थी। इस कारण उसने यही समझा कि एक पड़ोसी की लड़की घर में रहने के लिए आ गई है। अंतर पड़ा था राधारमण को और विमला को। दोनों ने विवाहित जीवन हर्षोल्लास के साथ आरंभ किया था। विमला ने अपने काम से पंद्रह दिन का अवकाश ले रखा था और उसमें से पाँच दिन व्यतीत हो चुके थे। विवाह से पूर्व पाँच दिन तक वह घर में ही रही थी।

सुहागरात हुई और वर-वधू अगले दिन प्रातःकाल अत्यंत प्रसन्नवदन सोकर उठे तो विमला ने पति से पूछ लिया, "कितने दिन की छुट्टी पर हैं आप?"

"अभी तो छुट्टी ही है। पहली तारीख को वेतन लेने जाऊँगा। तब कुछ दिन की छुट्टी और माँग लूँगा।"

"मैं चाहती थी कि एक सप्ताह के लिए कहीं बाहर घूम आएँ।"

"तो 'हनीमून ट्रिप' की अभिलाषा है?"

"मैं नहीं जानती कि वह क्या होता है। मुझे एक वर्ष हो गया है नौकरी करते हुए। दिनानुदिन एक ही काम करते हुए चित्त ऊब गया है। तनिक जीवन में परिवर्तन आ जाएगा।"

"तब तो और छुट्टी के लिए घर से ही याचिका भेज देता हूँ।"

"हाँ, यही कह रही हूँ।"

"माँ से पूछना पड़ेगा।" राधारमण ने कहा।

"पूछने की क्या आवश्यकता है? उनको भी साथ लेते चलें।"

"तो यह 'हनीमून' नहीं होगा।"

"हमारी 'गोल्डन नाइट' तो हो गई है। मैं 'हनीमून' की इच्छा नहीं कर रही। मैं तो आपकी माँ को साथ रखने में कल्याण मानती हूँ।"

"तो तुम ही माताजी से कहो।"

विमला ने एक क्षण तक विचार किया और हरिद्वार, ऋषिकेश, देहरादून तथा मसूरी की सैर का कार्यक्रम बनाकर पलंग से उठी और अपनी सास के पास चली गई। वह स्नान कर बैठक-घर में एक कोने में बैठी हुई राम-नाम की माला जप रही थी। परमात्मा का नाम लेते हुए वह विचार कर रही थी कि राधारमण का झूठ प्रकट हुआ तो क्या होगा? क्या पति-पत्नी में झगड़ा हो जाएगा और विवाह के दो-चार दिन उपरांत ही तलाक की योजना बनने लगेगी?

इस समय विमला माताजी के सामने आ बैठी। सास का ध्यान टूटा तो उसने आँख खोली और पूछने लगी, "जाग पड़ी हो बेटी? बताओ रात कैसी बीती है? नींद आई अथवा नहीं?"

"माँजी! बहुत आनंद की रात व्यतीत हुई। आपके पुत्र का बहुत ही धन्यवाद है। उन्होंने मुझे रात यह अँगूठी दी है।"

विमला ने अपनी अंगुली पर अँगूठी पहनी दिखा दी। माँ तो इस विषय में जानती थी। उसने ही अपनी अँगूठी तुड़वाकर विमला की अंगुली की नाप की बनवा दी थी। अपने एक हार में से मनि उतरवाकर अँगूठी में लगवा दी थी। इस पर भी माँ ने अँगूठी ऐसे देखी जैसे कि मानो यह पहली बार देख रही है।

राधारमण की माँ कुंती ने अँगूठी को और बहू के हाथ को चूम लिया और कहा, "बैठो। जीवन भर ऐसी रातों का भोग मिलता रहे। यही अब बैठी परमात्मा से प्रार्थना कर रही थी।"

विमला ने अपने मन की बात कह दी। उसने कहा, "मेरा यह प्रस्ताव है कि हम, मेरा मतलब है कि आप एक सप्ताह के लिए दिल्ली से बाहर घूमने चलें।"

"मेरी क्या आवश्यकता है? तुम दोनों चले जाओ।"

"नहीं माँजी! मुझे अकेले उनके साथ जाते भय और संकोच होता है।"

"मैं रमण से कह दूँगी। वह तुमसे बहुत प्रेमपूर्वक रहेगा।"

"पर माँजी, मेरी इच्छा है कि आप भी चलें।"

कुंती मानी तो उसी दिन कुंती, राधारमण और विमला हरिद्वार के लिए बस-स्टैंड को चल पड़े।

□

वापस आते समय रेल से लौटना हुआ और विमला के नौकरी पर जाने से एक दिन पूर्व दंपती और कुंती प्रातःकाल मकान पर पहुँच गए।

मध्याह्न के समय विमला के माता-पिता लड़की और दामाद से मिलने आए। सुमन ने उलाहना देते हुए पूछ लिया, "कहाँ चले गए थे तुम सब?"

"हनीमून मनाने गए थे।" विमला ने कहा।

"हमें बताकर भी नहीं गए?" रामशरण ने कह दिया।

"तो विवाह के उपरांत भी आपसे पूछने की आवश्यकता थी?" विमला ने मुसकराते हुए पूछ लिया, "मैं तो समझी थी कि अब मैं खुद मुख्तार हो गई हूँ।"

रामशरण हँस पड़ा। इस समय उसे राधारमण के वेतन की बात स्मरण आ गई। उसने पूछा, "तुम्हारे घरवाले का वेतन तो अभी आया नहीं होगा?"

"वह वेतन लेने कार्यालय में गए हैं।"

''तो वह कहीं नौकरी करता है?''

इस पर विमला की हँसी निकल गई। उसने हँसते हुए कहा, ''पिताजी, विवाह से पहले वह अपनी माताजी की नौकरी करते थे। अब वह मेरी नौकरी करते हैं।''

''और तुमसे वेतन पाते हैं? क्या वेतन दे रही हो उसको?''

''अभी दिया नहीं, मगर तीन सौ रुपया तो देना ही पड़ेगा। कल अपनी फर्म में काम पर जाऊँगी और वहाँ से वेतन लेकर उनको दे दूँगी।''

''तो यह ठीक है कि माँ-पुत्र दोनों ने हमें धोखा दिया है?'' रामशरण ने पूछा।

''धोखा कैसा?''

''राधारमण ने मुझे कहा था कि वह सरकारी कृषि विभाग में नौकरी करता है और साढ़े चार सौ वेतन पाता है।''

''तो यह उन्होंने आपको कहा था?''

''हाँ!''

''तो मैं पता करूँगी कि उनका इस बात से क्या मतलब था। पर पिताजी, मुझे तो विदित था कि वह नौकरी नहीं करते। इस पर भी उनको साढ़े चार सौ रुपया महीना एक मकान का भाड़ा मिलता है।''

''तो तुम्हें पता था कि वह बेकार है?''

''हाँ, पिताजी!''

''तुम बताती तो विवाह नहीं होता।''

''वह कैसे रुक सकता था? विवाह, जन्म और मरण तो भाग्य से होते हैं। जिस दिन सगाई हुई थी, मैं उसी दिन जानती थी कि मेरा भाग्य मुझे यहाँ खींचकर ला रहा है।''

''तो निर्वाह कैसे होगा?''

''हो जाएगा।''

''बच्चे भी होंगे तो क्या करोगी?'' माँ ने पूछ लिया।

''जब होंगे तब देख लेंगे। मैं तो यह समझी हूँ कि जमाना बदल रहा है। कभी पुरुष घर से बाहर का काम करते थे और स्त्रियाँ घर का काम करती थीं। आजकल के पढ़े-लिखे कहा करते हैं कि हिंदुस्तान में पचास प्रतिशत जनता बेकार रहती है। उनका अभिप्राय था कि हिंदुस्तान की स्त्रियाँ बेकार हैं। अब हम, मेरा अभिप्राय है स्त्रियों ने काम करना आरंभ कर दिया है और पुरुषों को नौकरी नहीं मिलती और वे बेकार रहने लगे हैं। इस कारण मैंने यह विचार किया है कि मैं घर से बाहर का काम करूँगी तो वह घर के भीतर का काम करेंगे।''

रामशरण हँस पड़ा और बोला, ''मतलब यह कि अब तुम्हारे बच्चों का टट्टी-

पेशाब वह साफ किया करेगा और उनको बच्चागाड़ी में बिठा घुमाने वह ले जाया करेगा?"

"क्या हर्ज है?"

इस समय राधारमण आ गया। वह अपने सास-श्वसुर को आया देख बैठक-घर में उनके पास आ गया और हाथ जोड़ नमस्ते कर उनका सुख-समाचार पूछने लगा।

रामशरण ने उसके आते ही पूछ लिया, "तो ले आए हो वेतन?"

"हाँ, पिताजी! पहली तारीख के उपरांत आज ही कार्यालय में गया था और वेतन ले आया हूँ।" यह कहकर उसने जेब से चार सौ-सौ के नोट और पाँच दस-दस के नोट निकाल विमला के हाथ पर रख दिए।

विमला मुसकरा रही थी। राधारमण ने मुख गंभीर बनाया हुआ था। रामशरण ने कह दिया, "तुम माँ-पुत्र दोनों ठग हो।"

"चाचाजी! माँ के विषय में नहीं जानता कि उसने क्या ठगी की है। जहाँ तक मेरा प्रश्न है तो मैंने जो कहा था, वह आपके सम्मुख यह रुपया विमला को देकर सिद्ध कर दिया है।"

"पर तुम सरकारी नौकर हो क्या?"

"हाँ, चाचा जी! मैंने विमला को बता दिया है कि पहले किस सरकार की नौकरी करता था। और अब किस सरकार की करने लगा हूँ।"

"मैं तो विमला को कहूँगा कि अपना सबकुछ लेकर यह घर छोड़ दे।"

"क्यों?" विमला ने पूछ लिया।

"इन्होंने मुझे धोखा दिया है।"

राधारमण उठ खड़ा हुआ और बैठक-घर से निकलने लगा तो सुमन ने पूछ लिया, "रमण बेटा! कहाँ जा रहे हो?"

राधारमण जाता-जाता रुक गया और लौटकर अपनी सास के सामने खड़ा हो गया। रामशरण उसकी ओर माथे पर त्योरी चढ़ाए देख रहा था। रमण ने विमला की माँ को जवाब दे दिया। मैं समझा था कि चाचाजी विमला से पूछकर ही मेरी नौकरी छुड़ा रहे हैं। इसलिए सेवामुक्त हो जा रहा था।"

"पर मैंने कुछ नहीं कहा।" विमला ने कहा।

"तब ठीक है। मैं समझा था कि तुम जा रही हो और मैं फिर बेकार हो रहा हूँ।"

विमला ने कहा, "जी नहीं, आप बैठिए। हमारा समझौता हो चुका है। आप बैठिए।"

लड़की की बात सुन रामशरण उठ खड़ा हुआ। सुमन चाहती तो नहीं थी, परंतु अपने पति को उठा देख स्वयं भी उठ पड़ी और दोनों मकान से नीचे उतर गए।

□

जब रामशरण और सुमन मकान से नीचे उतर गए तो राधारमण की माँ बैठक-घर में आ गई। उसने आते ही कहा, ''बेटा! मैं समझती हूँ कि तुम्हें शीघ्र ही कोई नौकरी ढूँढ़नी चाहिए।''

''माँ! यत्न तो कर रहा हूँ, मगर विमला कहती है कि मुझे नौकरी मिली तो उसकी नौकरी छूट जाएगी।''

''तो यह ठीक ही होगा।'' रमण की माँ ने कहा, ''नौकरी पुरुष ही करते हैं। स्त्रियाँ तो रानी बन घूमा करती हैं।''

''माँ! देश में नौकरियों की संख्या तो सीमित ही है। जब से लड़कियाँ बी.ए., एम.ए. कर नौकरी करने लगी हैं, तब से लड़के अधिक और अधिक बेकार होने लगे हैं। इसी कारण मैंने और विमला ने यह निश्चय किया है कि दोनों में से एक ही नौकरी करेगा, जिससे कि दूसरों के लिए स्थान रिक्त रहे।''

''विमला!'' अब कुंती ने विमला को संबोधित करते हुए कहा, ''तुम अपनी माताजी को समझा दो। उनको नाराज होने की आवश्यकता नहीं। यदि तुम नौकरी नहीं करती, तो अवश्य रमण को कहीं-न-कहीं नौकरी मिल चुकी होती।''

विमला हँस पड़ी और बोली, ''मैं आज सायंकाल जाकर उनको यह समझाऊँगी।''

रामशरण और सुमन में घर जाकर झगड़ा होने लगा। रामशरण ने अपनी पत्नी को कहा, ''तुमने लड़की को इतनी अक्ल भी नहीं सिखाई कि इन धूर्तों को खरी-खरी सुना सकती?''

सुमन ने कुछ विचारकर कहा, ''जहाँ तक मुझे स्मरण है, रमण की माँ ने कभी मुख से नहीं कहा कि उसका लड़का नौकरी करता है। वह स्वयं इस धोखाधड़ी से तटस्थ ही रही है।''

''परंतु राधारमण ने तो मुझे कहा था कि वह नौकर है?''

''हाँ, आपने बताया था, परंतु यह तो हमें उस समय जाँच करनी चाहिए थी। अब यह मामला पति-पत्नी के बीच का हो गया है। इसमें किसी बाहरी व्यक्ति को हस्तक्षेप नहीं करना चाहिए।''

''लड़की पति के मोह में फँस गई प्रतीत होती है।''

''यह तो बहुत अच्छा हुआ है। ऐसा होना ही चाहिए। मैं भी तो आपके मोह में फँसी हुई पिछले बाईस वर्षों से आपके पास पड़ी हूँ। इसे मैं बुरी बात नहीं समझती। मैं तो यह समझी हूँ कि विवाह और नौकरी का संबंध नहीं है। जब मेरा आपसे विवाह हुआ था तो आप नौकरी कहाँ करते थे?''

''नौकरी? मैं तो पिताजी के साथ दुकान पर बैठता था।''

"यही तो विमला ने बताया कि विवाह से पहले रमण माँ के साथ घर पर रहता था और अब वह विमला के साथ घर पर रहता है। आप दुकान की नौकरी करते थे और वह घर की नौकरी करता है। विवाह आपका भी हुआ था और उसका भी हो गया है।"

इस घटना को छह मास व्यतीत हो चुके थे। रामशरण और सुमन लड़की तथा दामाद से मिलने नहीं गए।

एक दिन प्रातःकाल विमला माँ से मिलने आई। रामशरण दुकान पर जाने की तैयारी कर रहा था। माँ लड़की के बढ़ रहे पेट से समझ गई कि वह गर्भवती है। माँ ने लड़की को बिठाया और कहा, "तुमको हमारी याद आई है। परमात्मा का धन्यवाद करना चाहिए।"

"पर तुम भी तो कभी मिलने नहीं आई, माँ, आज मैं आपको एक समाचार सुनाने आई हूँ।"

"हाँ, तो बताओ?" माँ ने पूछ लिया।

"माँ! अब मैंने और आपके दामाद ने अदला-बदली कर ली है।"

"क्या अदला-बदली कर ली है?" समीप खड़े रामशरण ने पूछ लिया।

"पिताजी! यही कि अब आज से वह घर से बाहर का काम करेंगे और मैं घर के भीतर का काम करूँगी।"

"तो वह अब नौकरी करेगा?"

"जी। यही तो कह रही हूँ। उनको ओखला में एक फैक्टरी में मैनेजर के रूप में नौकरी मिल गई है। और मैंने अपने काम से त्यागपत्र दे दिया है। आज काम से अवकाश पाया तो पहला काम यही किया है कि आप लोगों से मिलने चली आई हूँ।"

□

बँटवारा

कर्मसिंह बहुत वृद्ध हो चुका था। उसकी आँखों की बरौनियाँ सफेद हो गई थीं। कमर टेढ़ी, गरदन झूलती हुई, टाँगें लड़खड़ाती हुईं और दाँत न होने से बोलने में शब्द भी अस्पष्ट निकलते थे।

"बाबा, कितनी उमर होगी तुम्हारी?" कर्मसिंह के पोते का लड़का खाट के पास बैठा पूछ रहा था। लड़का दस साल का था। उसका नाम था सोहन सिंह।

"कौन पूछ रहा है?" कर्मसिंह ने विचारों, जिनमें वह अब कभी-कभी मगन हो जाया करता था और अपनी वर्तमान अवस्था को भूल जाया करता था, से निकलते हुए पूछा।

"सोहन हूँ बाबा," कर्मसिंह के घर के सब प्राणी जानते थे कि उसकी आँखों की ज्योति समाप्त हो चुकी थी। सुनाई भी बहुत कम देने लगा था। इससे वह उसको अपना नाम और वह भी ऊँची आवाज में बताया करते थे। सोहन ने भी ऐसे ही कहा।

"अच्छा, सोहन हो? कहाँ गया है तुम्हारा बाप?"

"खेत पर गया है बाबा।"

"और तुम्हारी दादी तथा माँ?"

"पड़ोसियों के घर गाने पर गई हैं।"

"वहाँ पर क्या है?"

"नानक का विवाह है।"

"तो जाओ, उनको कहो, जल्दी घर में आ जाएँ। यहाँ भी आज गाना होनेवाला है।"

"गाना! क्यों, क्या है यहाँ?"

"आज मेरा भी विवाह होने वाला है"

"विवाह!" सोहन खिलखिलाकर हँस पड़ा, "बाबा! किससे विवाह कराओगे?"

"तुम्हारी परदादी से। कभी देखा है उसको?"

सोहन को इन बेसिर-पैर की बातों से भय लग गया। उसकी परदादी की मृत्यु तो

उसके बाप के पैदा होने से पहले ही हो चुकी थी। इससे वह भागा हुआ पड़ोसियों के घर माँ और दादी को बुलाने चला गया।

कर्मसिंह की आयु पचानबे से ऊपर हो चुकी थी। उसके तीन लड़के और एक लड़की थी। लड़की सबसे छोटी थी और उसका विवाह अमृतसर में एक तहसीलदार के लड़के से हुआ था। कर्मसिंह के लड़कों में से सबसे छोटे लड़के मदनसिंह का देहांत हो गया था और दूसरे दो लड़के बाप से लड़कर पृथक् हो चुके थे। उन्होंने बूढ़े बाप में अपनी विधवा पतोहू और उसके एक लड़के बिहारी सिंह के प्रति अधिक स्नेह देख पृथक् हो जाना ही ठीक समझा था। लड़के के देहांत के समय कर्मसिंह की आयु साठ वर्ष की थी।

जब दूसरे लड़के सुखन सिंह और मक्खन सिंह, जिनके घर भी लड़के-लड़कियाँ उत्पन्न हो चुके थे, पृथक् होने लगे तो, बाप से जायदाद में हिस्सा-पत्ती माँगने लगे। तब कर्मसिंह ने साफ कह दिया, "कुछ भी नहीं मिलेगा। अपना कमाओ और खाओ।" लड़के अपने पिता के स्वभाव और विचारों को जानते थे। इस कारण दोनों ने अपने पृथक्-पृथक् खेत ले लिये थे और बाप के इनकार करने पर बिना कुछ लिये ही अलग-अलग खेती-बाड़ी करने लगे और अपने पृथक्-पृथक् मकान बनाकर रहने लगे।

सुखन सिंह और मक्खन सिंह की औरतें बँटवारे के लिए झगड़ा करने की राय देतीं, परंतु दोनों भाइयों ने वृद्ध बाप को तंग करने का विचार छोड़ अपनी पत्नियों को ही समझा दिया कि आखिर बूढ़ा मरेगा। जमीन छाती पर रखकर ले जा नहीं सकेगा। उनका विचार था कि अधिक-से-अधिक दस वर्ष तक और जिएगा।

कर्मसिंह को कोई ऐब तो था नहीं। न तो वह शराब पीता था, न ही किसी अन्य प्रकार की फिजूलखर्ची। वह अक्ल का धनी और गाँठ का पक्का था। सौ एकड़ भूमि पर लाठी लिये घूमता था और तीन हजार मन गेहूँ तथा अन्य अनाज उत्पन्न कर लिया करता था। घर पर गाय-भैंस पलती थीं और घर के समीपवाले कुएँ के पास साग-सब्जी पैदा होती थी। केवल कपड़ा और नमक-मिर्च बाजार से लेना पड़ता था।

इस कारण धन एकत्र हो रहा था। परमात्मा ने सुखन सिंह और मक्खन सिंह का भाग्य भी उज्ज्वल कर दिया था। धीरे-धीरे वे दोनों भी अमीर हो रहे थे।

कर्मसिंह का अपने लड़कों से द्वेष नहीं था। वह उनकी सहायता के लिए भी सदैव तत्पर रहता था। केवल वह अपनी जायदाद को अपने जीवन-काल में बाँटना नहीं चाहता था। उसका यह विचार था कि जब तक वह भूमि और धन का मालिक है, तब तक पोते, पोतियाँ सब उसकी सेवा करेंगे, कहा मानेंगे और उसके मरने पर भी उसकी आत्मा के लिए प्रार्थना करेंगे। यदि उसने सबकुछ बाँट दिया, तो उसको पानी पिलानेवाला भी कोई नहीं रहेगा।

यह बात बहुत सीमा तक ठीक थी। सायंकाल जब वह खेतों से लौटकर आता, तो उसके स्वर्गवासी पुत्र की बहू और लड़का तो उसकी सेवा करते ही थे। साथ ही अब उसके बड़े लड़कों की बहुएँ और पुत्र भी आते और उसके पाँव दबा जाते थे। कर्मसिंह भी ऋतु के अनुसार कभी पिन्नियाँ, कभी बूँदी के लड्डू, कभी पेड़े और कभी बरफी बनवा रखता था और जो उसके पास आता, उसको खाने के लिए देता था। कभी उसके पुत्र और पोते कहते भी, "बाबा, अपने जीते-जीते सब बाँट जाओ, नहीं तो पीछे झगड़ा होगा?"

"सुखन," वह कह दिया करता, "अपनी भावज पर विश्वास रखो। वह देवी है।"

इस पर भी जब किसी पोते अथवा किसी पोती का विवाह होना होता, वह सब खर्चा अपने पास से करता था। इस प्रकार परिवार का कार्य चलता जाता था। मदन सिंह की मृत्यु के समय उसका लड़का बिहारी सिंह पाँच वर्ष का था और कर्मसिंह अपने लड़के की बहू के शोक को कम करने के लिए बिहारी सिंह से विशेष प्यार करता था। उसकी सब आवश्यकताओं को पूर्ण करता था। मदन सिंह की बहू भी कर्मसिंह की ऐसी सेवा करती थी, मानो उसकी लड़की ही हो।

: 2 :

बिहारी सिंह जब बड़ा हुआ, तो उसका विवाह कर दिया गया। बहुत ही सुंदर और सुघड़ बहू घर में आई। वह जालंधर शहर के रहनेवाले एक दुकानदार की लड़की थी। नाम था जसवीर कौर। इससे पहले घर की सब बहुएँ गाँवों की अथवा किसानों की लड़कियाँ ही थीं। जसवीर कौर पहली बहू थी, जो नगर की रहनेवाली थी और साथ ही स्कूल की नौवीं श्रेणी तक पढ़ी भी थी।

उसने आते ही अपने कपड़े, आभूषण और जिस पर भी उसका हाथ जाता, अपने अधिकार में करने आरंभ कर दिए। कर्मसिंह को उस पर संदेह हुआ, तो उसने अपने स्वर्गवासी लड़के की सुंदरी बहू को बुलाकर कहा, "बेटा सुंदरी, मेरी जेब में से रेजगारी गायब होने लगी है। कल मैं दस का नोट लेकर एक धोती का दाम देने के लिए गया था, उसमें से चौदह आने मेरी जेब में थे। आज एक पैसा भी नहीं।"

"भापा! मैंने नहीं लिये।"

"यह मैं जानता हूँ। तुमको इस घर में आए अट्ठाईस वर्ष हो चुके हैं। एक पैसे का हेर-फेर नहीं हुआ। अब यह नगर की छोकरी आई है। इससे सावधान रहना चाहिए।"

बात बिहारी सिंह के कान में पहुँची, तो वह अगले दिन भापा के पास चौदह आने

लेकर आ गया। उसने बाबा के पाँव पकड़े और अपनी बहू के लिए क्षमा माँगी। उसने कहा, "बाबा, वह शहर की रहनेवाली देहातियों के चलन को नहीं जानती। मैंने उसको समझा दिया है और अब वह ऐसा नहीं करेगी।"

"देखो बिहारी, अगर फिर तुम्हारी बहू ने ऐसा किया तो तुमको भी तुम्हारी बीवी के साथ नगर भेज दूँगा। वहाँ पर जाकर कमाना और खाना।"

"बाबा! वह कहती है कि आपके दोनों पुत्रों ने पृथक्-पृथक् होने से पहले ही अपने-अपने खेत खरीद लिये थे। वे कहाँ से लेकर खरीदे थे? वह भी अपने लिए पृथक् खेत खरीदने के लिए रुपया इकट्ठा करने लगी थी।"

"तो उसको कह दो कि वे दोनों अपने ससुराल से रुपया लाए थे। ससुराल का रुपया उन्होंने खेत खरीदने में लगा दिया था। उन खेतों पर वे मेहनत-मजदूरी करते थे और वहाँ की कमाई फिर खेतों पर ही लगाते जाते थे। चार-पाँच सौ रुपए से आरंभ कर अब वे पचास-पचास एकड़ भूमि के मालिक हो गए हैं। जसवीर भी अपने आभूषण बेचकर भूमि खरीद सकती है। साथ ही तुम भूमि पर मेहनत कर धन पैदा कर सकते हो।"

"पर बाबा, तब बीस से तीस रुपए में एक बीघा भूमि मिल जाती थी, पर अब तो एक बीघा का मूल्य भी पाँच सौ रुपए से ऊपर हो गया है।"

"ठीक है। तब सोने का मूल्य बारह से पंद्रह रुपए तोला होता था, अब उसका मूल्य अस्सी रुपए तोला है। बिहारी, तुम्हारे ससुर ने जो दिया है, सब मुझको मालूम है और उसमें से सबकुछ तुम्हारी बहू ने संदूक में बंद कर रखा है।"

जसवीर कौर समझ गई कि बूढ़ा इस प्रकार से काबू में नहीं आएगा। उसने दूसरा ढंग रचा। उसने उस ताले की दोहरी चाबी बनवाई, जो उस कोठरी में लगा था, जिसमें पूर्ण घर की संपत्ति रखी जाती थी। ताली की मोम पर छाप लगा उसने अपने छोटे भाई के हाथ शहर भेज दी और वहाँ से चाबी बनकर आ गई।

गरमी की ऋतु में जब घर के सभी प्राणी घर की छत पर सोते थे, एक रात जसवीर नीचे आई और ताला खोलकर तोशेखाने की तलाशी लेने लगी। एक लोहे का संदूक था। उसको भी एक ताला लगा था। उस ताले की चाबी उसने कभी नहीं देखी थी। उसे कर्मसिंह सदा अपनी कमर से बाँधकर सोता था। अतः सब परिश्रम व्यर्थ गया।

इस पर भी जसवीर कौर ने अपने ससुर की पूर्ण चल-संपत्ति उड़ाने का विचार छोड़ा नहीं। वह उस चाबी पर अधिकार पाने का अवसर ढूँढ़ने लगी। वह अवसर तब मिला, जब जसवीर के एक लड़की और फिर एक लड़का भी होकर आठ वर्ष का हो गया था। तब तक कर्मसिंह की दृष्टि दुर्बल हो चुकी थी और हाथ-पाँव भी शिथिल पड़ने लगे थे। अब वह खाट के साथ लग गया था। केवल शौच आदि के लिए ही उठता-बैठता था।

अभी भी पोते-परपोते आते थे और कर्मसिंह के पाँव दबा जाते थे। कोई आकर उसके कपड़े धो देता और कोई उसको नहला जाता, तो कोई खाना आदि खिला जाता था। इसी सेवा के लोभ में वह संपत्ति को बाँटता नहीं था।

एक दिन अवसर मिला और चाबी जसवीर कौर के हाथ लग गई। बूढ़ा जब सोने के लिए बाहर गया, तो उसकी कमर से चाबी गिर पड़ी। उसे पता नहीं चल सका। जसवीर कौर ने चाबी उठा ली। किसी ने देखा भी नहीं। उसने कोठरी खोली और फिर संदूक भी खोल लिया। सोना, चाँदी, नोट देखे। तो जसवीर कौर कितनी ही देर तक मुग्ध हो देखती रह गई। फिर उसने अपनी चादर का आँचल बिछा दिया और जितना उसमें बाँध सकती थी, बाँधकर अपने कमरे में ले गई। तदुपरांत उसने संदूक और कोठरी को बंद कर संदूक की ताली वहीं भापा की खाट पर रख दी, जहाँ वह गिरी थी।

चाबी रख वह अपने कमरे में चोरी का सामान संदूक में बंद कर रही थी कि बिहारी सिंह की नींद खुल गई और वह अपने कमरे में दीपक का प्रकाश देख, झाँककर सबकुछ समझ गया। उसके मन में आया कि बीवी को पकड़कर और धक्के देकर घर से निकाल दे, परंतु उसको अपने बच्चों की माँ पर दया आ गई। उसने कमरे के बाहर खड़े-खड़े ही योजना बना ली और लौट गया। मकान की छत पर उसके सोने के लिए जाने के आधा घंटा पश्चात् जसवीर कौर ऊपर आई।

अगले दिन बिहारी सिंह ने, जब जसवीर कौर सो रही थी, उसके संदूक की, जिसमें सोना, चाँदी और नोट छिपाकर रखे थे, चाबी ली। उसने सब वस्तुएँ निकाल लीं और लगभग उतने ही वजन के ईंट के कंकड़ आदि संदूक में भर दिए।

वह सब सामान बिहारी सिंह ने एक गठरी में बंद कर अपनी माँ के संदूक में रख दिया। माँ के संदूक को ताला नहीं लगता था। उसकी माँ को अपने चार कपड़ों को ताला लगाने की आवश्यकता भी अनुभव नहीं होती थी।

अगले दिन जसवीर कौर का भाई आया, तो जसवीर कौर ने अपना संदूक उठवाकर जालंधर भेज दिया और कहला भेजा कि जब वह आएगी, तो स्वयं ही उसे खोलेगी। उसकी अनुपस्थिति में उस संदूक की रक्षा की जाए।

जसवीर कौर के भाई ने संदूक के भारीपन का अनुभव कर पूछ लिया, ''बहिन, क्या है इसमें?''

''इसमें मेरे आभूषण हैं। ध्यान रखना।''

: 3 :

सुंदरी ने अपना संदूक खोला, तो उसमें आभूषण, सोना-चाँदी और नोटों के बंडल देख वह घबरा गई। उसने कभी इतना धन देखा नहीं था। वह कितनी ही देर तक तो उस

सबको देख-देख समझने का यत्न करती रही कि वह सब कहाँ से आ गया। जब कुछ समझ नहीं सकी, तो अपने लड़के बिहारी सिंह की खेतों से लौटने की प्रतीक्षा करने लगी। जसवीर रोटी बना रही थी। सोहन और गुरनाम कौर रसोईघर में बैठे खाना खा रहे थे। बाहर कर्मसिंह से मिलने के लिए सुखन सिंह और उसकी पत्नी आई हुई थी। कुछ बच्चे भी अपने बाबा के पास बैठे उसकी बातें सुन रहे थे।

सुंदरी ने बिहारी को, जब वह वापस घर आ गया, इशारे से भीतर बुलाकर अपने संदूक में रखी हुई वस्तुएँ दिखाईं, तो बिहारी सिंह ने सब बात अपनी माँ को बता दी। उसने यह भी बताया, ''माँ, सोहन की माँ ने किसी भाँति ताला खोला है और यह सब बाबा की कोठरी से निकाल लिया है।''

''तुम कैसे जानते हो यह?''

''जब से बाबा की नजर दुर्बल हुई है, मैं ही संदूक में रखता-निकालता हूँ। इन आभूषणों को मैं भली-भाँति पहचानता हूँ। यह सोने की डली मैं पिछले वर्ष गेहूँ बेचकर अमृतसर से लाया था।''

''तो इसका मैं क्या करूँ? तुमने मेरे संदूक में क्यों रख दिया है यह सब?''

''माँ, मैं विचार कर रहा था कि जिस दिन बाबा कुछ भीतर रखने को अथवा भीतर से निकालने को चाबी देंगे, तब मैं यह सबकुछ चुपचाप भीतर रख दूँगा। मुझे जसवीर कौर से झगड़ा करना ठीक प्रतीत नहीं हुआ। वह मूर्ख है, परंतु मुझसे अधिक पढ़ी है। मैं जब उसको कुछ समझाने लगता हूँ, तो समझा नहीं पाता।''

''अच्छा, तो मैं इस ट्रंक को ताला लगा दूँ। मुझको भय है कि कहीं तुम्हारी बहू को संदेह हो गया, तो वह यहाँ से भी चुरा लेगी।''

''माँ, यदि ताला लगाया, तो वह संदेह करने लगेगी। मेरा विचार है कि तुम तनिक सतर्क रहना। बनिया सौ मन मकई के दाम देने के लिए आएगा, तब मैं बाबा से चाबी मागूँगा। उसी समय यह सब भी वहीं पर रख दूँगा।''

अवसर मिलते ही सारा सामान रख दिया गया। कर्मसिंह कुछ दिन से कह रहा था कि उसके पाँव ठंडे रहने लगे हैं। आज मध्याह्नोत्तर उसने एकाएक सोहन को कहा, ''जाओ, माँ और दादी को बुला लाओ।'' सोहन भागा-भागा गया और माँ और दादी को बुला लाया। सुंदरी ने आते ही पूछा, ''भापा, क्या बात है?''

कर्मसिंह हँसा और बोला, ''अपने ज्येष्ठों को बुलवा लो। बिहारी को भी बुला लो। मैं समझता हूँ कि चलने का समय आ गया है।''

''नहीं बाबा,'' जसवीर ने कहा, ''अभी तो वाहे गुरु की कृपा है। वैसे ही आपको कुछ भरम हो गया है।''

''नहीं, जसवीर, बैठ जाओ और जपजी साहब का पाठ करो।''

जसवीर कौर भीतर चली गई। हाथ-मुँह धो, चटाई ले आई और चटाई को बाबा की खाट के पास बिछा जपजी साहब की पुस्तक निकालकर पाठ करने लगी।

''एक ओंकार। सत नाम। कर्ता पुरुष निभौं निर्वैर। अकालमूर्त अजनीसई भंग गुरुप्रसाद जप आदि सच जुगादि सच।''

जसवीर कौर पढ़ ही रही थी कि सोहन अपने बाबा के भाइयों और अपने पिता को बुला लाया।

जब तक जसवीर कौर पढ़ती रही, सब चुपचाप बाबा की खाट के चारों ओर बैठे रहे। कर्मसिंह को उठाकर खाट पर बैठा दिया गया था। सुखन सिंह अपने पिता की पीठ के पीछे बैठ उसको आश्रय देकर बैठा था। कर्मसिंह शांत-भाव से सुन रहा था। जसवीर कौर आगे पढ़ रही थी—

''जात पाहारा धीरज सुनिआर।
महरणि मत वेद हथियार॥
भउ खला अगान तपताउ।
भांडा भाउ अमृत तित ढाल॥
घड़िए सबद सच टकसाल।
जिन कउ नदर कर्म तिन काट।।
नानक नदर नदर निहाल॥''

अब सब 'वाहे गुरु', 'वाहे गुरु' कहने लगे। इस समय कर्मसिंह ने कुछ कहा। जब उसके होंठ फड़के, तो सब चुप हो गए। सुखन सिंह, जो उसके पीछे उसको ढासना देकर बैठा था, कान के समीप मुख कर बोला, ''भापा!''

कर्मसिंह ने कहा, ''सुखन!''

''हाँ, भापा।''

''मक्खन को बुलाओ।''

''यह बैठा है!''

''बिहारी!''

''बैठा हूँ भापा!''

''सुनो, मेरी जेब से चाबी निकाल लो। देखो, धर्म पर अड़े रहना।''

एक क्षण तक चुप रहने के बाद कर्मसिंह ने कहा, ''जसवीर कौर!''

''हाँ, बाबा।''

''इस समय सबकुछ यहाँ ही रह गया है। सुन रही हो।''

''हाँ, बाबा।''

''दया, धर्म, दान और क्षमा ही साथ जा रहे हैं। समझी हो?''

''हाँ, बाबा।'' उसके मुख का रंग पीला पड़ रहा था।

कर्मसिंह ने कहा, ''देखो, लड़ना नहीं। वाहे गुरु तुम सबको बुद्धि दे।'' इसके साथ ही कर्मसिंह की गरदन लुढ़क गई।

: 4 :

सुखन ने बाबा की जेब से चाबी ले सुंदरी को दे दी। वह नहीं चाहता था कि बँटवारे से पहले चाबी उसके पास रहे।

बाबा की अरथी बड़ी धूमधाम से उठी, बाजे बजे, अरथी पर झंडियाँ और गोले लगाए गए। फूल-मखाने और छुआरे निछावर किए गए। आगे-आगे कीर्तन-मंडली थी। पीछे-पीछे औरतें शबद गा रही थीं। सारा गाँव बूढ़े की अरथी के साथ था। गाँव के सिखों के अतिरिक्त हिंदू भी रहते थे। अरथी श्मशान के बाहर पहुँची तो हिंदू ने कह दिया, ''बोलोई राम!'' अन्य लोग इस पर बोल उठे, ''राम भज राम!'' एक सिख ने कह दिया, ''शोर न मचाओ। कीर्तन सुनो!''

संस्कार हुआ। कड़ाह-प्रसाद बाँटा गाया। सबने खाया और सतश्री अकाल के अभिवादन के पश्चात् सब घर लौटे। घर पर ग्रंथ साहब का पाठ रखाया गया और तेरहवें दिन पाठ का भोग पड़ा। उस दिन भोज हुआ। सारे परिवार और गाँव के सब लोगों को भोज खिलाया गया।

उस दिन सायंकाल परिवार के सब लोग घर में एकत्रित हुए। कर्मसिंह की लड़की कुलवंती अपने घरवाले सरदार समुंदर सिंह और अपने लड़के, उसकी बहू और पोतों के साथ आई थी।

सुखन सिंह सबसे बड़ा था। उसने सबके सामने अपनी छोटी भाभी को संबोधित कर पूछा, ''भाभी, हम सब अपनी जायदाद में हिस्सा लेने आए हैं। क्या है भापा के पास।''

''भैया,'' सुंदरी ने कहा, ''मैं सौगंधपूर्वक कहती हूँ कि मैंने आज तक नहीं देखा कि उनके पास क्या है और कितना है। हाँ, बिहारी जरूर उसमें रखने और निकालने जाता है। भापा की चाबी आपने मुझको दी थी। वह यह है। अब आप ही देख लो।''

''क्यों बिहारी, क्या है और कहाँ है?''

''तायाजी, सबकुछ ठीक है। आप सबकुछ पहले विचार कर लें कि किस-किस को क्या-क्या और कितना-कितना लेना है।''

''हाँ, बिहारी ठीक कहता है। कुछ तो है ही। भूमि भी है। किस प्रकार बँटवारा होगा, यह लिख-पढ़ लो। तब जो कुछ नकद निकले और जो कुछ भूमि का दाम लगे, सब जमा कर लो, फिर लिखे के अनुसार सबको मिल जाए।''

इस पर हिस्सेदारों के नाम लिखे जाने लगे। समुंदर सिंह ने पूर्ण जायदाद के चार हिस्से करने चाहे।

''चौथा किसका?'' मक्खन सिंह ने पूछ लिया।

''तुम्हारी बहिन का।''

सब चुप रहे। कुलवंती ने जब से उसका विवाह हुआ था, एक दिन भी अपना मुख गाँव में आकर नहीं दिखाया था। सोहन ने शांति को भंग करते हुए कह दिया, ''बाबा, मैं बताऊँ?''

''क्या बताओगे?''

''घर के बच्चे-बूढ़े, मर्द-औरतें सब मिलाकर हम सब पैंतीस बंदे हैं। जो कुछ नकद हो उसके पैंतीस हिस्से कर दिए जाएँ।''

''ओ सोहनू, यह धर्म-शास्त्र तुझको किसने सिखाया है?'' सरदार समुंदर सिंह का विचार था कि जसवीर कौर ने ही उसको सिखाया होगा, इससे उसने पूछ लिया।

सोहन सिंह ने कह दिया, ''एक दिन बाबा मुझको यह सब बता रहे थे। वह सबकी गिनती करके बोले कि हम सब पैंतीस बंदे हैं। सबको बराबर-बराबर मिलना चाहिए। सबने ही उनकी बराबर सेवा की है। नकदी सब उनकी कमाई है। वह सबमें बाँट दी जाए। भूमि उनके पिताजी की है, इसके तीन हिस्से किए जाएँ।''

इस बात को सुना तो सबने कह दिया, ''बाबा की इच्छा पूर्ण की जाए।'' इस प्रकार सबसे कम भाग मिलनेवाला था मदन सिंह के परिवार को। वे केवल पाँच प्राणी थे। इनकी तुलना में सुखन सिंह के घर के चौदह प्राणी थे और मक्खन सिंह के घर के सोलह थे। इस पर सुखन सिंह ने अपनी भाभी सुंदरी से पूछ लिया, ''भाभी, क्या कहती हो तुम?''

सुंदरी ने दीर्घ निश्श्वास छोड़कर कहा, ''जब भापा की यह इच्छा है, तो मैं कैसे अस्वीकार कर सकती हूँ? तुम सब जो कुछ भी दोगे, मैं बड़ों का आशीर्वाद समझकर ले लूँगी।''

सुखन सिंह को उसके पिता ने एक बार कहा था, ''अपनी भाभी पर विश्वास रखो। वह देवी है।'' आज उसकी समझ में आया कि भापा सत्य कहता था। उसने कह दिया, ''भाभी, मैं जानता हूँ कि तुमको हानि हो रही है। इस पर भी यह विश्वास रखो कि वाहे गुरु सब ठीक करेगा। भापा की इच्छा का पालन होने दो।''

''कैसे पालन होने दें। इन पैंतीस में मेरी और मेरे बच्चों की गिनती नहीं है।''

''परंतु तुम हो कौन?'' सोहन ने कह दिया, ''तुमको कभी देखा नहीं। कभी तुम्हारी बात तक सुनी नहीं।''

''मैं तुम्हारे बाबा का बहनोई हूँ। जानते हो? सरकार ने कानून बना दिया है कि

लड़की का लड़के के बराबर हिस्सा होता है।''

इस पर मक्खन सिंह की पत्नी ने कह टिया, ''बहिन कुलवंती अपने पति के ही बुजुर्गों की जायदाद में से लेगी। हमको अपनी जायदाद में से लेने दो।''

समुंदर सिंह ने खड़े होकर कह दिया, ''देखो, मैं अभी थाने में रपट लिखाने के लिए जाता हूँ। किसी ने मेरी अनुपस्थिति में तोशाखाना खोला तो हथकड़ी लगवा दूँगा। कुलवंती, तुम यहीं बैठना, मैं जा रहा हूँ।''

सुखन सिंह इस झगड़े से बाप की और परिवार की बदनामी समझता था। इसलिए उसने हाथ जोड़कर समुंदर सिंह की मिन्नत-खुशामद करना आरंभ कर दी। उसने कहा, ''जीजा, आप बैठिए। बताइए, आप क्या चाहते हैं?''

''मैंने बताया कि जायदाद के चार भाग होने चाहिए। उसके पश्चात् अपने हिस्से में से अपने लड़के-लड़कियों को दिया जाए। बच्चे तो जने तुम्हारी बीबी और हिस्सा जाए मेरा? ऐसे नहीं हो सकता।''

मक्खन सिंह की पत्नी को इस कटाक्ष पर क्रोध चढ़ आया। उसने कह दिया, ''मैं सब फूँककर स्वाहा कर दूँगी, पर इस हमारे बच्चों की गिनती करनेवाले को पाई भी नहीं लेने दूँगी। भापा के जीवन-काल में तो एक दिन भी नहीं आए और अब आए हैं जायदाद के मालिक बनकर।''

''जाओ बहिन, चुपचाप चली जाओ, नहीं तो फौजदारी हो जाएगी।''

समुंदर सिंह उठकर घर से निकल गया। सब यह समझते थे कि वह थानेदार को बुलाने गया है। इस पर सब सुंदरी का मुख देखने लगे। चाबी अभी भी सुंदरी के पास थी। सुंदरी ने अपने जेठ से कह दिया, ''भैया, आज यह बँटवारा नहीं होगा। इससे आज सब आराम करो। कल किसी को बीच में सरपंच डाल लेना और उसके कह मुताबिक बँटवारा कर लेना।''

मक्खन सिंह ने पूछा, ''भाभी, तुम जायदाद में समुंदर सिंह का हिस्सा समझती हो?''

''भैया, यह मेरे समझने की बात नहीं। बात आपकी और आपकी बहिन तथा बहनोई के समझाने की है। उसको समझाने का एक ही तरीका है। किसी को पंच बनाकर उसके फैसले पर फूल चढ़ाओ।''

''मेरी तो राय है कि संदूक खोलकर सबको निकालकर उसके आने से पहले ही बाँट लिया जाए।''

''यह तो पाप हो जाएगा। ऐसा आप नहीं कर सकोगे। पहले मेरी हत्या करनी होगी, तब कोठरी का ताला खुलेगा।''

सुखन सिंह ने बात सँभाली। उसने मक्खन सिंह से कहा, ''भाभी ठीक कहती है।

झगड़ा कर कचहरी में वक्त और रुपया बरबाद करने की क्या जरूरत है?''

''पर भापा, जमीन भी बाँटी जाएगी क्या?''

''हाँ, नहीं तो सरकार तीस एकड़ से अधिक लेने का कानून बना रही है।''

इस पर दोनों भाई उठकर बाहर चले गए। परिवार की स्त्रियाँ और शेष मर्द कोठरी के बाहर लेटे रहे। सुंदरी उठकर अपने कमरे में चली गई। उस समय जसवीर कौर अपनी सास के पास आ पहुँची और बोली, ''माताजी, आप क्यों झगड़ा मोल लेती हैं। चाबी अपने जेठ के सामने रख दें। भगवान् जाने बीच में कुछ है भी या नहीं?''

सुंदरी की समझ में आ गया कि जसवीर कौर क्यों ऐसा कह रही है। वह सोचती थी कि जसवीर को अभी भी विश्वास है कि भीतर कुछ नहीं और सबकुछ वह निकालकर ले जा चुकी है। इससे वह मुसकरा दी और बोली, ''बहू, भगवान् और धर्म भी कुछ है या नहीं? सारे परिवार की अमानत मैं किस-किस को दे दूँ?''

जसवीर कौर यह सुनकर उठी और बाहर चली गई। बिहारी सिंह आया, तो उसने माँ को एक दूसरी ही बात कह दी। उसने कहा, ''यह सोहन ने सब गड़बड़ कर दी है। अब उसके यह कहने पर कि बाबा की यही इच्छा थी, हमको सबसे अधिक हानि रहेगी।''

''बेटा, मैं तो कुछ जानती नहीं। मेरे लिए तो वह पूज्य थे। इससे मैं उनकी बात पर फूल चढ़ाए बिना नहीं रह सकती। रही हानि-लाभ की बात। धन प्रभु की माया है। सबके पास समान नहीं होता। न ही यह सदा रहता है। जितना अपने इन दो हाथों से कमाया जा सकता है, उस पर ही संतोष करना चाहिए।''

''मैं तो समझता हूँ कि मैंने वह सबकुछ फिर बीच में ही रखकर भूल की है।''

''पर मैं समझती हूँ कि तुमने अमानत को ठीक जगह पहुँचाकर धर्म का काम किया है।''

जसवीर कौर पहले तो अपने सबकुछ ले जाने पर बहुत प्रसन्न थी, परंतु फिर अपनी करतूत का भेद खुल जाने के भय से खाट पर लेट रही। वह कभी सोचती थी कि उसने ठीक ही किया है, जो सबकुछ पहले निकालकर ले गई, फिर सोचती कि जब घरवालों को पता चलेगा कि अंदर तो कुछ भी नहीं, तो खूब हो-हल्ला होगा। यह भी संभव है कि हत्याएँ हो जाएँ। इस संभावना पर भयभीत हो वह अपने किए पर पश्चात्ताप करने लगी।

: 5 :

समुंदर सिंह थानेदार के पास गया, तो वह गाँव के सरपंच को लेकर उसके साथ चल पड़ा। घर पहुँचा, तो देखा कि परिवार के सब प्राणी कोठरी के बाहर बैठे थे।

कोठरी को ताला लगा था। सरपंच ने एक ऊँची चौकी पर बैठकर पूछा, ''क्या झगड़ा है?''

सुखन सिंह ने अपनी बात कह दी। इस पर समुंदर सिंह ने कह दिया, ''कर्मसिंह ने मरने के समय सुखन सिंह को चाबी देते हुए कहा था, 'धर्म पर खड़े रहना,' परंतु अब ये लोग धर्म से बदल रहे हैं।''

सरपंच ने पूछा, ''क्यों मक्खन सिंह, क्या यह सरदार ठीक कहता है?''

''जी हाँ, यह ठीक कहता है।''

''तो फिर झगड़ा क्या? तुम सब समझदार हो। धर्म पर खड़े रहो और अपना-अपना हिस्सा ले लो।''

समुंदर सिंह ने कह दिया, ''ये जायदाद के पैंतीस हिस्से करना चाहते हैं और बाल-वृद्ध सबको बराबर-बराबर हिस्सा देना चाहते हैं।''

''क्यों?''

''इसलिए,'' सोहन ने फिर आगे बढ़कर कह दिया ''कि बाबा ने एक दिन कहा था कि नकदी सब मेरी कमाई है। यह मैं उन सबको देता हूँ, जिन्होंने मेरी सेवा की है। बाबा ने पैंतीस की गिनती करके कहा था कि सबने मेरी सेवा की है, सबको ही बराबर-बराबर हिस्सा मिलना चाहिए। भूमि के विषय में बाबा ने कहा था कि यह उनके पिता की है। इसलिए इसके तीन हिस्से कर उनके तीनों बेटों को दी जाएगी।''

''यह तुम सत्य कहते हो?''

''हाँ चौधरीजी, मैं गुरुमहाराज की सौगंध खाकर कहता हूँ कि बाबा ने यही कहा था।''

''तुम किसके बेटे हो?''

''बिहारी सिंह का।''

''कितने भाई-बहिन हो?''

''हम दो ही हैं। मेरी एक बहिन है।''

''तो तुमको तो कुछ भी नहीं मिलेगा।''

''पर चौधरी, यह धर्म की बात हो रही है, मिलने-मिलाने की नहीं।''

जसवीर इस समय सबसे पीछे खड़ी रो रही थी। चौधरी ने उसको देखा तो पूछा लिया, ''तुम क्यों रोती हो?''

उत्तर समुंदर सिंह ने दे दिया, ''यह सोहन इसी का बेटा है और इसके कहने से इस बेचारी को सबसे कम मिलेगा। सुखन के घर के चौदह प्राणी हैं। मक्खन के सोलह हैं और इसके घर के केवल पाँच। इसलिए यह रोती है।''

''और तुम कौन हो।?''

"मैं कर्मसिंह का दामाद हूँ। मेरी पत्नी कुलवंती का बँटवारे में कहीं जिक्र ही नहीं।"

"अच्छा, कल पंचायत होगी और फैसला होगा। चाबी किसके पास है?"

"भाभी सुंदरी के पास।"

"चाबी मुझको दे दो। कल सब पंचों के सामने कोठरी खोली जाएगी।"

सुंदरी ने कोठरी और संदूक की दोनों चाबियाँ सरपंच को दे दीं। थानेदार ने एक सिपाही को वहाँ बैठा दिया, जिससे फौजदारी न हो जाए।

अगले दिन गाँव की पंचायत बैठी। सबसे पहले सुंदरी के बयान हुए, फिर समुंदर सिंह ने अपनी माँग उपस्थित कर दी। उसने कहा कि सब चल और अचल संपत्ति के चार भाग होने चाहिए। तीन तो कर्मसिंह के पुत्रों के लिए और एक उनकी पुत्री के लिए।

इसके पश्चात् सुखन सिंह और मक्खन सिंह के बयान हुए। बिहारी सिंह के भी बयान हुए। बिहारी सिंह ने केवल इतना कह दिया, "धर्म जो कहता है, वह मुझको मंजूर है।"

इसके बाद पंचायत ने सबको बाहर निकाल दिया और पंचायत में बहुत वाद-विवाद के बाद फैसला हुआ। फैसला सुनाते हुए सरपंच ने कहा—

"पंचों ने सोहन के बयान को सच्चा माना है। इसलिए धर्म यह है कि चल संपत्ति के पैंतीस भाग किए जाएँ। मर्द-औरतें, बाल-वृद्ध सबको एक-एक हिस्सा दिया जाए। स्वर्गवासी जीव का कहना था कि ये पैंतीस ही उसकी सेवा करते रहे हैं और इनको ही उसकी जायदाद का हिस्सा दिया जाए। इनमें कुलवंती अथवा उसके बच्चों का कोई हक नहीं है।

"शेष रही जमीन की बात। धर्म से तो तीन हिस्से बनते हैं। कानून से चार। हम कानून से धर्म ऊँचा मानते हैं। इस कारण हमारा फैसला है कि तीन हिस्से ही तीनों भाइयों को मिलें। धर्म से लड़की का कोई हिस्सा नहीं बनता। इस पर भी यदि कुलवंती धर्म पर फूल नहीं चढ़ाती, तो वह अदालत में जा सकती है।"

इसके बाद समुंदर सिंह ने कह दिया, "मैं पंचायत के फैसले की जजी में अपील करूँगा। इसके लिए कुछ खुर्द-बुर्द न किया जाए।"

इस पर सरपंच ने आज्ञा दे दी कि पंचों के सामने सब वस्तुओं की सूची बन जाए और उन वस्तुओं को किसी के पास अमानत के रूप में रख दिया जाए।

ऐसा ही किया गया। पूर्ण संपत्ति सोना-चाँदी और नकदी तौली और गिनी गई। साथ ही उसकी सूची बनाकर सबके हस्ताक्षर करा लिये गए। सब सामान सुंदरी के हवाले कर उससे रसीद बनवा ली गई। सरपंच ने पंचायत का फैसला लिखकर नीचे

लिख दिया कि तीन महीने में जिसे अपील करनी हो, कर दे अथवा यही फैसला पक्का होगा।

जब सब विदा हो गए, तो जसवीर कौर ने अपने पति से कहा, ''आपने जमीन पर जो मेहनत की और खून-पसीना एक किया, तो आपको उसका क्या मिला?''

''मुझको धर्म का फल मिलेगा।''

''मैं यह धर्म-कर्म व्यर्थ की बात मानती हूँ। मुझको पहले ही इस बात की आशा थी कि हमको कुछ भी नहीं मिलेगा। हमारी मेहनत और सेवा सब हराम में जाएगी। इसलिए मैंने भी अपना धर्म-पालन किया है। अपनी मेहनत का फल मैंने पहले ही निकाल लिया है।''

जसवीर कौर का विचार था कि उस दिन जल्दी-जल्दी में उसने बहुत-कुछ पीछे भी छोड़ दिया है। इस पर भी उसके मन में संतोप था कि उसने बहुत कुछ, अपने भाग का पहले ही निकाल लिया है। अब उसने अपनी कारगुजारी अपने पति को भी बता दी।

बिहारी ने पहले तो यह उचित समझा कि यह भी अपनी कारगुजारी बता दे, परंतु फिर कुछ विचारकर उसने पूछा, ''सत्य?''

''जी हाँ! मैं आपकी तरह बुद्धू नहीं हूँ।''

''एक दिन चलकर दिखाओ तो सही कि कितना ले गई थीं?''

समय पाकर जसवीर कौर अपने पति को लेकर अपने बाप के घर गई और संदूक निकालकर ताली खोल देखने लगी, तो भौंचक्की हो देखती रह गई। बिहारी सिंह उसके पीछे खड़ा था। उसने अपने मन की बात छिपाते हुए पूछ लिया, ''जसवीर, क्यों, क्या हुआ?''

''किसी ने सोना-चाँदी सब निकाल लिया है और कंकड़ आदि भर दिए हैं।''

''किसने भर दिए हैं?''

''मेरे पिताजी ने ही ऐसा किया होगा।''

''मेरा मन कुछ और ही कहता है।''

''क्या?''

''यही कि परमात्मा ने तुम्हारे इस काम को अधर्म समझा और सोने-चाँदी के स्थान पर ये कंकड़-पत्थर भर दिए हैं।''

''यह सब बकवास है। कहाँ है परमात्मा, जो ऐसा कर सकता है। यह तो निश्चय ही मेरे माँ-बाप की करतूत है।''

''नहीं जसवीर, यह परमात्मा की ही बात है।''

इस पर जसवीर और उसके पिता बलवंत सिंह में बहुत झगड़ा हुआ और बाप-बेटी में सदा के लिए लड़ाई हो गई।

बिहारी सिंह के मन में एक बार तो आया कि वह सबकुछ बता दे, परंतु उस बेईमान बेटी का बाप के साथ झगड़ा ठीक ही प्रतीत हुआ और वह चुप रहा।

वे दोनों उलटे पाँव अपने गाँव को लौट आए। बिहारी सिंह ने मार्ग में जसवीर को बता दिया था कि माल चुराने के विषय में वह किसी को भी न बताए।

घर पहुँच उसने अपनी बुआ को घर बैठी माँ से बातें करते देखा तो पूछा, ''बुआ, क्या हुआ है, किसलिए आई हो?''

उत्तर सुंदरी ने दिया, ''बुआ कहती है कि इनको घर से निकाल दिया गया है।''

''क्यों?''

कुलवंती ने कह दिया, ''वे अपील लिखवाकर लाए थे और कहने लगे कि मैं हस्ताक्षर कर दूँ। मैंने इनकार किया, तो मार-मारकर घर से निकाल दिया है।''

''पर बुआ, तुमने इनकार क्यों किया?''

''सरपंच कहता था कि धर्म से लड़की का भाग नहीं होता। मैंने यही सोचा कि अब इस बूढ़ी अवस्था में भला धर्म की बात को क्यों छोड़ूँ? इसलिए मैंने हस्ताक्षर नहीं किए।''

बिहारी सिंह भौंचक्का हो बुआ का मुख देखता रह गया।

तीन महीने बाद जब अपील की मियाद बीत गई, तो बँटवारा होने लगा। सुखन सिंह ने कह दिया, ''भाई! धर्म से तो ठीक हो रहा है, परंतु बहिन की बलि धर्म पर चढ़ानी अच्छी प्रतीत नहीं होती। इसलिए मेरा विचार है कि समुंदर सिंह के कहे अनुसार बँटवारा कर उसका हिस्सा उसको दे दिया जाए।''

सुंदरी ने कहा, ''भैया, सोच लो, बहुत हानि हो जाएगी तुम दोनों को?''

''मैंने सब विचार कर लिया है भाभी, क्यों मक्खन, क्या कहते हो?''

''भापा, बहिन का सुहाग कायम रहे, मैं यही चाहता हूँ।''

''परंतु भापा,'' बिहारी ने कह दिया, ''मुझको अकारण लाभ होगा।''

''तो हो जाए। समुंदर सिंह तो प्रसन्न हो जाएगा।''

''परंतु धर्म कहाँ गया?''

''बहिन की अपने पति से सुलह होगी। यह क्या कम धर्म की बात है?''

□

वाणी की शुचिता

सरदार सोहन सिंह जपुजी साहब का पाठ कर रहा था—

असंख कूड़यार कूड़े फिराह।
असंख मलेच्छ मल भख खाह॥
असंख निंदक सिर करे भार।
नानक नीच कहे विचार॥
वारिया न जावे इक बार।
जो तुध भावे साईं भली कार।
तू सदा सलामत निरंकार॥

इस समय साथ के कमरे से जोर-जोर से रेडियो बजने का शब्द आने लगा। सोहन सिंह का ध्यान भंग हुआ। उसके मुख में था 'जो तुध भावे साईं भली कार' और उसके कानों में गूँजने लगा—

अकाशी घुम्मण तारे।
ते बाबे दी नूं घुंड बिच अखियाँ मारे।
ओ घुंड बिच अखियाँ मारे ते घुंड बिच अखियाँ मारे॥

बहुत से लोग मिलकर गा रहे थे। कदाचित् भंगड़ा नाच किया जा रहा था। सोहन सिंह ने मन कड़ा कर एक बार पुन: पाठ में ध्यान लगाने का यत्न किया और उसने पढ़ा—

असंख नां असंख था।
अंगम अंगम असंख लोई॥

परंतु रेडियो कूक रहा था—

हथ बिच कंगन छनके
ते बाबे दी नूं दियाँ उँगला करन इशारे॥
ओ उँगला करन इशारे ओ उँगला करन इशारे॥
ते घुंड बिच अखियाँ मारे॥

सोहन सिंह ने पाठ छोड़ दिया और उठकर कमरे से निकल आया। सोहन सिंह का लड़का विचित्र सिंह कोठी के बरामदे में सो रहा था। आठ बज रहे थे। सूर्य सिर पर आ गया था। रेडियो की कूक उसकी नींद खराब कर रही थी। उसने करवट ली और तकिए को सिर के नीचे से निकाल कानों पर रख रेडियो के शोर को नींद खराब करने से रोकना चाहा, परंतु रेडियो पूरे जोर से बज रहा था।

आखिर विचित्र सिंह से नहीं रहा गया। उसने लेटे-लेटे ही आवाज दे दी, ''ओ, बदमाश दे बच्चे! बंद कर!''

रेडियो बजा रहा था विचित्र सिंह का लड़का सुरजीत। वह छह वर्ष की आयु का बालक था। लड़के ने पिता की डाँट नहीं सुनी। वह गाना सुनने में लीन था। लड़के के पास खड़ी उसकी बहिन मोहिनी सुर-ताल-लय के साथ नाच रही थी।

सुरजीत का बाबा सोहन सिंह अपने लड़के की परेशानी पर मुसकरा रहा था। धूप विचित्र सिंह के मुख पर पड़ रही थी, परंतु वह अभी और सोने की इच्छा कर रहा था।

इस समय विचित्र सिंह की पत्नी हाथ में एक प्याला चाय लिये हुए वहाँ आ पहुँची। यह उसके पति की बेड टी थी। विचित्र ने मुख मोड़कर अपनी पत्नी से कह दिया, ''ओ सूर दे पुत्तर नू कौ, बंद कर दे।''

सोहन सिंह की हँसी निकल गई। हँसते हुए उसने अपनी पतोहू से कहा, ''यह तो अभी नहीं पिएगा। मुझको दे दो। जरा भीतर जाकर सुनो तो, सूअर का बच्चा क्या सुन रहा है।''

सोहनी ने प्याला सोहन सिंह के हाथ पकड़ा दिया और गाने की तरफ ध्यान कर सुनने लगी।

रेडियो गा रहा था—

बाबे दी नूं घुंड बिच अँखियाँ मारे।

सोहनी के मुख पर लज्जा की लाली दौड़ गई। वह आँखें नीचे किए रसोईघर से चाय का एक और प्याला लेने चली गई।

: 2 :

''बेटा सुरजीत,'' सोहन सिंह ने दोपहर के भोजन के समय अपने पोते से पूछ लिया, ''रेडियो क्या गा रहा था?''

रविवार का दिन था। विचित्र सिंह दफ्तर नहीं गया था। सोहन सिंह तो रिटायर्ड सैनिक था। वह घर ही रहता था। भोजन की मेज पर पिता, पुत्र, पौत्र और बच्चों की माँ बैठे थे। बाबा के प्रश्न का उतर पोती मोहिनी ने दे दिया। वह चार वर्ष की बालिका अभी तोतली भाषा में ही बात करती थी। उसने प्रसन्न वदन बाबा को बताया,

"घुंद वित अखाँ मारे।"

सब हँसने लगे। सोहनी की आँखें अपनी प्लेट की ओर झुकी ही रह गईं और उसके गाल आँखों तक लाल हो रहे थे।

"अखाँ किस तराँ मारदे ने?" विचित्र ने बच्ची से लाड़ के साथ पूछ लिया।

"ऐस तराँ।" मोहिनी ने तोतली भाषा में कहते हुए एक आँख मींचकर दिखा दिया।

सोहन सिंह ने एक दीर्घ निश्श्वास छोड़ा और कह दिया, "जमाना बहुत तेजी से बदल रहा है, विचित्र।"

"हाँ, भापा, अब स्पूतनिक चाँद और मंगल तक जाने लगे हैं।"

"और यह हमारी बच्ची तो इस छोटी सी उम्र में ही शनि तक पहुँच गई।"

विचित्र इस व्यंग्य को समझ नहीं सका और हँसने लगा। हँसकर कहने लगा, "भापा, बहुत प्यारी लगती है।"

"विचित्र! तुम अपनी माँ को इससे भी प्यारे लगते थे, परंतु अब वह बेचारी स्वर्ग में बैठी तुमको आठ बजे तक बिस्तर में करवटें लेते देख रोती होगी।"

"क्यों?"

"विचार करती होगी कि वह गुलाब के फूल सा सुकुमार विचित्र, जिसको वह चूमती-चूमती थकती नहीं थी, अब उसको कभी याद भी नहीं करता।"

"भापा, वह जानती है कि मैं उसको रोज याद करता हूँ।"

"अच्छा, भला, कैसे याद करते हो?"

"सोहनी जैसी सुंदर पत्नी ले देने के लिए। जब-जब मैं उसकी ओर देखता हूँ, मेरा हृदय माँ के प्रति कृतज्ञता से भर जाता है।"

"इससे वह प्रसन्न नहीं हो सकती। मैं समझता हूँ कि वह रोती होगी यह देख-देखकर कि विचित्र, जो पैदा होने पर तो मानव था, भगवान् का रूप था, अब संसार रूपी कीचड़ में लोट-पोट होनेवाला सूअर ही निकला है।"

"भापा, मैं सूअर नहीं हूँ।" विचित्र ने तमककर कहा।

"बेटा, मेरी तो आँखें दुर्बल पड़ गई हैं। मुझको तो मनुष्य और सूअर में अंतर दिखाई पड़ता नहीं। इस पर भी कोई कह रहा था कि विचित्र सूअर की भाँति फूँ-फूँ करता हुआ सोहनी के पलंग के चारों ओर चक्कर काटा करता है और सुबह आठ बजे तक नींद में खरमस्त पड़ा रहता है।

"भगवान् भला करे सरकार का। दफ्तरों में बाबुओं की संख्या बहुत अधिक हो गई है। दफ्तरों में चपरासी दस बजे पहुँचते हैं और बाबू ग्यारह बजे। विचित्र जैसे सूअरों को भी वहाँ कुरसी मिलती है और वह फूँ-फूँ करता हुआ अफसरों के गुणगान करता है।"

"भापा, यह तो मेरा बहुत अपमान किया जा रहा है?"

"तो उससे पूछो, जिसने कहा। मैं तो सुननेवाला हूँ।"

: 3 :

"समझे हैं, भापाजी क्या कह रहे थे?" सोहनी ने एकांत में अपने पति से पूछ ही लिया।

"क्या करूँ, हैं पिताजी। कोई और होता तो लात मारकर घर से निकाल देता।"

"क्यों?"

"मुझको सूअर जो कहा है।"

"जी नहीं, उन्होंने नहीं कहा। उन्होंने तो किसी को कहते सुना है।"

"कौन बदमाश का बच्चा कहता है यह?"

सोहनी ने पति के मुख पर हाथ रखते हुए उसको चुप कराते हुए कहा, "आप बात-बात पर गाली देते हैं। यही तो भापाजी कह रहे थे। देखो जी, आज सुबह आप सुरजीत को गाली दे रहे थे, 'सूअर का बच्चा।' बच्चा वह आपका है। आपने अपने को स्वयं ही सूअर कहा था।"

"ओह, तो यह बात है।"

"और अब आप, आपको सूअर कहनेवाले की अर्थात् अपने आपको बदमाश का बच्चा कहने लगे। मतलब यह है कि भापाजी को बदमाश कह रहे हैं।

"पर मैंने सुरजीत को सूअर का बच्चा कहा था क्या?"

"हाँ, नींद में, मगर अब अपने को बदमाश का बच्चा तो जागते हुए ही कह रहे हैं। नींद में तो अंतरात्मा बोलती है, तो इसका अभिप्राय यह हुआ कि आपकी अंतरात्मा आपको सूअर कहती है।"

"तो तुम भी मुझको गाली देने लगी हो?"

"जी नहीं, मैं तो आपकी अंतरात्मा की बात कह रही हूँ।"

: 4 :

विचित्र सिंह घबराया हुआ पिताजी के कमरे में जा उनके चरण पकड़ बैठा। सोहन सिंह ने पूछा, "क्या है? विचित्र, क्या हो गया है?"

"भापा, सोहनी ने मुझको समझा दिया है कि मैं ही वह गधे का बच्चा हूँ, जो अपने पुत्र को सूअर का बच्चा कह रहा था?"

सोहन सिंह हँस पड़ा और बोला, "तुमने अब ठीक बात कही है। तुम्हारे गधे बाप ने तुमको कुछ भी अक्ल की बात नहीं सिखाई। तुमको सोहनी से यह भी पूछना चाहिए

था कि सुरजीत रेडियो में क्या सुन रहा था?''

''क्या सुन रहा था, भापा?''

''रेडियो गा रहा था, 'बाबे दी नूं घुंड बिच अखियाँ मारे।' सोहनी को पूछना, कितना मजा आया था उसको सुनकर।''

''भापा, यह रेडियोवालों का दोष नहीं। यह तो लोकगीत है।''

''खाक है। कोई बदमाश, गँवार, अनपढ़ कहीं अपने विकृत मन की व्याख्या गाता होगा और रेडियोवालों ने उसको संतवाणी समझ कूकना आरंभ कर दिया।''

''देखो विचित्र, सुबह उठ सुखमनी का पाठ किया करो, जपुजी का जाप करो। तब तुम्हारी समझ में आएगा, यह लोकगीत नहीं, बदमाशों का गीत है। अधिकांश लोग ऐसा नहीं गाते।''

''पर भापा, इन रेडियोवालों को कौन समझाएगा?''

समझाने की जरूरत नहीं। तुमको अपनी बुद्धि ठीक करने की जरूरत है। बुद्धि ठीक होगी, तो न तो रेडियो बजेगा, न ही गधे का बच्चा अपने पुत्र को सूअर का बच्चा कहेगा।''

□

अलिप्त

कृष्णकिशोर लाहौर के एक कॉलेज में अंग्रेजी का प्राध्यापक था। साहित्यिक अभिरुचिवाले अन्य व्यक्तियों की भाँति ही कृष्णकिशोर भी स्वप्न-लोक में विचरण किया करता था। वह कहानियाँ लिखकर पत्रिकाओं में प्रकाशित करवाता। उसकी कहानियों की खूब माँग थी। वह आश्चर्यकारक चरित्रों के चित्रण के लिए प्रसिद्ध था। जिस प्रकार उसका अपनी लेखनी पर अधिकार था, वैसी ही उसकी वाणी भी थी और जब कभी उसको अपने मन-भावने लेखकों के विषय पर बोलने का अवसर मिलता, तब वह उस लेखक के मुख्य-मुख्य चरित्रों का चित्रण विस्तारपूर्वक करता।

एक दिन कालिदास की शकुंतला का चित्रण उसने अपनी कक्षा में प्रारंभ किया। निमीलित-नयन वह बोलता ही गया। उसके द्वारा किया गया शकुंतला की सुंदरता का वर्णन बहुत ही रोचक था। उसने शिख से लेकर नख तक शकुंतला के सौंदर्य का वर्णन किया। इस वर्णन में पर्याप्त समय व्यतीत हो गया, किंतु उसकी वाणी में इतना माधुर्य और इतनी रोचकता थी कि पीरियड की घंटी बजने पर भी किसी छात्र ने उसका ध्यान इस ओर आकृष्ट नहीं किया। वह स्वयं तो मानो अध्यापन-कक्षा में था ही नहीं। उस समय उसका मस्तिष्क, सहस्रों वर्ष पीछे प्रागैतिहासिक युग में, जबकि कुमारिकाएँ निर्भय होकर सघन वनों में भ्रमण किया करती थीं और जब दार्शनिक-गण नगरों की अपेक्षा वन्य-जीवन को प्राथमिकता देते थे, विचरण कर रहा था। उसने अपने मस्तिष्क में एक आश्रम-कन्या का चित्र अंकित कर लिया था और अब कल्पना की उड़ानें भरता हुआ वह उसका चित्रण कर रहा था।

यथासमय उसका चित्रण पूर्ण हुआ और श्रोता-छात्रों के साथ-साथ वह स्वयं भी निमीलित नेत्रों से स्वयं-निर्मित दृश्य का अवलोकन करने लगा। वह दृश्य इतना आनंददायक था कि कुछ क्षणों के लिए वह मुर्च्छना-लोक में विचरण करने लगा। छात्र भी इतने मंत्रमुग्ध से हो गए थे कि अपने-अपने स्थानों पर मानो उन्हें स्थिर कर दिया

गया हो, इस प्रकार वे निश्चल बैठे हुए थे। कुछ ही क्षणों में कृष्णकिशोर ने अपने नेत्रों को खोला और अध्यापन-कक्षा एवं छात्रों की वहाँ पर उपस्थिति से उसके मस्तिष्क में अंकित वह काल्पनिक दृश्य तिरोहित होने लगा। वह अपनी साधारण स्थिति में आ गया और अपने सम्मुख बैठे छात्रों से उसने पूछा, ''क्या समय हुआ है?''

''दो पीरियड बीत गए हैं।''

''ओह, मुझे खेद है कि मैंने बहुत समय ले लिया। अब आप जा सकते हैं।''

इस प्रकार छात्र शांतिपूर्वक कक्षा से बाहर हो गए और कृष्णकिशोर अध्यापक-कक्ष में चला गया।

ठीक इसके दूसरे दिन उसको एक पत्र प्राप्त हुआ। इसे पढ़ने पर वह विचित्र स्थिति में पड़ गया। उसने उस पत्र को बार-बार पढ़ा, मानो उसमें से वह कुछ ढूँढ़ना चाहता हो, किंतु पाने में असमर्थ रहा। पत्र कोई बहुत लंबा नहीं था। उसमें कुछ ही पंक्तियाँ थीं, जो इस प्रकार थीं—

महोदय,

कल का आपका शकुंतला का वर्णन निश्चित ही मेरा वर्णन था। मैं देख रही थी कि आपकी आँखें अर्द्ध-निमीलित थीं और उनकी पुतलियाँ मुझ पर केंद्रित थीं। निस्संशय आपने नख से शिख तक मेरा ही वर्णन किया है और यह बात तो मुझ पर तब और भी स्पष्ट हो गई, जब आपने चिबुक पर तिल का उल्लेख किया। निश्चित ही वह तिल आपने मेरी चिबुक पर देखा था।

आपकी व्याख्या इतनी विस्तृत थी और इस प्रकार विस्तृत की गई थी कि मुझे इसमें संदेह ही नहीं रहा कि आप मुझसे प्रेम करते हैं। यदि ऐसा है, जैसा कि मेरा विश्वास है, तो मैं आपको चेतावनी देती हूँ कि भविष्य में आप सावधान रहें। इसका परिणाम बहुत ही बुरा भी हो सकता है।

—आपकी

आप भली प्रकार जानते हैं।

अनेक बार इस पत्र को पढ़ने के अनंतर प्रोफेसर ने उसको मोड़कर अपने कोट की ऊपरी जेब में रख लिया। उसका अनुमान था कि कक्षा में कोई इस प्रकार की छात्रा होगी, जिसकी चिबुक पर तिल होगा और किसी शरारती छात्र ने उन दोनों की खिल्ली उड़ने के लिए यह दुष्कृत्य किया होगा। वह जानना चाहता था कि क्या वास्तव में कोई ऐसी छात्रा है भी कि नहीं। उस दिन कक्षा में पढ़ाते हुए उसकी दृष्टि ऐसी छात्रा की खोज करती रही थी, जिसकी चिबुक पर तिल हो। सौभाग्य से प्रथम पंक्ति में ही बैठी

हुई एक ऐसी छात्रा पर उसकी दृष्टि अटक गई।

सहसा उसके मस्तिष्क में एक विचार आया और उसने छात्रों से कहा कि कल वे 'मेरा प्रिय लेखक' इस शीर्षक से एक निबंध लिखकर लाएँ।

इस प्रकार दूसरे दिन उसने घर पर संशोधनार्थ ले जाने के लिए सबकी कॉपियाँ एकत्रित कीं। इसमें उसने उस छात्रा की कॉपी विशेष ध्यान से रखी, जिसकी चिबुक पर उसने तिल देखा था। उसे यह देखकर विस्मय हुआ कि कॉपी देते समय वह छात्रा काँप रही थी। कॉपियाँ एकत्रित करने के बाद उसने छात्रों से कहा कि उनमें से कुछ निबंधों को वह कल कक्षा में अपनी समालोचना के साथ प्रस्तुत करेगा।

घर पर जाकर उसने इस रहस्यमय पत्र का लेख और उस छात्रा के लेख को मिलाया। उसने देखा कि दोनों में समानता है। इतनी समानता संदेह के लिए कारण ही नहीं रह गया था। इससे भी बढ़कर विस्मय की बात यह थी कि उस छात्रा का नाम भी शकुंतला था, जिसे उसने कॉपी के आवरण पर लिखा हुआ देखा। इससे यह स्पष्ट हो गया कि पत्र छात्रा ने स्वयं ही लिखा है। इससे प्रोफेसर ने यही अनुमान लगाया कि वह छात्रा स्वयं को बहुत सुंदर समझती है, जबकि उसकी यह धारणा भ्रांत है। वह प्रोफेसर के 'स्वप्नलोक की शकुंतला' नहीं हो सकती थी।

अगले दिन पूर्व निश्चयानुसार उसने अपनी समालोचना के साथ कुछ निबंधों को कक्षा में पढ़कर सुनाया। उसमें शकुंतला का निबंध भी सुनाया और उसकी इतनी कटु आलोचना की कि शकुंतला की आँखों में आँसू भर आए। प्रोफेसर ने भी उन आँसुओं को देखा और इससे उसके विचार कुछ और ही बन गए। उसने अनुमान लगाया कि वह छात्रा समझती होगी, क्योंकि मैं उससे प्यार करता हूँ, अतः मैं कक्षा में उसके निबंध की भूरि-भूरि प्रशंसा करूँगा, किंतु अब उसके विपरीत बात देखकर उसे आघात पहुँचा है और उसके परिणामस्वरूप उसकी आँखों में आँसू भर आए हैं। इससे प्रोफेसर ने अनुमान लगाया कि वह छात्रा स्वयं उसे प्यार करती होगी और उसके विचारों को उकसाने के लिए ही उसने वह पत्र भेजा होगा। अब ये आँसू उसकी निराशा के सूचक हैं।

जब उसने अपने मन में इस विषय पर इस प्रकार विचार किया तो उसको सांत्वना मिली। कुछ भी हो, वह उसको प्यार नहीं कर सकता था, क्योंकि वह उसके स्वप्नों की रानी नहीं थी।

उसी दिन सायंकाल जब वह कॉलेज से घर जा रहा था, उसने देखा कि उसी मार्ग से वह लड़की अकेली जा रही है। उसने अपनी साइकिल कुछ तेज की और जब वह उसके निकट पहुँच गया, तो उससे बोला, ''शकुंतला, यह लो तुम्हारा पत्र।''

शकुंतला ने विस्मय से उसकी ओर देखा और कहने लगी, ''कौन सा पत्र? मैं इस विषय में कुछ नहीं जानती।''

"कुमारीजी, असत्य भाषण मत कीजिए। यह पत्र वापस लीजिए और यह भी जान लीजिए कि आपको यह भ्रांति हो गई थी कि आप मेरी शकुंतला का उदाहरण हो सकती हैं, पर मैंने तुम्हारे विषय में कभी इसके अतिरिक्त अन्य कोई विचार ही नहीं किया कि तुम केवल मेरी शिष्या हो।"

शकुंतला अभी भी विस्फारित नेत्रों से उसे निहार रही थी।

उसको अन्यमनस्क-सी पा प्रोफेसर ने पुनः कहा, "मैं समझता हूँ कि इससे तुम्हें निराशा हुई है, यह इसलिए कि तुम मुझसे कुछ अनपेक्षित की अपेक्षा करती थी। तुम्हें चाहिए कि एक सुशील छात्रा की भाँति अपने अभिभावकों की आज्ञाकारिणी रहो। ईश्वर तुम्हारा भला करे।"

इतना कह उसने वह पत्र उसके सम्मुख फेंका और अपनी साइकिल पर सवार होकर आगे बढ़ गया।

शकुंतला ने पत्र उठाया। अपनी तुच्छता का अनुभव कर उसके टुकड़े-टुकड़े कर सड़क पर फेंक दिए।

प्रोफेसर किशोर अपनी साइकिल पर घर की ओर जाता हुआ गुनगुना रहा था—

"उन्मुक्त विहग की नाई, रहूँ मैं भी,
अलिप्त, इस भव-बंधन से।"

□

यथार्थवाद

"श्रीमानजी, यह चलेगी नहीं।"

"क्यों?"

"इसमें यथार्थता का अभाव है।"

"वह क्या होती है?"

"जो जैसा है, उसका वैसा ही वर्णन करना।"

"परंतु सत्य क्या है?"

"देखिए बाबू साहब, आप पढ़े-लिखे हैं। कुछ लोग आपको विद्वान् भी कहते हैं। आपकी लिखी रचनाएँ पढ़ी भी अवश्य जाती हैं, परंतु वे सदा यथार्थ से दूर होती हैं। अब आप पूछते हैं कि कैसे? मैं भला कैसे बता सकता हूँ? मैं तो न लेखक हूँ, न ही विद्वान्। यदि आप इस विषय में जानना चाहते हैं तो डॉक्टर दिनेशजी से मिल लीजिए। वे पी-एच.डी. इन इंगलिश लिट्रेचर हैं। उन्होंने साहित्य-समालोचना पर कई ग्रंथ लिखे हैं।"

"परंतु उपन्यास तो उन्होंने कोई लिखा नहीं। कम-से-कम मेरे ज्ञान में नहीं है।"

"पंद्रह वर्ष पूर्व एक लिखा तो था। हमने ही उसे प्रकाशित किया था।"

"क्या नाम है उस उपन्यास का?"

"निष्णात।"

"अच्छा, सुना नहीं।"

"प्रथम संस्करण दो सहस्र प्रतियों का छपवाया था। उन दिनों हमारा काम भी कुछ ढीला था। हमारा बिक्री का प्रबंध इतना अच्छा नहीं था और डॉक्टर साहब भी तब इस पदवी पर नहीं थे, जिस पर कि आज हैं। वह संस्करण अभी तक समाप्त नहीं हुआ। इस वर्ष के आरंभ में स्टॉक लेने पर देखा कि एक सौ से अधिक प्रतियाँ पड़ी हैं।"

"तो इस वर्ष तो उनकी बिक्री हुई होगी। अब तो पचास से अधिक आपके एजेंट देश भर में घूमते हैं।"

"परंतु उस पुस्तक को लिखे अब पंद्रह वर्ष हो गए हैं। तब के यथार्थ और आज के यथार्थ में अंतर आ गया है। देश ने भारी उन्नति की है। इसलिए उनका वह यथार्थ वर्णन आज अयथार्थ हो गया है।"

वार्त्तालाप हो रहा था एक लेखक और एक प्रकाशक में। लेखक थे केवल और प्रकाशक थे मैसर्स नॉर्दन इंडिया पब्लिशर्स प्राइवेट लिमिटेड। केवल एक उपन्यास लिखकर लाया था और इस प्रकाशन संस्था के व्यवस्थापक से इसके प्रकाशन के लिए कह रहा था। इस पर उक्त वार्त्तालाप हुआ था।

लेखक की यह प्रथम रचना नहीं थीं। कई पुस्तकें पहले निकल चुकी थीं, परंतु उनका प्रकाशक एक पूँजी-विहीन दुकानदार था। एक तो उस प्रकाशक का अपना छोटा सा प्रेस था, जिसमें एक ट्रेडिल मशीन लगी थी। उसी मशीन पर छपाई का अन्य कार्य भी होता था। पुस्तक तो प्रेस में खाली समय में छप जाया करती थी। तीन सौ पृष्ठों की एक पुस्तक के छपने में छह मास लग जाना साधारण बात थी, फिर धनाभाव के कारण कभी पुस्तक का संस्करण समाप्त हो जाता, तो नए संस्करण के लिए कागज खरीदने में सालों लग जाते।

केवल के मन में विचार आया कि किसी पैसेवाले प्रकाशक के पास जाए तो अच्छा रहेगा। उसके उपन्यासों के प्रशंसकों में से श्रीमती शकुंतला कहीं किसी सभा में उससे मिलीं, तो कहने लगीं कि वह अपनी पुस्तकें नॉर्दन इंडिया पब्लिशर्स को क्यों नहीं देते?

केवल ने कहा, "वे बहुत बड़े आदमी हैं। मेरा उनसे परिचय नहीं है।"

"इसमें परिचय की क्या बात है? मैं मैनेजर को कह दूँगी, आप जैसे लिखनेवाले के लिए वे ही प्रकाशक उपयुक्त हो सकते हैं।"

"आप परिचय-पत्र दे दीजिए। मेरे पास इस समय भी एक उपन्यास की पांडुलिपि तैयार है।"

"परिचय-पत्र की आवश्यकता नहीं। कल किसी समय आप उसके मैनेजर कृष्णकांत से मिल लीजिए। आप जाएँगे तो आपको पता चल जाएगा कि आपके विषय में कहा जा चुका है।"

केवल को इस प्रकार जाने में संकोच होता था। वह उलटी खोपड़ी का व्यक्ति था। संसार में सर्वथा विलक्षण और मानापमान के विषय में दूसरों से भिन्न विचार रखनेवाला। वह समझता था कि उसकी पुस्तकों की अच्छी बिक्री होती है, अतः उसका प्रकाशकों के पास जाकर प्रार्थना करना तो अपनी कला का अपमान कराना है।

इस पर भी इस विचार से कि कदाचित् उसकी ख्याति अभी उतनी नहीं हुई, जितनी प्रकाशकों को आकर्षित करने के लिए चाहिए। अतः उसको अभी प्रकाशकों के

पास जाकर यत्न करना ही चाहिए। इससे वह शकुंतला देवी से प्रोत्साहन पा कृष्णकांत के पास जा पहुँचा।

यह ठीक था कि व्यवस्थापक महोदय ने केवल का नाम सुनकर कहा था, ''आपके विषय में शकुंतलाजी ने कहा था।''

इससे उत्साहित हो केवल ने अपनी नवीन कृति 'सोमरस' के छपवाने की बात कर दी और व्यवस्थापक महोदय ने उक्त वार्त्तालाप आरंभ कर दिया।

: 2 :

केवल ने जब यह सुना कि एक लेखक, जिसका लिखा हुआ उपन्यास पंद्रह वर्ष में अप्रभुज्यमान (ओबसोलीट) हो जाता है, तो वह विचार करने लगा था कि ऐसा लेखक दूसरों को यथार्थ से दूर कहकर उनकी कैसे निंदा कर सकता है। उसका यथार्थ इतनी जल्दी अयथार्थ हो रहा है कि यथार्थ हो सकता ही नहीं।

इस विचार के आते ही उसके मन में ग्लानि हुई। उसने अपनी पुस्तक की पांडुलिपि उठाई और उठते हुए कहने लगा, ''क्षमा करें, आपका इतना समय व्यर्थ में गँवाया है। अच्छा, नमस्कार!''

वह जाने के लिए घूमा, तो व्यवस्थापक ने कहा, ''केवलजी, सुनिए तो!''

केवल घूमकर खड़ा हो गया। बैठा फिर भी नहीं। कृष्णकांत कहने लगा, ''मैं समझता हूँ कि शकुंतलाजी के कहने का मान रखने के लिए हमें आपका एक उपन्यास तो प्रकाशित कर ही देना चाहिए।''

''देखिए, आप तो इस लिमिटेड कंपनी के मैनेजर-मात्र हैं। आपको कंपनी के धन को सिफारिशी लोगों के कहने पर व्यर्थ नहीं गँवाना चाहिए। मेरी राय मानिए, डॉक्टर दिनेशजी से कोई नया उपन्यास लिखवाकर प्रकाशित करिए। उनसे कहिए कि उनका पहला यथार्थ तो अयथार्थ हो गया है। अब किसी नवीन यथार्थ पर एक उपन्यास लिख दें।''

''आपका शकुंतलाजी से कैसा परिचय है?''

''क्या मतलब!'' केवल ने सतर्क हो पूछा। उसको ऐसा प्रश्न बहुत ही भद्दा प्रतीत हुआ था। किसी पुरुष से यह पूछना कि अमुक स्त्री से उसका कैसा परिचय है, एक अनर्गल बात थी। इस पर भी उसने अपनी और शकुंतला की सफाई देना उचित समझा।

कृष्णकांत तो अपने प्रश्न में किसी प्रकार का अनौचित्य नहीं देख सका। इस कारण मुसकराता हुआ केवल के मुख की ओर देखता रहा। केवल ने ही कहा, ''मैं उनके विषय में कुछ नहीं जानता। वह कल किसी सभा में अध्यक्षा थीं और मैं श्रोता।

सभा के संयोजकों ने सभा के उपरांत उनसे मेरा परिचय कराया, तो बातों-ही-बातों में उन्होंने मुझको आपसे मिलने के लिए कहा था। इससे अधिक मैं उनको नहीं जानता।''

कृष्णकांत ने अपने प्रश्न का कारण बताते हुए कहा, ''मैंने तो इसलिए पूछा था कि क्या आप यह जानते हैं अथवा नहीं कि वे हमारी प्रकाशन संस्था के अधिपतियों में से एक हैं।''

''ओह, तब तो आपको यह सबकुछ, जो आपने डॉक्टर दिनेश के विषय में अपनी सम्मति बताई है, उनको बताना चाहिए थी। इससे उनको आपके इतने महापुरुषों से परिचय का ज्ञान हो जाता। अच्छा, अब मुझे आज्ञा दीजिए। मुझे एक अन्य स्थान पर भी जाना है।''

कृष्णकांत अभी विचार ही कर रहा था कि वह इसको केवल की विनय-भावना समझे अथवा अभिमानयुक्त कथन, कि केवल दुकान से बाहर निकल गया। दो ही मिनट में पुनः केवल को शकुंतला देवी के साथ भीतर आते देख वह और भी अधिक परेशानी अनुभव करने लगा था। वह सोच रहा था कि उसका डॉक्टर दिनेश की इस ख्याति-प्राप्त लेखक के विषय में पूर्ण सम्मति बतानी पड़ेगी।

''कृष्णजी,'' शकुंतला ने मैनेजर के सामने बैठते हुए कहा, ''आपने केवलजी की नवीन कृति देख ली है।''

''जी नहीं, देखी तो नहीं।''

''आपने इनकी कोई प्रकाशित पुस्तक पढ़ी है?'

''उपन्यास पढ़ने के लिए मुझे अवकाश ही कहाँ मिलता है!''

''तो फिर आपने इनकी पुस्तक छापने से एकदम इनकार क्यों कर दिया है?'

''कुछ दिन हुए इनका उल्लेख डॉक्टर दिनेशजी के साथ हुआ था और उनकी बात मुझको स्मरण थी। मैंने वही बात इनको बता दी है। इससे यह रुष्ट होकर चल दिए।''

''तो यह बात है। लेकिन डॉक्टर दिनेश कब से उपन्यासकार बने हैं?''

''समालोचक तो वे चोटी के माने जाते हैं।''

''इनके विषय में उन्होंने क्या समालोचना की है?''

''वे कहते थे कि केवलजी यथार्थवादी नहीं हैं। यह आदर्शवादी हैं। यह कलाकार नहीं हैं, उपदेशक हैं। ये भाषाविज्ञ नहीं हैं, यह बाजारू भाषा लिखते हैं।''

इस सम्मति को सुन लाल मुख शकुंतला चुप रही। वह डॉक्टर दिनेश को भलीभाँति जानती थी। कॉलेज में वह उससे पढ़ती रही थीं। इससे वह केवलजी के विषय में उससे मिलने का विचार करने लगी थीं।

शकुंतला को चुप देख कृष्णकांत ने अपनी सफाई देते हुए कहा, ''मुझे इस कंपनी

में धन लगानेवालों के हानि-लाभ का विचार तो करना ही चाहिए। कंपनी की ख्याति का भी ध्यान रखना पड़ता है।"

शकुंतला ने कृष्णकांत से तो कुछ नहीं कहा। उसने केवल के हाथ से पांडुलिपि लेकर कहा, "आइए मेरे साथ। मैं इस विषय में कुछ खोज करना चाहती हूँ।"

दोनों उठकर दुकान से बाहर आ गए।

: 3 :

केवल शकुंतला की खोज का अर्थ समझ नहीं पाया। इस कारण दुकान से बाहर आ, वह प्रश्न भरी दृष्टि से शकुंतला की ओर देखने लगा।

शकुंतला अपनी मोटरकार में आई थी। उसने मोटर दुकान के पास खड़ी ही की थी कि अपनी पुस्तक की पांडुलिपि बगल में दबाए केवल दुकान से बाहर निकल रहा था। केवल ने शकुंतला को देखा, तो नमस्कार किया। शकुंतला ने समझा कि मैनेजर भीतर नहीं होगा, इस कारण यह निराश लौट रहा है। उसने पूछा, "केवलजी! मैनेजर नहीं है क्या भीतर?"

"हैं।"

"आपको मिले नहीं?"

"मिले तो हैं, किंतु उन्होंने पांडुलिपि अस्वीकार कर दी है।"

"क्यों?"

"यह अब आप पता कर लीजिए। मुझसे तो सत्य छिपा भी सकते हैं।"

एक क्षण तक विचार करने के बाद शकुंतला ने कहा, "आप आइए, मैं भी तो समझ लूँ कि क्या मतलब है उनका।"

"व्यर्थ है।"

"केवलजी! आइए तो।"

शकुंतला ने पांडुलिपि अपने हाथ में पकड़ ली और दुकान में चली गई। विवश केवल को भी पुनः दुकान में जाना पड़ा। अब जब वे बाहर आए तो केवल गंभीर विचार-मग्न था और शकुंतला क्रोध से लाल हो रही थी। उसने कहा, "गाड़ी में बैठ जाइए, मैं डॉक्टर दिनेश से मिलने के लिए जा रही हूँ।"

"आप व्यर्थ में ही अपना समय और पेट्रोल व्यय कर रही हैं। मुझे तो अपनी योग्यता पर ही संदेह होने लग गया है।"

"जरा मैं देखना चाहती हूँ कि मेरे प्रोफेसर आपके विषय में क्या और क्यों कहना चाहते हैं?"

"तो आप जाइए। मुझे तो इसमें कुछ सार प्रतीत नहीं होता।"

''आप डॉक्टर दिनेश से परिचित हैं।''

''मैं तो उनको पहचानता नहीं।''

''तो वे भी आपको नहीं जानते होंगे। इस कारण आपका नाम नहीं बताऊँगी। आप भी केवलजी से अपरिचित व्यक्ति बन जाइएगा। अपनी उपस्थिति में अपने विषय में कही जानेवाली बातों का आनंद भी लीजिएगा।''

केवल ने आपत्ति नहीं की। शकुंतला स्वयं कार चला रही थी। केवल को लेकर यूनिवर्सिटी एन्क्लेव में डॉक्टर दिनेश की कोठी पर जा पहुँची। वह जानती थी कि शनिवार के दिन डॉक्टर घर पर ही होता है। शकुंतला की कार रुकते ही डॉक्टर बरामदे में आ गए।

''आओ, शकुंतला, कैसे आना हुआ?''

''आज तो मैं व्यापार-संबंधी बात करने के लिए आई हूँ। आपने वचन दिया था कि 'आधुनिक अंग्रेजी की कविता पर समीक्षा' नामक पुस्तक हमारी कंपनी को देंगे। सुना है, वह तैयार है, मैं उसकी पांडुलिपि लेने के लिए आई हूँ।''

''मेरी शर्त तो आपको विदित ही है। मैं बीस प्रतिशत रॉयल्टी लेता हूँ और वह भी पूर्ण पुस्तक का अग्रिम ही।''

''कितने पृष्ठ की पुस्तक होगी?''

''साढ़े चार सौ पृष्ठ की।''

''इसका मूल्य तीस रुपए हो जाएगा।''

''हाँ।''

''दो सहस्र प्रतियों की रॉयल्टी हुई बारह हजार।''

''हाँ।''

''आप आधा अग्रिम ले लीजिए और आधा एक वर्ष बाद।''

''नहीं, मुझे अन्य प्रकाशक अग्रिम देने के लिए तैयार हैं, मैं उनसे अधिक की माँग कर रहा हूँ।''

''तो हमसे भी अधिक ही लेंगे।''

''नहीं, आप मेरी छात्रा रही हैं। इस कारण आपसे सौदेबाजी नहीं करूँगा। आप बारह हजार के चैक के साथ अनुबंध लिखकर भेज दीजिए।''

''पुस्तक कब मिलेगी?''

''एक-आध सप्ताह का काम और है। रुपया मिल जाने से शीघ्र समाप्त करने में उत्साह बढ़ेगा।''

''अच्छा, एक बात और है, आपने केवल नामक हिंदी के उपन्यासकार का नाम सुना है?''

"हाँ, सुना है।"

"उसने एक पुस्तक हमारे पास प्रकाशन के लिए भेजी है।"

"क्या नाम है?"

"सोमरस।"

"यह भी भला कोई नाम है? यह किसी आयुर्वेद के ग्रंथ का नाम तो हो सकता है, उपन्यास का नहीं।"

शकुंतला मुसकराकर पूछने लगी, "आपने कभी केवल का कोई उपन्यास पढ़ा है?"

"मेरे पास सोमरस पीने के लिए समय नहीं है। न ही उसकी आवश्यकता है।"

"तब तो आपको व्यर्थ ही कष्ट दिया है। मैं समझती थी कि उसके विषय में आप कुछ जानते होंगे। देखिए, इसकी एक रचना 'संत समाज' तो पिछले पाँच वर्ष में हमारी दुकान से दो हजार से ऊपर बिक चुकी है और अभी भी सारे देश के दुकानदारों से माँग आ रही है।"

"पाठकों में किसी उपन्यास की माँग उसकी श्रेष्ठता का प्रमाण नहीं होता।"

"तो किसी वस्तु की श्रेष्ठता का क्या प्रमाण है?"

"जब कोई विद्वान् उसकी सिफारिश करे?"

"और विद्वान् की विद्वत्ता का क्या प्रमाण है?"

"वाह, यह भी कोई बताने की बात है!"

"परंतु विश्वविद्यालय के एक प्राध्यापक के पास तो समय नहीं है एक ख्याति-प्राप्त लेखक के विषय में कुछ जानना चाहे।"

डॉक्टर हँस पड़ा। कहने लगा, "यह मेरे विषय में कहने लग गई हो।"

"हाँ और नहीं भी। आप इसके विषय में कुछ तो जानते हैं, परंतु अनेक ऐसे हैं, जो उतना भी नहीं जानते।"

"मैं क्या जानता हूँ।"

"यही कि आप जानते हैं कि आप कुछ नहीं जानते।"

दोनों हँसने लगे। डॉक्टर ने झेंपते हुए पूछा, "तो न जानना भी किसी प्रकार का जानना होता है।"

"हाँ, जब भक्त परमात्मा के विषय में यह कहता है कि वह अवर्णनीय है, तो वह ज्ञानवान समझा जाता है। इस प्रकार भक्त अपने ज्ञान की सीमा का वर्णन करता है।"

"ऐसी बात नहीं। मैं केवल के विषय में जानता हूँ। वह न तो उपन्यासकार है, न ही कलाकार, वह यथार्थवादी नहीं। आदर्शवादी है और यह बात उपन्यासकार का दोष माना जाता है, गुण नहीं।"

"यह आपको किसने बताई है?"

"किसलिए पूछती हैं?"

"देखिए, यहाँ केवल तो बैठा नहीं, जो किसी पर मानहानि का दावा कर दे। मैं तो उसके विषय में किसी विद्वान् का मत जानने के लिए चली थी। इसी कारण आपसे पूछ रही हूँ। अब उस मत को जानकर प्रसन्न हो गई हूँ, जिसको आप अपने से अधिक विद्वान् मानते हैं और जिसके मत से आपने केवल को अयोग्य मानने में संकोच नहीं किया, परंतु वे महापुरुष हैं कौन?"

इस प्रकार किसी को अपने से अधिक विद्वान् समझा जाना डॉक्टर साहब को अभीष्ट नहीं था, परंतु वह यह भी कहना नहीं चाहता था कि उसने अपनी सम्मति किसी ऐरे-गैरे नत्थू-खैरे के मुख से सुनकर बनाई है। इस कारण किसी बड़े आदमी का नाम लेना चाहता था, परंतु किसका नाम ले? एकाएक डॉक्टर साहब को एक बात सूझी। कुछ दिन पहले ही उसकी कृष्णकांत से केवल के विषय में बात हुई थी और वह केवल के विषय में कुछ ऐसे ही विचार रखता था। एक बड़ी प्रकाशन-संस्था के मुख्य व्यवस्थापक का नाम ले देना डॉक्टर साहब को पसंद आया। उसने कहा, "एक तो कृष्णकांत ही है। वह अर्थशास्त्र में एम.ए. है। उसकी भी ऐसी सम्मति है।"

"अच्छा, वह ऐसा कहते थे? सत्य ही बहुत योग्य व्यक्ति हैं वह। तब तो मानना ही पड़ेगा। अच्छा, डॉक्टर साहब, बारह हजार का चेक कल ही मिल जाएगा। पुस्तक हमारी रही।"

बारह हजार का नाम सुन डॉक्टर साहब कुछ नरम से पड़ गए और कहने लगे, "कुछ चाय वगैरह नहीं पियोगी, शकुंतला?"

"चाय तो हम पीकर ही चले थे, भोजन अब घर जाकर कर लेंगे।"

"आपने इनका परिचय तो कराया ही नहीं।"

"ये मेरे दूर के कोई रिश्तेदार हैं। दिल्ली देखने आए हुए हैं।"

इस प्रकार ये दोनों वहाँ से विदा हुए। शकुंतला ने मोटर में बैठ, हँसते हुए कहा, "अब आपको कहाँ जाना है?"

"मुझे घर ही जाना है। आप टैक्सी-स्टैंड पर मुझे छोड़ दीजिए।"

"मैं इंडिया गेट की ओर जा रही हूँ। आपको लालकिले पर छोड़ दूँगी।"

"ठीक है।"

दोनों शांत भाव से जा रहे थे।

लालकिले के समीप पहुँचकर शकुंतला ने गाड़ी खड़ी कर दी। केवल गाड़ी से उतरा और उसने शकुंतला से अपनी पांडुलिपि माँगी। शकुंतला ने पूछा, "क्यों, छपवानी नहीं है?"

''जी नहीं, मैं कोई अविद्वान् प्रकाशक ढूँढ़ना चाहूँगा, परंतु मैं इससे पूर्व डॉक्टर साहब की कोई कलापूर्ण कृति पढ़कर ज्ञानवान बनना चाहता हूँ।''

''बात यह है केवलजी, मेरी खोज अभी समाप्त नहीं हुई। मुझे अपनी सूझबूझ पर अभी भी संदेह नहीं है। मैं अभी और यत्न करूँगी।''

''आप अपना मूल्यवान समय इस तुच्छ सी बात के लिए व्यय कर घाटे में ही रहेंगी। मुझे यह दे दीजिए। मैं अब समालोचनाएँ ही लिखा करूँगा। उपन्यास लिखना बंद कर दूँगा।''

शकुंतला मुसकराई और बोली, ''कदाचित् बारह हजार की राशि सुन मुख से लार टपकने लगी है?''

''जी नहीं, मैं जानता हूँ कि बारह हजार आपकी कंपनी नहीं दे रही। यह तो भारत भर के पुस्तकालय डॉक्टर साहब की पुस्तक खरीदकर देंगे। यह उनकी पदवी उनको दिला रही है।''

''हाँ, यह तो है ही। डॉक्टर साहब की ख्याति ही उनको इतनी बड़ी रॉयल्टी दिलवा रही है।''

''वास्तव में मैं समालोचना इस कारण लिखने का विचार नहीं कर रहा कि उससे मुझे कुछ धन मिलेगा। मेरा इस प्रकार की पुस्तक लिखने का विचार इस कारण है कि मेरी भी पुस्तकें बिना पढ़े प्रशंसा की पात्र बन सकेंगी।''

शकुंतला हँस पड़ी। उसने पांडुलिपि वापस नहीं दी और मोटर लेकर चली गई।

: 4 :

इस घटना के कई दिन बाद एक सभा में शकुंतला की केवल से पुनः भेंट हुई। सभा के उपरांत केवल वहाँ से भाग जाना चाहता था। उसको अपनी पुस्तक अस्वीकार किए जाने के अप्रिय शब्द सुनने में रुचि नहीं थी, परंतु शकुंतला ने केवल का मार्ग रोक लिया। कहने लगी, ''केवलजी, बहुत जल्दी में हैं क्या?''

''जी नहीं, जल्दी में तो नहीं हूँ, किंतु मैं सोचता था कि आपका समय व्यर्थ में क्यों नष्ट करूँ। यथार्थता यह है कि मैं आजकल अपने ज्ञानवर्द्धन में लीन हूँ और इस कारण अपने जीवन का एक-एक क्षण भी मूल्यवान अनुभव करने लगा हूँ।''

''मैं आपसे मिलने का विचार कर रही थी। एक तो आपके घर का पता मालूम नहीं था और दूसरे आपके मूल्यवान समय का विचार आ रहा था। खैर, अब तो आप मिल ही गए हैं। इतना समय तो आपका जा ही चुका है। उसका कुछ लाभ तो आपको हो ही जाना चाहिए। आइए, किसी स्थान पर बैठकर बात करेंगे।''

शिष्टाचार के नाते केवल और अधिक इनकार नहीं कर सका। उसने केवल इतना

कहा, ''मैं तो आपके मूल्यवान समय की ही बात सोच रहा था।''

''आप आइए भी।''

केवल को मोटर में बैठाकर वह उसे वैंजर्स में ले गई। वहाँ एक कोने में बैठकर उसने चाय का ऑर्डर दे दिया। जब बैरा ऑर्डर लेकर चला गया, तो शकुंतला ने पूछा, ''आजकल क्या लिख रहे हैं?''

''अभी तो कुछ नहीं लिख रहा। आपको बताया तो है कि आजकल ज्ञानवर्द्धन का शौक सवार हुआ है। कुछ कला, यथार्थ और भाषा के विषय में जानकारी प्राप्त कर रहा हूँ। मैं समझता हूँ कि वर्तमान युग में इस युग की जानकारी प्राप्त किए बिना कुछ लिखना मेरी धृष्टता ही थी। अब तो इस ज्ञान के प्रकाश में ही लिखूँगा।''

''तो कुछ समझे हैं कि नहीं अब तक?''

''हाँ, यथार्थ और भाषा के विषय में तो कुछ-कुछ धारणा बन गई है। इस धारणा से मैं अपना लेखन-कार्य निर्भीकता से चला सकूँगा।''

''मैं समझती हूँ कि आप यह सबकुछ न करें, तो ही अच्छा है, अन्यथा आप अपनी शैली को ही बिगाड़ लेंगे।''

''देखिए, मेरी एक धारणा यह है कि प्रत्येक व्यक्ति की अपनी सूझबूझ होती है। उसको उस पर ही निर्भर रहना चाहिए। यह तो ठीक है कि उस सूझबूझ का मार्जन होता रहे, जिससे कि वह सूझबूझ निरंतर उज्ज्वल, स्वच्छ और सरल बनती जाए। यदि कोई किसी दूसरे की सूझबूझ पर अपना जीवन चलाने लगा तो उसकी दशा उस किसान बाप-बेटे की तरह होगी, जो गधे को खाली लिये जा रहे थे। बाप-बेटा नीचे और गधा उनके कंधे पर हो जाएगा।

''मैंने आपके 'सोमरस' की पांडुलिपि पढ़ी है और बहुत पसंद की है। उसमें मुझे यथार्थ के ही दर्शन हुए हैं। उसको पढ़कर मैं अनुभव कर सकी हूँ कि आपकी रचनाएँ क्यों सर्वप्रिय हैं। जनसाधारण जिसको यथार्थ समझता है, उसी सरल भाषा और सुगम शैली में मैं आपकी कृतियाँ देखती हूँ।

''यदि आप उस सरलता, स्पष्टता और सहज शैली को छोड़, किसी महापंडित की रुचि का अनुसरण करेंगे तो विश्वास रखिए कि आप जन-जन से दूर होते चले जाएँगे। आपकी गणना महापंडितों में तो हो जाएगी, परंतु आपकी पुस्तकें फिर पुस्तकालयों की आलमारियों की शोभा-मात्र रह जाएँगी।''

''इससे हानि किसकी होगी?''

''जनता की। जो यथार्थ जानने की लालसा रखती है और उसको वह उन महापंडितों के ग्रंथों में मिलता नहीं।

''आपने अपनी इस नई रचना में लिखा है—इन महल-अटारियों के विषय में

लिखूँ अथवा उनमें रहनेवालों के विषय में? बताओ प्रिये! किसके विषय में जानना चाहती हो?

"आपका नायक अपनी देहातिन पत्नी को पत्र लिख रहा है और उसको नई दिल्ली के विषय में लिख रहा है। आगे चलकर आपकी पुस्तक का नायक लिखता है—महलों के विषय में जानकर क्या करोगी? वे तो क्षण-भंगुर हैं। साथ ही तुम्हारे पति को अप्राप्य हैं। उनमें रहनेवाली की कुटिलता, नृशंसता, अनर्गलता, मिथ्या दृष्टि और पशुता तो ऐसी है, जो तुम्हारे पति की पहुँच की परिधि में है। उनके विषय में जानना चाहो, तो लिख सकता हूँ। परंतु प्रिये, क्या तुम चाहती हो कि मैं इस गंदगी को टटोलते हुए इसमें लिप्त हो जाऊँ? यदि इस गंदगी में लिप्त हो गया, तो इस मलिनता से मुक्त होने के लिए कई जन्म भी पर्याप्त नहीं होंगे।

"मैं विचार करती थी कि इससे अधिक यथार्थ का दर्शन और क्या हो सकता है।"

बैरा चाय ले आया था। केवल उसकी अपनी पुस्तक के उद्धरण सुनाते हुए सुन रहा था। उसको कुछ ऐसा प्रतीत हुआ कि शकुंतला ने उसका अक्षर-अक्षर स्मरण कर रखा है।

बैरा चाय रख गया तो शकुंतला ने बात बदलकर कहा, "मैंने आपकी कृति अपनी कंपनी से प्रकाशित करने का प्रबंध कर दिया है।"

"परंतु…"

केवल ने कहने का यत्न किया, पर शकुंतला ने बात बीच में ही टोककर कह दिया, "आप कृष्णकांत के विषय में कह रहे हैं न? कंपनी के मालिकों की उनसे एक मीटिंग में बातचीत हुई थी। वे बेचारे इस विषय में कुछ ज्ञान नहीं रखते। उनके ज्ञान का स्रोत तो कोई कामरेड बंसल था। उसने ही उनके मस्तिष्क में कुछ कूड़ा-करकट भर दिया था।"

"वे जब आपकी रचनाओं में कला का अभाव बताने लगे, तो मैंने उनसे पूछ लिया—कला किस चिड़िया का नाम है?

"वे कहने लगे, कला…कला तो कला को ही कहते हैं।

"पाँचों संचालक यह सुनकर हँस पड़े। वह बेचारा घबरा गया। मैंने कहा, 'गधा क्या होता है?' इस प्रश्न का उत्तर 'गधा गधा होता है' नहीं हो सकता। जब उसने देखा कि उसकी अपनी प्रतिष्ठा क्षीण होने लगी है, तो उसने कहा, कला वह है, जो वास्तविकता से दूर, परंतु लुभायमान हो। इस पर तो पुनः हँसी फूट पड़ी। हमारे एक पट्टीदार तो उसकी इस विवेचना से क्रुद्ध होकर कहने लगे कि क्या गधा मैनेजर रखा हुआ है।

"इस पर मैनेजर ने कहा कि वह यह बात अक्षरशः डॉक्टर दिनेश एम.ए., डी.लिट्,

कैंब्रिज, प्राध्यापक दिल्ली विश्वविद्यालय, राष्ट्रपति द्वारा सम्मानित और हिंदी विभाग के अध्यक्ष की कही हुई दोहरा रहा है।

"इस पर मैंने कह दिया कि वे तो कहते थे कि उनकी केवल के विषय में जो धारणा बनी है, यह आपके कथनानुसार ही बनी है। इसमें अचंभे की बात तो यह है कि आपने केवलजी की एक भी रचना पढ़ी नहीं है और फिर कला के ये मूर्खतापूर्ण लक्षण डॉक्टर दिनेश के नहीं हैं, कदाचित् ये भी आपने कला के ज्ञान के अभाव में डॉक्टर दिनेश का नाम लेकर कह दिए हैं।

"फिर वह कहने लगा कि उसका एक मित्र बंसल है। वह बहुत उपन्यास पढ़ा करता है। उसने ही कहा था कि केवल जैसा शुष्क लेखक जनता को ठग रहा है। उस रक्त-शोषक को मार्केट से बाहर कर देने से लोक कल्याण ही होगा।

"मैंने कहा, तब तो कामरेड बंसल से पता करना चाहिए कि उसका यह ज्ञान किस आधार पर बना है। संभव है, उसका ज्ञान भी सुना-सुनाया होगा।

"तब हमारे एक नए संचालक बोले, 'शकुंतलाजी, छोड़िए इस बात को। मैं जानता हूँ कि कामरेड लोगों की सम्मति किस आधार पर और कहाँ से बनती है। इन कामरेडों की 'पोलिट ब्यूरो' नाम की एक संस्था है। वह संस्था प्रत्येक विचार, प्रत्येक लेख, प्रत्येक नेता, प्रत्येक रीति-रिवाज, अभिप्राय है कि संसार की प्रत्येक गतिविधि के विषय में यह देखकर अपनी सम्मति निर्धारित करती है कि उससे कम्युनिज्म को हानि होती है अथवा लाभ? कम्युनिज्म की जो विरोधी बातें होती हैं, उनकी निंदा कर दी जाती है और जो उसके अनुकूल होती है, उसकी प्रशंसा। यह सम्मति देश भर के कामरेडों में प्रसारित कर दी जाती है और सब तोते की भाँति उसको दोहरा दिया करते हैं।

"उन्होंने कहा कि उन्हें विश्वास है कि कामरेड बंसल ने केवल की किसी भी रचना के कभी दर्शन भी नहीं किए होंगे। इस पर भी उसकी पुस्तकों के कुछ छितरे वाक्य उन्होंने कंठस्थ किए होंगे, जिससे उसकी निंदा सप्रमाण सिद्ध कर सकें।

"यह सुन कृष्णकांत का मुख मलिन हो गया और वह कहने लगा कि यह सबकुछ सत्य हो सकता है। इस पर भी उसका तो यह कहना है कि भारत के पचास हजार वेतनधारी कामरेड केवलजी के विरुद्ध प्रचार कर रहे हैं, इसलिए उनकी पुस्तक छापते हुए हमें अपनी कंपनी के हिताहित का विचार तो करना चाहिए। यह कंपनी है और लाभ के लिए खोली गई है। इसलिए हमें हानि का काम नहीं करना चाहिए।

"इस पर तो पाँचों संचालक उससे रुष्ट हो गए। उन्होंने आपकी रचना स्वीकार कर ली है। यह निश्चय किया गया है कि पुस्तक की तीन हजार प्रतियाँ छपवाई जाएँ और आपको दो सहस्र रुपया रॉयल्टी के रूप में अग्रिम दे दिया जाए।"

केवल ने चिंता व्यक्त करते हुए कहा, "शकुंतलाजी, यह आपने क्या कर दिया?

आपका कृष्णकांत यदि वेतनभोगी कम्युनिस्ट नहीं है, तो निश्चय जानिए कि वह फैलोट्रेवलर अवश्य है। आपकी दुकान को वह इसमें घाटा करा देगा।''

''उससे हम दिवालिए नहीं हो जाएँगे।''

''परंतु मेरे कारण आपकी हानि तो मेरे दुःख का कारण बन जाएगी।''

''आप चिंता न करें। यदि कृष्ण ने कुछ भी गड़बड़ की, तो उसको दूध की मक्खी की भाँति निकालकर फेंक दिया जाएगा।''

''देख लीजिए, मैं तो यही सम्मति दूँगा कि आप डॉक्टर दिनेश-जैसों की पुस्तकों को ही प्रकाशित करें। उनके नपे-तुले ग्राहक हैं। सब सरकारी पुस्तकालयों में उनकी पुस्तकों के लिए स्थान और रुपया है।''

चाय पीते हुए शकुंतला ने बात बदलकर कहा, ''आपकी सफलता का रहस्य क्या है?''

''मैं तो स्वयं को अभी सफल समझता नहीं। मैं सफल होने का यत्न कर रहा हूँ।''

शकुंतला समझ गई। उसने कहा, ''मैं आपको बधाई देती हूँ कि आप सफलता के वास्तविक रहस्य को समझते हैं और उसके लिए यत्नशील हैं।''

☐

बेसुरे स्वर

रमेश बहुत ही उदार और उन्नत विचारोंवाला युवक था। उसने विवाह तभी किया, जब उसने अनुभव किया कि अब वह अपने परिवार का भली प्रकार भरण-पोषण कर सकता है। उसने अपनी पत्नी का चयन भी अपनी इच्छानुसार किया। वह स्वयं रेलवे विभाग में डिप्टी ट्रैफिक ऑफिसर था और जिस कन्या का उसने चयन किया था, वह रेलवे कर्मचारियों के कन्या विद्यालय में अध्यापिका थी। उस लड़की का नाम था नीला जोसफ। नाम से ही स्पष्ट है कि वह भारतीय ईसाई थी।

विवाह से पूर्व दोनों ने निर्णय किया था कि दोनों अपने-अपने संप्रदाय पर स्थिर रहेंगे और कोई भी एक-दूसरे के संप्रदाय और जीवन-मीमांसा के विषय में कुछ नहीं कहेगा। वास्तव में रमेश किसी भी पंथ का अनुयायी नहीं था और इस कारण वह अपनी पत्नी के ईसाई-पंथिक व्यवहार में असीम आस्था पर हँसी करता था। नीला जब भोजन करने बैठती, तो भोजन प्रारंभ करने से पूर्व कुछ क्षणों तक वह आँखें मूँदकर होंठों में कुछ बुदबुदाया करती। रमेश को इससे हँसी आया करती थी। नीला नियमित-रूपेण गिरजाघर भी जाया करती थी। इस पर भी वे दोनों परस्पर बहुत प्यार से रहते थे। इस प्रकार वे प्रसन्न थे।

विवाहित जीवन के दो वर्ष बाद उनके घर में प्रथम संतति हुई, यह कन्या थी। जीवन का प्रथम विवाद हुआ इसके नामकरण पर। नीला चाहती थी कि उसका नाम रोजी रखा जाए और रमेश का चयन था ललिता।

नीला ने पूछा, ''रोजी नाम रखने में तुम्हें आपत्ति क्यों है?''

''इसलिए कि यह शब्द अंग्रेजी का है और हम भारतीय हैं।''

''किंतु भारत की कोई भाषा तो है नहीं?''

''वाह, है क्यों नहीं? देखो, सभी भारतीय भाषाओं का आधार संस्कृत है, अतः संस्कृत ही भारत की भाषा कही जाती है।''

"मैं संस्कृत नहीं जानती।"

"कोई बात नहीं। हम नित्य ही उसके रूप का प्रत्याख्यान करते रहते हैं। ललिता उसी भाषा का शब्द है।"

"फिर भी मुझे रोजी नाम बहुत पसंद है।"

"और मुझे ललिता।"

"देखिए, हमने विवाह के पूर्व निर्णय किया था कि हम एक-दूसरे के मामलों में कोई दखल नहीं देंगे।"

"यह तो ठीक है। मैं तुम्हारे किसी भी मामले में दखल नहीं दे रहा, परंतु लड़की तो मेरी भी उतनी ही है, जितनी तुम्हारी।"

इस प्रकार अंत में यही निर्णय हुआ कि नीला उसे रोजी नाम से पुकार सकती है और रमेश ललिता के नाम से। रमेश समझता था कि यह पंथिक विजय नहीं। यह तो जातीय बात है।

दूसरे बच्चे के नामकरण के अवसर पर भी ऐसा ही हुआ। कन्या के जन्म के दो वर्ष पश्चात् उनके घर में एक पुत्र उत्पन्न हुआ। पिता ने उसका नाम सुरेश रखा और माता ने जॉन।

इससे भी बड़ा झगड़ा बच्चों के सर्वप्रथम स्कूल भेजने पर हुआ। रमेश चाहता था कि ललिता को किसी हिंदी स्कूल में भेजा जाए और नीला बच्चों को अंग्रेजी स्कूल में भेजना चाहती थी। नामकरण की भाँति यह बात इतनी सरल नहीं थी। बच्चों की शिक्षा पर ही उनके जीवन का आधार होता है और नीला इस विषय में मान नहीं सकी। उसने कहा, "मैं नहीं चाहती कि मेरी बच्ची दास-जाति की भाषा तथा चलन सीखने में अपने समय का अपव्यय करे।"

यह तो रमेश के लिए भी सहन करना कठिन हो गया। उसने कहा, "इसका अभिप्राय तो यह हुआ कि तुमने एक दास-जाति के व्यक्ति के साथ विवाह किया है? किसी दास से प्रेम करना अथवा उसके द्वारा प्रेम किया जाना तो बड़ी लज्जास्पद बात है?"

"किंतु तुम तो हर समय मुझसे अंग्रेजी में ही बात करते हो।"

"कुछ भी हो। मैं हिंदुस्तानी हूँ और चाहता भी यह हूँ कि मेरी संतान भी वैसी बने। तुम स्वयं को भारतीयों से कुछ उच्च समझती हो और यह अच्छा होता कि तुम अपने से निम्न श्रेणी के व्यक्ति से विवाह न करतीं।"

"किंतु मैं तो तुमसे प्यार करती थी और अब भी उसी तरह प्यार करती हूँ। कोई अपने से निम्न श्रेणी के व्यक्ति को प्यार क्यों नहीं कर सकता? मैंने तो तुम्हें हर प्रकार से अपने बराबर ही समझा है। यह तो हमारे बच्चों के भविष्य की बात है। तुम उन्हें

कैसा बनाना चाहते हो। मेरी तो इस विषय में आकांक्षा है कि वे डॉक्टर बनें, प्रोफेसर बनें, इंजीनियर बनें या कम-से-कम किसी सरकारी विभाग में ऊँचे पद पर तो अवश्य ही प्रतिष्ठित हों।''

''जो तुम्हारी आकांक्षा है, मैं उसका विरोध नहीं करता। मैं केवल यह चाहता हूँ कि मेरी संतति को व्यावसायिक शिक्षा के अतिरिक्त भारतीय संस्कृति, सभ्यता एवं जीवन मीमांसा का प्रशिक्षण भी भली-भाँति प्राप्त हो, किंतु जिस प्रकार तुम चाहती हो, वैसे यह संभव नहीं है।''

इस प्रकार दोनों किसी बात पर सहमत नहीं हो सके। इस कठिनाई से निकलने का एक ही मार्ग रह गया कि पत्नी को स्वंतत्रता दी जाए कि वह लड़की को जिस प्रकार चाहे बनाए और पति लड़के को जैसा बनाना चाहे बना ले। इस प्रकार घर में दो धड़े बन गए। एक का झुकाव भारतीयता की ओर था और दूसरे का पाश्चात्य सभ्यता की ओर।

रमेश का सदा यही यत्न रहता था कि दोनों में किसी प्रकार समझौता हो जाए, किंतु नीला के मस्तिष्क में यह बात समाती ही नहीं थी कि पश्चिमी जीवन-मीमांसा में कोई सुधार भी हो सकता है।

इस प्रकार वर्ष बीतते गए और इसके साथ दो धड़ों की खाई भी बढ़ती ही गई, किंतु इस पर भी पति-पत्नी को जो चीज साथ रखे हुए थी, वह था उनका तारुण्य और यौन-आकर्षण, और यह भी शीघ्रता से कम होता जा रहा था। अंत में एक दिन वह अपेक्षित संकट भी आ उपस्थित हुआ।

ललिता की आयु इक्कीस वर्ष की हो गई थी और अन्यान्य ईसाई कन्याओं की भाँति वह भी 'स्टेनोग्राफर' बन गई। उसको रेलवे के ऑडिटर जनरल की पी.ए. की नौकरी मिल गई और निरंतर उसके साथ निरीक्षण व प्रवास पर रहने लगी।

सुरेश ने बी.ए. करने के बाद इंजीनियरिंग कॉलेज में प्रवेश ले लिया था। एक दिन सहसा वह घर आया और रोजी के विषय में अपनी माँ से पूछने लगा, ''माँ, जानती हो ललिता कहाँ है?''

''हाँ, वह अपने अफसर के साथ प्रवास पर है।''

''किंतु वह तो यहीं इसी नगर में है!''

इससे उसकी माँ को कुछ चिंता हुई। उसने ऑडिटर जनरल को फोन कर अपनी लड़की के बारे में जानना चाहा। वहाँ से उत्तर मिला कि पिछले चार दिन से वह लापता है। नीला ने जब उसे यह कहा कि चार दिन पूर्व वह यह कहकर घर से चली थी कि वह प्रवास पर जा रही है, तो उस ऑफिसर ने बताया कि एक सप्ताह से तो वह कहीं गया ही नहीं। तब नीला ने अपने लड़के से पूछा कि उसको वह किस प्रकार विदित हुआ कि लड़की अपने काम पर नहीं गई है।

लड़के ने बताया कि उसने उसको किसी अपरिचित व्यक्ति के साथ रेलवे स्टेशन पर देखा है।

जब रमेश को इस स्थिति से अवगत किया गया, तो वह केवल हँस दिया और उसने सुरेश को कहा, ''सुरेश, तुम्हें ललिता के विषय में चिंता करने की आवश्यकता नहीं। मैं जानता हूँ कि क्या होनेवाला है। मैं चाहता हूँ कि तुम अपनी बहिन का विचार छोड़ स्वयं भद्र पुरुष बनो।''

नीला ने जब रमेश से कहा कि ललिता के विषय में पता लगाया जाए तो उसने कह दिया, ''यह सब व्यर्थ है, उसको शिक्षा ही इस प्रकार की मिली है कि जिससे वह स्वच्छंद हो विचरण करे। मुझे यह भी विश्वास है कि वह वापस आ जाएगी।''

बात यहीं पर समाप्त हो गई। रोजी जब वापस आई तो उसके पाँच मास का गर्भ था। माँ निश्चय नहीं कर सकी कि क्या करे और लड़की चुपचाप अपने कमरे में रहने लगी।

पिता को जब पता चला कि लड़की वापस आ गई है, तो उसने उस मकान में रहना उचित नहीं समझा। वह सुरेश और दो अन्य बच्चों को साथ लेकर दूसरे मकान में रहने चला गया। नीला इससे बहुत उत्तेजित हुई और स्पष्टीकरण के लिए रमेश के पास जा पहुँची।

रमेश ने कहा, ''मैं अपने बच्चों के मन में यह बात नहीं बैठने देना चाहता कि मेरी दृष्टि में भी ललिता का क्रिया-कलाप उचित ही है।''

''किंतु अब उसका क्या होगा?'

''कुछ नहीं। उसके बच्चा होगा और वह उसका पालन-पोषण करेगी।''

''क्या तुम्हारे मन में उसके प्रति कोई सहानुभूति नहीं है। मैं तो समझती हूँ कि उसका बहिष्कार करने की अपेक्षा इस समय उसके पास रहकर उसको सांत्वना दे, प्यार से उचित मार्ग पर लाना अधिक उपयुक्त होगा।''

''मैं तो उसको अभी भी प्यार करता हूँ और अपने मन में उसके लिए गहन सहानुभूति भी रखता हूँ, किंतु इसके साथ ही केवल उसके लिए अपने अन्य बच्चों से स्नेह नहीं तोड़ सकता। उनके मन में यह धारणा बैठाना भी मूर्खता होगी कि वे सभ्य जीवन की अपेक्षा ललिता के क्रिया-कलापों की पुनरावृत्ति कर अपने अभिभावकों की अधिक सहानुभूति प्राप्त कर सकते हैं।''

''मेरी समझ में तो तुम्हारी बात आई नहीं। तुमने यह कैसे कह दिया कि इस विपत्ति के समय ललिता से सहानुभूति रखने से अन्य बच्चों के प्रति तुम्हारा प्यार कम हो जाएगा।''

''तुम समझ नहीं सकतीं, नीला, तुम्हारी शिक्षा किसी हिंदुस्तानी की भाँति नहीं

हुई। मेरे मस्तिष्क में सदा राम का सीता को वन में भेजने का उदाहरण रहता है। हिंदुओं ने राम के उस कर्तव्य पर कभी यह नहीं कहा कि इससे सीता के प्रति राम का प्रेम और सहानुभूति क्षीण हो गई थी। व्यक्ति की अपेक्षा समष्टि का हित सर्वदा महत्त्वपूर्ण माना जाता है।''

''यह बर्बरता है। हम उस प्रागैतिहासिक युग में तो नहीं रहते?''

रमेश और नीला के सह-अस्तित्व का यह अंत था। दोनों अलग रहने लगे। सबसे छोटी लड़की रानी ने अपने पिता से पूछा, ''पिताजी, माँ चली क्यों गई?''

''क्योंकि वह केवल स्वप्न और माया थी।''

जीवन में बाँधनेवाली शक्ति यौन-आकर्षण के अतिरिक्त कुछ और है। उसके बिना स्वर बेसुरे ही रहते हैं।

□

क्या उसकी मृत्यु हो गई

अब्दुल करीम, जो कि बचपन से ही पूर्वी अफ्रीका में नैरोबी में रहता था, सन् 1938 में बंबई वापस आया। वह अपने पिता के साथ अफ्रीका गया था। उस समय उसकी आयु पाँच वर्ष की थी। उसका पिता भारत में दिवाला निकाल अपनी किस्मत आजमाने के लिए वहाँ गया था।

अब्दुल करीम अभी छोटा ही था कि उसके माता-पिता का देहांत हो गया था। उसने बंबई के एक संपन्न 'खोजा' परिवार की कन्या से विवाह किया, जिससे उसके दो पुत्र हुए। सन् 1938 में उसके श्वसुर का देहावसान हुआ, तो उसकी पत्नी, सास तथा अन्यान्य रिश्तेदारों के जोर देने पर उसने अपना अफ्रीका का व्यापार बंद कर दिया और सारी संपत्ति को एकत्र कर वह पूँजी के रूप में लेकर बंबई आ गया।

बंबई आकर उसने अपने श्वसुर के व्यापार को आगे बढ़ाया और उसमें अपनी भी पूँजी लगाकर वह बहुत बड़ा सरकारी ठेकेदार बन गया।

ज्यों-ज्यों कार्य बढ़ता गया त्यों-त्यों संपत्ति में भी वृद्धि हुई और उसके साथ ही अब्दुल करीम का लालच बढ़ता गया। सौभाग्य से सन् 1939 में उसके नाना का अपने ग्राम में देहावसान हुआ, तो वह भी उसके लिए थोड़ी-बहुत संपत्ति छोड़ गया। उस पर अधिकार करने के लिए अब्दुल करीम उनके गाँव गया। वहाँ जाकर उसे विदित हुआ कि उसके नाना ने कई वर्ष पूर्व समीप के कस्बे के किसी व्यक्ति के पास लगभग 700 रुपए में कुछ जमीन बेची थी और उसकी उजरदारी करने के लिए अभी समय है।

यह भूमि पाँच व्यक्तियों ने मिलकर खरीदी थी और अब तक उन्होंने उस पर सुंदर भवन भी निर्माण कर लिये थे। इस प्रकार कुल मिलाकर वह भूमि अब दस लाख की बन गई थी। अब्दुल करीम वहाँ गया, तो उस संपत्ति को देख उसके मुख में पानी भर आया। उसने निश्चय कर लिया कि उस संपत्ति पर वह अपने अधिकार का अभियोग प्रस्तुत करेगा।

मुसलिम उत्तराधिकार कानून के अनुसार पुत्री का पुत्र भी अपने नाना की संपत्ति

का उत्तराधिकारी माना जाता है। जिस समय भूमि बेची गई थी, उस समय अब्दुल करीम जीवित था, इसलिए उसकी संरक्षिका के रूप में सेल-डीड में उसकी माता के हस्ताक्षर होने आवश्यक थे, किंतु खरीदारों में से कोई भी नहीं जानता था कि वृद्ध का कोई नातेदार जीवित है। इस प्रकार वह सेल-डीड अपूर्ण समझा गया।

जब खरीदारों को इस विषय का ज्ञान हुआ, तो उन्होंने कानूनी सलाह ली। तब उन्हें विदित हुआ कि इसमें उनका पक्ष दुर्बल है, अतः उन्होंने अब्दुल करीम से ही समझौता करने का यत्न किया। अभियोग वापस करने के लिए उन्होंने मिलकर अब्दुल करीम को दस हजार रुपए देने चाहे, किंतु उसने स्वीकार नहीं किए। उसका यह कहना कि भूमि की बिक्री वैधानिक ढंग से नहीं हुई है, अतः उनको चाहिए कि उस भूमि पर बने भवनों को वहाँ से उठा लें।

इस प्रकार दो वर्ष तक अभियोग चलता रहा, किंतु किसी प्रकार का निर्णय न हो सका।

अब्दुल करीम ने स्थानीय वकील को अपनी ओर से कचहरी में उपस्थित होने के अधिकार दे रखे थे। वह स्वयं भी यदा-कदा उपस्थित हो जाता था।

यह लगभग सन् 1942 की बात होगी कि उन प्रतिवादियों ने यह अनुभव किया कि मुकदमा टलता जा रहा है और उससे उनका पर्याप्त धन व्यय हो रहा है। अतः सबने निश्चय किया कि अभियोग को वापस लेने के लिए अब्दुल करीम को पचास हजार रुपए दे दिए जाएँ। उसके सम्मुख यह प्रस्ताव उस समय प्रस्तुत करने का निर्णय हुआ, जब अगली पेशी पर, अब्दुल करीम वहाँ आनेवाला था।

अगली पेशी के दिन अभियोग की सुनवाई के लिए दोनों पक्षों के वकील कचहरी के बॉर-रूम में बैठे थे कि प्रतिवादियों में से किसी ने वादी के वकील से पूछा, "आज अब्दुल करीम बंबई से आया है क्या?"

"मुझे पता नहीं।" अब्दुल करीम के वकील ने उत्तर दिया।

"क्या वह आज व्यक्तिगत रूप में कचहरी में उपस्थित होगा?"

"मैं कुछ नहीं कह सकता।"

"क्या वह वास्तव में जीवित भी है?" एक अन्य प्रतिवादी ने हँसी-हँसी में वकील से पूछ लिया।

"क्या?" आश्चर्यचकित हो वकील ने पूछा।

उस व्यक्ति ने बात को बढ़ावा देते हुए कहा, "कोई मुझसे कह रहा था कि पिछले सप्ताह अब्दुल करीम की बंबई में मृत्यु हो गई है।"

केवल हँसी में कहे गए उक्त वाक्य से प्रतिवादियों के वकीलों में से एक के मस्तिष्क में यह विचार आया कि कम-से-कम इससे कुछ समय के लिए अभियोग

स्थगित किया जा सकता है। अत: जब अभियोग सुनने का समय आया, उसने अपनी आपत्ति प्रस्तुत करते हुए कहा कि यह अफवाह है कि वादी की मृत्यु हो गई है। अत: उसके वकील जब तक शपथपूर्वक यह लिखकर नहीं दे देते कि वादी जीवित है, तब तक काररवाई आगे नहीं बढ़ाई जा सकती।

वादी का वकील शपथपूर्वक लिखने के लिए उद्यत नहीं हुआ। न्यायाधीश ने यह अनुभव किया कि वादी का वकील इस विषय में अनिश्चित-मन है, तो उसने अभियोग को आगामी तिथि के लिए स्थगित कर दिया और वादी के वकील को कह दिया गया कि आगामी तिथि पर वह वादी को व्यक्तिगत रूप में प्रस्तुत करे। न्यायाधीश ने 15 दिन बाद की तारीख निर्धारित कर दी।

वादी के वकील ने अब्दुल करीम को तार द्वारा इस विषय में सूचना भेज दी। उसको सावधान कर दिया कि आगामी तिथि पर वह अनिवार्यतया व्यक्तिगत रूप में कचहरी में उपस्थित हो जाए।

अब्दुल करीम ने मध्य भारत, मद्रास, त्रावणकोर-कोचीन आदि विभिन्न स्थानों पर अनेक ठेके ले रखे थे और समय-समय पर अपने कार्य के निरीक्षण के लिए उसे इन स्थानों पर जाना पड़ता था।

अब्दुल करीम के सहायक को जब वकील का तार मिला, तो उसने वह रजिस्ट्री द्वारा लिफाफे में बंद कर वहाँ भेज दिया, जहाँ अब्दुल करीम के होने की संभावना थी, किंतु रजिस्ट्री के पहुँचने से पूर्व ही दुर्भाग्यवश अब्दुल करीम वहाँ से अन्यत्र चला गया था। वहाँ बिना खुले वह पत्र फिर अब्दुल करीम को री-डायरेक्ट कर दिया गया। परिणाम यह हुआ कि निश्चित समय तक अब्दुल करीम को वकील की सूचना का तार नहीं मिला और वह कचहरी में उपस्थित न हो सका।

जज ने वादी के वकील से पूछा, ''क्या अपने 'क्लाइंट' को कोर्ट की आज्ञा से अवगत कर दिया था?''

''जी हुजूर, मैंने उसको तार भेज दिया था, जिसकी रसीद यह है।'' उसने तार की रसीद प्रस्तुत कर दी।

''क्या आपको इसका उत्तर प्राप्त हुआ है?''

''नहीं श्रीमान्।''

''क्या आप जानते हैं कि उसकी मृत्यु नहीं हुई?''

''मैं कुछ नहीं कह सकता।''

इस पर जज कहने लगा, ''इस परिस्थिति में अभियोग की काररवाई आगे नहीं चलाई जा सकती। वादी के जीवित होने का प्रमाण प्रस्तुत करना आपका ही कर्तव्य है।''

"जनाब, कृपा कर मुझे कुछ समय और दे दीजिए। यदि वह जीवित हुआ, तो आगामी तिथि पर मैं उसे न्यायालय में उपस्थित कर दूँगा।"

इस प्रकार 15 दिन का समय और दे दिया गया, किंतु अब्दुल करीम मद्रास, त्रावणकोर, मध्य भारत के किन्हीं स्थानों में अपने कार्यनिरीक्षण के लिए भ्रमण कर रहा था। अतः इस बार भी उसको वकील की सूचना कि उसको व्यक्तिगत रूप में कचहरी में अनिवार्यतया उपस्थित होना है, नहीं मिली। यह सूचना उसको निश्चित तिथि के ठीक एक दिन बाद प्राप्त हुई।

आगामी तिथि पर भी जब अब्दुल करीम स्वयं कचहरी में उपस्थित नहीं हो सका, तो प्रतिवादियों के वकील ने जोरदार शब्दों में कह दिया कि इस स्थिति में अभियोग को किसी प्रकार भी आगे नहीं चलाया जा सकता।

अब न्यायाधीश के लिए और कोई चारा नहीं रहा और उसको निर्णय देना पड़ा कि वादी मर चुका है।

जब यह सूचना अब्दुल करीम के पास पहुँची, तो उसने जज के उक्त निर्णय के विरुद्ध अपील दायर करने के लिए अपने वकील को कह दिया। अपील सेशन कोर्ट में दायर हो गई, परंतु स्वीकार नहीं हुई।

हाईकोर्ट में अपील की गई और वहाँ भी उसको अस्वीकार किया गया। इन दोनों कचहरियों में सिद्ध करने की बात यह थी कि यह अपील करनेवाला अब्दुल करीम क्या वही आदमी है, जो मुकदमा चलानेवाला था और क्या यह वही अब्दुल करीम है, जिसके नाना ने यह भूमि बेची थी और जिसके विषय में मुकदमा चला रहा था। हाईकोर्ट का निर्णय था कि नया मुकदमा दायर किया जा सकता है, यदि उक्त बात सिद्ध हो जाए। इसको सिद्ध करने के लिए छोटी कचहरी में नए सिरे से प्रार्थना-पत्र देना चाहिए।

अब्दुल करीम ने यह विचार किया कि यदि वह अपने आपको अपने नाना का दुहिता सिद्ध करने के लिए गाँव के और बंबई तथा अफ्रीका के साक्षी भी उपस्थित कर दे, तो नया मुकदमा करने का समय नहीं था। पहले ही मुकदमा करने की अवधि व्यतीत हो चुकी थी। अतः अब्दुल करीम को संतोष करना पड़ा और कानून से वह मृत ही घोषित रहा।

□

गुड़िया रानी

उच्च शिक्षा ग्रहण कर लेने पर भी हरीशचंद्र सादा और सदाचारी व्यक्ति था। खद्दर की धोती, कुरता तथा साधारण चप्पल में वह बिलकुल ही सामान्य तथा सरल स्वभाव प्रतीत होता था। वह अनेक समाचार-पत्रों का संवाददाता था तथा लेखन-कार्य से अपनी आजीविका चला रहा था।

एक दिन, जब वह किसी प्रसिद्ध व्यक्ति के पत्रकार-सम्मेलन से वापस घर आया, तो उसके पिता ने उसे एक खुला पत्र दिया, जिसका हरीश से संबंधित अंश इस प्रकार था—

आपने मुझे अपने पुत्र हरीश के विषय में लिखा है। उसके विषय में जो जाँच मैंने की है, वह काफी संतोषजनक है, किंतु लड़की की स्वीकृति के बिना मैं कुछ निर्णय नहीं कर सकता। वह, आप जानते ही हैं कि ग्रेजुएट है और बुद्धिमती भी है। मैं चाहता भी हूँ कि अपने विषय में वह स्वयं ही निर्णय ले। अतः यदि एक-आध दिन के लिए हरीश यहाँ आ जाए, तो कोई निर्णय किया जा सकता है।

"तो पिताजी," हरीश ने कहा, "आप यह चाहते हैं कि मैं वहाँ जाकर उसके सम्मुख अपना प्रदर्शन करूँ?"

"इसमें प्रदर्शन की क्या बात है? तुम्हें भी तो लड़की को प्रत्यक्ष देखने का अवसर मिलेगा और तुम भी निर्णय कर सकोगे।"

"परंतु मुझमें इतनी बुद्धि कहाँ है कि एक-दो दिन उसे देखकर उसके विषय में कोई अनुमान लगा सकूँ।"

"अपनी बुद्धि के विषय में इतना हीन विचार मत करो। मुझे तुम पर और तुम्हारी बुद्धि पर भरोसा है।"

इस प्रकार अपनी होनेवाली दुलहिन शकुंतला के पिता मोहनलाल के नाम अपने पिता का पत्र लेकर हरीशचंद्र लाहौर जा पहुँचा। मार्ग में गाड़ी में बैठा रात भर वह किसी लड़की से बिना पूर्व-परिचय के मिलने की कहानी घड़ता रहा।

कभी-कभी अनपेक्षित घटनाएँ भी घटित हो जाती हैं। लाहौर पहुँचकर वह एक होटल में ठहर गया। नहा-धो तथा नाश्ता ले वह अनारकली बाजार में कुछ खरीदारी करने के लिए निकल गया। उसे एक रेशमी रूमाल चाहिए था, इसके लिए वह खद्दर भंडार जा पहुँचा। उसे रेशम विभाग में भेज दिया गया।

उस समय वहाँ दो लड़कियाँ रेशमी साड़ी देख रही थीं। सेल्समैन उनको दिखा रहा था। हरीश वहाँ पहुँच चुपचाप अपनी बारी की प्रतीक्षा में खड़ा हो गया। सेल्समैन उन लड़कियों में व्यस्त था। इस कारण हरीश को उन लड़कियों के विषय में सोच-विचार का अवसर मिल गया। उनमें से एक लड़की बहुत बनी-ठनी थी और बड़ी आत्मीयता के साथ उस सेल्समैन की दिखाई वस्तु का निरीक्षण कर रही थी। साड़ियों का एक बड़ा ढेर वहाँ लग गया था। हरीश को कुछ जल्दी तो थी नहीं, इस कारण वह धैर्यपूर्वक खड़ा रहा। सेल्समैन ने जब देखा कि लड़कियाँ कुछ ले तो रही नहीं, तो वह हरीश से पूछने के लिए मुड़ा, परंतु उसी समय उस बनी-ठनी गुड़िया ने साधिकार उसको उस ओर ध्यान न देने दिया। हरीश ने प्रतीक्षा करना स्वीकार कर लिया और इस प्रकार उसे किसी आधुनिक लड़की को भली-भाँति जाँचने का अवसर मिल गया।

आधे घंटे से अधिक वह लड़की वहाँ रही और बिना कुछ खरीदे चली गई। हरीश को इतने समय प्रतीक्षा करनी पड़ी। इतनी देर तक उसकी ओर ध्यान न दे सकने की असमर्थता व्यक्त करता हुआ सेल्समैन बोला, ''हमारी स्थिति बड़ी विचित्र है। इन्हें हम मना भी नहीं कर सकते थे। यदि मैं बीच में आपकी ओर मुड़ जाता, तो निश्चय ही मेरी शिकायत लेकर मैनेजर के पास पहुँच जातीं। अच्छा, बताइए, आपकी क्या सेवा करूँ?''

''मुझे दो रेशमी रूमाल चाहिए, किंतु आप इसे तो जानते ही होंगे। वह आपसे बड़ी आत्मीयता के साथ बात कर रही थी।''

''कोई विशेष परिचय नहीं है। सेल्समैन ने रूमालों का डिब्बा खोल रूमाल निकालकर दिखाते हुए कहा, ''वह लाहौर के प्रख्यात वकील मोहनलाल की लड़की है।''

''ओह!'' आश्चर्यचकित सा हरीश बोला। वह जैसा सोचता था, घटना वैसी घटित हो गई, पर यह लड़की वह नहीं थी, जिसकी अपने मंगेतर के रूप में वह कल्पना करता आया था। सेल्समैन ने जब ग्राहक को विचार-मग्न देखा, तो उसके मुख पर मुसकान खिल गई। उसने कहा, ''शायद आप मोहनलाल वकील को जानते हैं?''

''जी,'' हरीश ने कहा, ''किंतु इस लड़की को देखकर मुझे डिस्नी के कार्टून की गुड़िया रानी का स्मरण हो आया था। इसने इतना श्रृंगार कर रखा था कि वह कोई मानुषी कन्या होगी, मैं विचार भी नहीं कर सकता था।''

अब सेल्समैन की मुसकराहट और बढ़ गई। हरीश ने रूमाल छाँटे, उन्हें बँधवाया

और मूल्य चुकाकर वह उस लड़की के साथ अपने भविष्य के विषय में बड़ी गहनता से विचार करता हुआ भंडार से बाहर निकल गया।

अपनी पत्नी का वह चित्र कि वह सुंदर एवं शांतिमय होगी, विलीन होकर एक अनोखा चित्र उस लड़की के हाथ-में-हाथ डालकर सिनेमा तथा रेसकोर्स आदि में जाने का, उसके सम्मुख आ गया। इससे तो वह काँप सा उठा और इस पर विचार करने के लिए वह अपने होटल में आ गया। यहाँ बैठ उसने उस लड़की तथा सेल्समैन के बीच हुआ पूर्ण वार्त्तालाप स्मरण किया, तो उसने निश्चय किया कि उसका निर्णय इस लड़की के पक्ष में नहीं हो सकता। वह सुंदर हो सकती है, किंतु इसका निश्चय भी तभी हो सकता था, जब वह अपना सारा रूज, पाउडर, काजल इत्यादि शृंगार-प्रसाधनों को त्यागकर उसके सम्मुख आए। इसमें संदेह नहीं कि उसने फैशन के अनुरूप वस्त्र पहन रखे थे, पर यह तो अयोग्यता का प्रमाण था। सेल्समैन से उसकी सारी बातचीत निरर्थक सी थी। उसने अपना, उसका और सेल्समैन का समय ही नष्ट किया था।

किंतु उसे तो मोहनलाल को अपने पिता का पत्र देना और लड़की के सम्मुख स्वयं का दिखावा करना था। इस पर भी अब उसमें वह घबराहट नहीं रही थी, जो लड़की देखने से पूर्व थी। अपने मस्तिष्क में उसने अपना कार्य करने का निश्चय कर लिया था।

शाम के समय वह वकील साहब के कार्यालय में जा पहुँचा और उनको अपने पिता का पत्र उसने दे दिया। वकील साहब ने पत्र पढ़ा और फिर सिर से पैर तक हरीश को देखा। गहन निरीक्षण कर वह बोले, "तो आप हैं हरीशचंद्र। बड़ी प्रसन्नता हुई तुमको देखकर, बैठो-बैठो!" एक कुरसी की ओर संकेत करते हुए उन्होंने घंटी का बटन दबाया। घंटी बजी और चपरासी भीतर आ गया। वकील साहब बोले, "देखो, इनको भीतर ले जाओ और माँजी से कहना यह दिल्ली से आए हैं। मैं जल्दी ही आ रहा हूँ।"

इस प्रकार हरीश कार्यालय से कोठी में ले जाया गया। शकुंतला की माँ तो घर नहीं थी, किंतु वह स्वयं पैरों में स्केट्स बाँधकर टेनिस यार्ड में स्केटिंग कर रही थी।

अब विस्मय करने की बारी शकुंतला की थी। वह यह समझने में असमर्थ थी कि जिस नौजवान को उसने खद्दर भंडार में अपनी ओर घूरते हुए देखा था, उसे उनका चपरासी कोठी के अंदर क्यों ले आया है? अपने विचार से उसने उसे आधे घंटे से अधिक खद्दर भंडार में प्रतीक्षा करवाकर उसको दंड दिया था। स्केटिंग करती हुई वह टेनिस यार्ड के उस कोने तक आई, जहाँ से चपरासी समीप पड़ता था और चपरासी से उसने उसके वहाँ आने का कारण पूछा।

चपरासी ने पहले तो सलाम किया और फिर कहा, "यह बाबू दिल्ली से आए हैं और वकील साहब ने इनको माँजी के पास ले जाने को कहा है।"

सुनते ही शकुंतला के मस्तिष्क में विचार आ गया कि वह कौन हो सकता है और फिर प्रात:काल के अपने व्यवहार को स्मरण कर वह लज्जित सी हो गई। उसने पैरों से स्केट्स निकाले और उसके समीप आकर बोली, "माँ तो घर पर नहीं है। क्या मैं आपका नाम जान सकती हूँ।"

"हरीशचंद्र।" संक्षेप में उसने बताया।

"ओह!" मुसकराते हुए शकुंतला ने कहा, "अंदर आइए, मुझे पता है, आप पत्रकार हैं। क्या मैं आपके लिए चाय मँगवाऊँ?"

भीतर ड्राइंग-रूम में वे पहुँचे, तो चपरासी चला गया। शकुंतला ने नौकर को बुलाकर चाय लाने का आदेश दिया और हरीश से एक सोफे पर बैठने का आग्रह करने लगी। जब दोनों बैठ गए, तो हरीश ने पूछ लिया, "तो आप मुझे और मेरे यहाँ आने के कारण के विषय में जानती हैं?"

"जी हाँ, पिताजी ने मुझे सबकुछ बता रखा है, परंतु आपको तो सीधा यहाँ आना था। कहाँ ठहरे हैं आप?"

"मैं स्टैंडर्ड में ठहरा हूँ। क्या मैं जान सकता हूँ कि मेरे विषय में निर्णय करने में आपको कितना समय लगेगा?"

"मैंने तो निर्णय कर लिया है। मैं समझती हूँ कि मैं आपके साथ बहुत खुश रहूँगी। केवल अपनी पोशाक आदि में आपको कुछ बदलाव लाना होगा।"

"आप शीघ्र निर्णय करनेवाली हैं। मैं समझता हूँ कि शीघ्रता में किए गए निर्णय में भूल हो जाने की संभावना रहती है।"

"परंतु मैंने कोई शीघ्रता नहीं की। मैं सौभाग्यशाली हूँ कि आधे घंटे से अधिक मुझे आपका अध्ययन करने का अवसर मिला है। जब मैं उस मूर्ख दुकानदार से बात कर रही थी, तब क्या आप मुझे पहचानते थे?"

"नहीं, जब तक आप चली नहीं गईं, तब तक नहीं।"

"तब उस गधे ने ही आपको मेरे विषय में बताया होगा।"

"हाँ, किसी प्रकार मैंने जान लिया और जिस लड़की से मेरे विवाह की बात चल रही है, उसके विषय में जानकर मुझे भारी निराशा हुई है।"

"उसने क्या बताया है?"

"उसने तो केवल आपके पिताजी का नाम ही बताया था, अन्य कुछ नहीं। शेष मैंने स्वयं ही उस आधे घंटे में आपका निरीक्षण कर जान लिया है।"

"ओह! क्या देखा था आपने?" यह कहते-कहते शकुंतला का मुख विवर्ण हो गया।

कुछ भी विचलित न होते हुए शांति से हरीश ने उत्तर दिया, "मैंने अनुभव किया

कि आप घमंडी हैं, अहंकारी हैं, भड़कीली और अज्ञानी लड़की हैं। जैसे आपने अपने मुख की कुरूपता को छिपाने के लिए रूज तथा पाउडर और पीले होंठों को छिपाने के लिए लिपस्टिक का प्रयोग किया हुआ था, ठीक वैसे ही आप अपने मस्तिष्क की विकृति को छिपाने के लिए शिष्टाचार का आश्रय ले रही हैं।''

इस प्रकार इससे पूर्व शकुंतला को उसके मुख पर कहनेवाला कोई नहीं मिला था। अपने माता-पिता की वह लाडली संतान थी और उसकी प्रत्येक इच्छा की पूर्ति कानून पालन करने के समान थी। आज पहली बार उस पर कटाक्ष करनेवाला कोई मिला था।

वह अभी सोच ही नहीं पाई थी कि किस प्रकार हरीश के व्यंग्यों का उत्तर दे कि हरीश उठा और बोला, ''मैं आपको पसंद नहीं कर सकता।'' इतना कह वह कोठी से बाहर चला गया। शकुंतला का मुख पीला पड़ गया था।

□

अपनी डफली

देश के स्वार्थी लोगों की भाँति घर में स्त्रियों की स्थिति होती है। प्राय: स्त्रियाँ ही बहुत सी घरेलू अशांति के लिए उत्तरदायी सिद्ध होती हैं। किसी बड़े जमींदारी की भाँति अपने पति की संपत्ति पर पूर्णाधिकार स्थापित करने के लिए वे युक्तियाँ प्रयुक्त करती हैं। लड़ाओ और मौज करो, इस सिद्धांत का इस निमित्त साधारणतया प्रयोग किया जाता है।

निर्मला जब प्रथम बार अपनी ससुराल आई, तो उसने भी ठीक वैसा ही किया। विवाह के बाद पहली मधुर रात्रि व्यतीत करने के उपरांत केशव नहीं चाहता था कि ऐसा कोई प्रसंग छेड़ा जाए, जिसमें परस्पर विरोध हो, परंतु निर्मल अत्यंत सावधान थी।

उसने अपने पति के बड़े भाई का बहुत बड़ा परिवार देख मन में निश्चय कर लिया कि इस महासमुद्र में बूँद बनकर वह नहीं रहेगी। वह अपने पति की वस्तुओं का निरीक्षण करने लगी। वे संख्या में बहुत कम थीं। दो-चार फटी कमीजें, दो पैंट और एक कोट। जो व्यक्ति कई वर्षों से तीन सौ रुपए मासिक वेतन पा रहा हो, उसके वस्त्रों का यह हाल? और फिर पति के श्रृंगार की वस्तुओं में एक शेविंग ब्रश, कप-सोप तथा एक जापानी बहुत ही पुराना सेफ्टी-रेजर। अपने पति की ऐसी दयनीय स्थिति को देख निर्मला को यह निर्णय करने में विलंब नहीं लगा कि उसका पति अपनी सारी आय अपने भाई के परिवार पर बरबाद कर रहा है। उसने अपने पति से पूछा, ''शादी से पहले, जो नेवी-ब्ल्यू सूट आप पहनते थे, वह कहाँ है?''

''अरे, उसके बारे में तुम क्यों चिंता करती हो? मैंने वह उस व्यक्ति को दे दिया है, जिसको उसकी आवश्यकता थी।''

''तो अब आप क्या पहनेंगे?''

''यह नया सूट, जो तुम्हारे पिताजी ने मुझको दिया है।''

''ओ हो, और उस धन का क्या हुआ, जो आप इतने वर्षों से कमा रहे हैं? बैंक में कितना जमा किया है?''

“श्रीमतीजी, मैं आज तक बैंक में घुसा ही नहीं, जमा क्या करवाऊँगा? वास्तव में मुझे हिसाब-किताब रखने की आदत नहीं, किंतु तुम्हें इस सबकी चिंता क्यों हो रही है? विशेषतया उस समय जबकि हमारे पास अन्य बहुत सी आनंददायक बातें करने के लिए पड़ी हैं।” केशव ने निर्मला को जरा अपने समीप खींचते हुए कहा।

निर्मला ने केशव के खींचने का विरोध नहीं किया, परंतु साथ ही कह दिया, “यह तो ठीक है, परंतु मैं चाहती हूँ कि ये आनंद की घड़ियाँ दिनों में और वे दिन वर्षों में परिणत हों।”

“वह तो होगा ही।” इतना कह केशव ने कसकर उसका आलिंगन कर लिया। जब उसकी पकड़ कुछ ढीली पड़ी, तो निर्मला ने अवसर देख पुनः कहा, “पर धन के बिना जीवन नहीं चल सकता।”

“अरे, छोड़ो इन छोटी-छोटी बातों को। इनसे हमें अपना मन खराब नहीं करना चाहिए।”

केशव धन-संपत्ति की इन गंभीर बातों की अपेक्षा मधुर बातें करने पर तुला था। निर्मला ने भी अब समझा कि आज के लिए इतना पर्याप्त है। अत: उसने प्रसंग आगे नहीं बढ़ाया।

थोड़े ही दिनों में उसने समझ लिया कि उसका पति बहुत ही फिजूल-खर्च है। अगले महीने की पहली तिथि को उसने अपने तीन सौ रुपए वेतन का हिसाब अपनी पत्नी को बता दिया। उसने कहा, “सौ रुपए घर के खर्च के लिए, पचास रुपए तुम्हारे पॉकेट खर्च के लिए और डेढ़ सौ रुपए मेरे अपने प्रयोग के लिए।”

किंतु यह वितरण निर्मला को नहीं भाया। वह सभी मुद्दों का विस्तृत विवरण चाहती थी। केशव के पास भी छिपाने को कुछ नहीं था। उसने कहा, “भोजन, निवास, आतिथ्य आदि का खर्च सौ रुपए में चलेगा, जिसका प्रबंधन भाभी करेंगी।”

“भाभी क्यों? मैं क्यों नहीं?”

“हाँ, तुम्हें उनकी सहायता करनी चाहिए।”

“जैसे बड़े बाबू के अधीन छोटा बाबू रहता है?”

“तुम इसे ऐसा भी समझ सकती हो।”

“लेकिन सौ रुपए तो इसके लिए बहुत अधिक हैं। हम दो जने इतना तो नहीं खा जाते।”

“मेरी प्यारी निर्मल, हम दो नहीं दस हैं।”

“दस! आपके कहने का अभिप्राय यह है कि आपके भाई, उनकी पत्नी और उनके सब बच्चे?”

“हाँ!”

''तो क्या उन सबकी परवरिश का दायित्व हम पर है?''

''नहीं, हम सबका पारस्परिक दायित्व है।''

''परंतु मैं इसमें कोई कारण नहीं पाती कि हम उन पर कुछ व्यय करें?''

''किसी के प्रति कृतज्ञता प्रकट करने के लिए कारण ढूँढ़ना छोटी बात है। प्रत्येक बात पर तर्क करना बुद्धिमत्ता नहीं। बच्चे को जन्म देने के बाद माँ क्यों उसको दूध पिलाती है? माँ क्यों उस बच्चे के लिए अपना जीवन-दान करे?''

''माँ अपने बच्चे को प्यार करती है और इसके लिए जो त्याग करना पड़ता है, वह चाहे कितना भी बड़ा हो, उसका विचार नहीं करती।''

''मैं अपने भाई और उनके बच्चों को प्यार करता हूँ। क्या यह पर्याप्त कारण नहीं कि मैं उनकी खुशी में कुछ योगदान करूँ?''

निर्मला जब तर्क में हार गई, तो अपने उद्देश्य-सिद्धि के लिए उसने अपना दूसरा ढंग अपनाया।

शादी हुए अभी चार मास ही हुए थे कि निर्मला का अपनी जेठानी से झगड़ा रहने लगा। एक दिन रात्रि के समय वह अपने पति से कलोल कर रही थी। पति से कोई बात मनवाने का यह उपयुक्त अवसर होता है, इसका विचार कर निर्मला ने कह दिया, ''क्या आप यह चाहते हैं कि मैं दूसरों की गुलाम बनकर रहूँ? आपकी भाभी तथा उनके बच्चों की सेवा करते-करते मैं थक गई हूँ। क्या हम किसी ऐसे स्थान पर नहीं रह सकते, जिसे हम अपना घर कह सकें और जो पूर्णतया हमारा हो, यहाँ तक कि उसमें कोई झाँक भी न सके।''

''तुम्हारा कहने का अभिप्राय यह है कि मैं अपने भैया को छोड़ दूँ।'' केशव ने सचेत होकर पूछा।

''ठीक है कि उनको कुछ आर्थिक सहायता की आवश्यकता रहती है। मैं इसमें कोई आपत्ति नहीं करती, किंतु स्वतंत्रता तो सबका जन्म-सिद्ध अधिकार है और मुझे भी तो यह चाहिए।''

''निर्मला, तुम्हारी इस बात से मैं सहमत हूँ, परंतु अपने साथियों की सेवा करना भी प्रत्येक मनुष्य का कर्तव्य है।''

''ठीक है और यदि आप पृथक् मकान ले देते हैं, तब भी तो हम उनकी कुछ सेवा कर सकते हैं। मैं वचन देती हूँ कि आपके सभी संबंधियों के साथ मेरा व्यवहार मैत्रीपूर्ण रहेगा। देखिए, कितना आनंददायक होगा पृथक् रहना। आप मेरे लिए होंगे और मैं आपके लिए। अन्य कोई व्यक्ति बीच में दखल देनेवाला नहीं होगा।''

यह कोई तर्क नहीं था, अपितु निवेदन था। एक स्त्री की उत्कट अभिलाषा थी, जिसका विरोध केशव नहीं कर सका। अगले दिन ही उसने अपने भैया से पृथक् में कह

दिया, "मैं पृथक् मकान में रहना चाहता हूँ।"

"क्यों?" भैया का प्रश्न था।

"निर्मला ऐसा चाहती है और मैं उसकी इस छोटी सी माँग को ठुकराना नहीं चाहता। भैया, आपको चिंता करने की आवश्यकता नहीं है। घर के खर्चे में मेरा सहयोग पूर्ववत् रहेगा।"

"नहीं, यदि तुम परिवार से पृथक् हो जाओगे, तो फिर ऐसा नहीं होगा।"

"पर भैया, यह तो मैं अपने स्नेहवश देता हूँ। आप क्यों इनकार करते हैं? आपके मुझ पर बहुत से एहसान हैं।"

बड़ा भाई दृढ़-निश्चयी था। उसने कहा, "जब तक हम संयुक्त परिवार की भाँति रहते हैं, तब तक मेरे और तुम्हारे धन में कोई अंतर नहीं था, क्योंकि हमारा हित संयुक्त था। अब पृथक्-पृथक् रहने पर सबकुछ बदल जाएगा। तुम्हारा मुझे कुछ देना न तो तुम्हारी पत्नी को भला प्रतीत होगा और न ही कुछ लेना मेरी पत्नी को।"

"किंतु भैया, इन स्त्रियों को बीच में लाने की क्या आवश्यकता है? हम इसे केवल अपने तक ही सीमित रखें।"

"नहीं, मैं तुम्हारी भाभी से छिपाकर कुछ नहीं रखता और न ही तुम्हें सुझाव दूँगा कि तुम अपनी पत्नी से कुछ छिपाकर रखो।"

परिवार विभक्त हो गया। इससे निर्मला अत्यंत प्रसन्न थी, परंतु उसकी प्रसन्नता की सीमा नहीं रही, जब केशव ने उसको यह बताया कि भैया ने उसकी सहायता लेने से इनकार कर दिया है।

केशव का भाई माधव अत्यंत निर्धन था। एक फर्म में साधारण सा क्लर्क था और वेतन-स्वरूप उसे केवल डेढ़ सौ रुपए मासिक मिलते थे। घर में छह बच्चे थे तथा उनके पालन-पोषण एवं उनकी शिक्षा के लिए यह राशि अत्यंत अल्प थी। इस पर भी येन-केन प्रकारेण वह जीवन की गाड़ी चलाने लगा। उसने दृढ़ निश्चय किया और अपनी जीवन की गाड़ी को नया मोड़ दिया। अपने सबसे बड़े लड़के को, जो कॉलेज में शिक्षा प्राप्त कर रहा था, उसने कह दिया कि आगे पढ़ना है तो साथ-साथ अर्जन करे। दूसरे लड़के ने पिछले वर्ष मैट्रिक की परीक्षा उत्तीर्ण की थी तथा आगे कॉलेज में प्रवेश लेने की सोच रहा था। उसने उसकी शिक्षा-समाप्ति की घोषणा कर दी और उसको एक कारखाने में काम सीखने पर लगा दिया। छोटे तीनों बच्चों की शिक्षा उसने चालू रखी। सबसे छोटा लड़का तीन वर्ष का ही था।

समय व्यतीत होता गया। सबसे बड़ा लड़का अब दुकानदार बन गया था। उसने दलाली का काम शुरू किया था और अपनी थोड़ी सी पूँजी बचाकर एक किराने की दुकान खोल ली थी। दो वर्ष में ही उसकी दुकान चल निकली थी और वह इस समय

लगभग दो सौ रुपए मासिक अपने पिता की आय में वृद्धि करने लगा था। छोटे भाई ने कारखाने में काम सीखकर अपने बड़े भाई की सहायता से अपनी एक छोटी सी दुकान खोल ली थी। इस प्रकार बड़े भाई की स्थिति अब सामान्य हो गई थी।

दूसरी ओर इन दो वर्षों में केशव की पत्नी के दो बच्चे हो चुके थे। और उसके लिए यह संभव नहीं था कि उनकी भली-भाँति देखभाल करे तथा घर का सारा काम भी करे। केशव ने घर के काम के लिए एक के बाद एक कई नौकर रखे, किंतु नौकर अपनी मरजी के अनुसार काम करते थे, चाहे काम मालिकों को पसंद आए, चाहे न आए। कभी उनको डाँटा नहीं, अगले दिन उसने खाना खराब बना दिया, क्रॉकरी के दो-चार पीस तोड़ दिए। बच्चों को खिलाने के लिए कहा जाता, तो वह उनके पैर में इतने जोर से चुटकी काटता कि वे चिल्ला उठते और विवश होकर उन्हें माँ को ही सँभालना पड़ता। घर में घी-चीनी तथा अनाज आदि का तो हिसाब ही नहीं रहा था।

निर्मला का स्वास्थ्य भी निरंतर गिर रहा था। उसके गर्भ में इस समय तृतीय संतान थी। इस बार उसने गर्भपात कराने का निश्चय कर लिया। इसके लिए वह कई डॉक्टरों के पास गई, किंतु कोई सम्मानित डॉक्टर इस विषय में उसकी सहायता के लिए तैयार नहीं हुआ। विवश होकर इसके लिए उसे एक अशिक्षित चिकित्सक की सहायता लेनी पड़ी। गर्भपात तो हो गया, किंतु निर्मला ने बिस्तरा पकड़ लिया। उसको निरंतर ज्वर रहने लगा। डॉक्टरों को संदेह हो गया कि टी.बी. न हो गई हो।

इस सबसे केशव बहुत चिंतित रहने लगा और इसका परिणाम यह हुआ कि दफ्तर के काम में वह ध्यान न दे सका। उसके अधिकारी-गण उससे अप्रसन्न रहने लगे। पिछले दिनों उसे आशा थी कि उसकी पदोन्नति हो जाएगी, परंतु अब वह आशा भी विलीन हो गई।

घर पर काम बहुत बढ़ गया, तो नौकर भाग गया। अब केशव को घर का बहुत सा काम स्वयं करना पड़ता। निर्मला के लिए दवाई आदि लाना, उसकी टहल-सेवा तथा फिर दफ्तर का काम।

निर्मला के लिए तो उसने एक नर्स का प्रबंध कर दिया, परंतु उस नर्स को 6 रुपए प्रतिदिन वेतन देना तय हुआ। इस प्रकार आधा से अधिक वेतन तो नर्स के ऊपर ही व्यय होने लगा था, शेष में दवा आदि तथा खाना-पीना एक समस्या बन गई।

यह व्यवस्था अधिक काल के लिए चल सकनी असंभव थी। यद्यपि केशव घर का बहुत सा काम स्वयं करता था, इस पर भी निर्मला को आराम नहीं मिल पा रहा था। बच्चों के ऊपर तो वही नजर रख सकती थी। इस प्रकार जीवन से निराश हो, बहुत ही दुःखी अवस्था में वह अपने भाई से मिलने जा पहुँचा। भाई के हाल-चाल पूछने पर केशव ने घर का सारा वृत्तांत कह सुनाया और फिर कहा, ''यदि इसी प्रकार चलता रहा,

तो ऑफिस से डिस्चार्ज नोटिस मिल जाएगा और फिर सारा परिवार भूखा ही मरेगा।''

''यह सुनकर मुझे बहुत ही दुःख हुआ है, केशव।'' भाई ने केवल इतना कहा।

केशव को अपने भाई की वह निराशा स्मरण हो आई, जब उसने उनसे कहा था कि परिवार से पृथक् होना चाहता है। उस समय भाई को उसकी सहायता की आवश्यकता थी, परंतु उसके पृथक् हो जाने से भाई ने सहायता लेने से इनकार कर दिया। अब केशव को सहायता की आवश्यकता थी, परंतु तब की अवस्था का स्मरण कर वह माँग नहीं सका और कुछ देर बैठकर घर वापस चला आया।

अगले दिन जब वह ऑफिस से वापस आया, तो उसने देखा कि उसकी भतीजी कांता आई हुई है। केशव ने पूछ लिया, ''कहो कांता, क्या हाल है?''

''सब ठीक है चाचाजी।'' नम्रता से कांता ने उत्तर दिया।

केशव ने देखा, आज घर की सफाई भली-भाँति हुई पड़ी है, बरतन तथा रसोई साफ पड़ी है और उसके लिए चाय भी तैयार है। आज चार मास बाद उसे शाम की चाय का स्वाद आया था। उसने अपनी पत्नी से पूछा, ''निर्मला, तुम्हारा क्या हाल है?''

''जैसा हमेशा रहता है। नर्स छुट्टी माँगने लगी, तो मैं बहुत परेशान हुई। उसके बिना मेरा काम किस प्रकार चलेगा, मैं यही सोच रही थी कि इतने में कांता आ गई और कहने लगी कि वह आज दिन भर यहीं रहेगी। मैंने नर्स को छुट्टी दे दी। कांता तो अब होशियार हो गई है। इसने नर्स से कहीं अच्छी तरह मेरी सेवा की है।''

केशव के आश्चर्य का ठिकाना नहीं रहा, जब कांता का छोटा भाई मोहन भी आ गया और बच्चों से खेलने लगा। वह उनको लेकर समीप के एक पार्क में चला गया। रात कांता भोजन बनाने के बाद घर चली गई, परंतु मोहन वहीं रह गया। प्रातः उसने चाचा से सब्जी आदि तथा चाची से दवाई आदि लाने के विषय में पूछ लिया।

खाना बनाने तथा घर का प्रबंध करने के लिए कांता भी प्रातः आ गई। इस प्रकार सप्ताह भर चलता रहा। जब केशव को विश्वास हो गया कि कांता प्रतिदिन आती रहेगी, तो उसने नर्स की छुट्टी कर दी। इस पर भी एक बात केशव समझ नहीं सका कि कांता ने भी उनके घर पर भोजन नहीं किया, न ही मोहन ने किसी वस्तु को छुआ। केशव ने कई बार कहा कि वह भोजन यहीं कर ले, परंतु कांता सदैव टालती रहती।

निर्मला के स्वास्थ्य में सुधार होने लगा था और एक मास में उसका ज्वर जाता रहा। अब वह बैठकर थोड़ा-बहुत काम करने लगी थी। एक दिन निर्मला ने कांता से बहुत आग्रह किया कि आज वह भोजन उनके साथ ही खाए। इस पर कांता ने कह दिया, ''चाची, मुझको बिलकुल भूख नहीं है।''

''कांता, मेरी खुशी के लिए ही थोड़ा सा खा लो।''

''किंतु मैं खा नहीं सकती। मुझे बिलकुल भूख नहीं है।''

"क्यों?"

"यह तो मुझको भी पता नहीं।"

"तो तुम यहाँ क्यों आती हो?"

"जिससे आपकी कुछ सहायता कर सकूँ।"

केशव भी इनकी बातें सुन रहा था और वह स्वयं को इनसे अलिप्त न रख सका। उसने पूछा, "कांता, क्या तुम्हारी माताजी ने तुम्हें यहाँ काम करने के लिए भेजा है?"

"नहीं तो, मैं स्वयं ही आती हूँ। एक दिन आप पिताजी को अपनी कठिनाई बता रहे थे, तो मेरे दिल में चाची की सहायता करने की बात आई। अगले दिन मैंने पिताजी से पूछ लिया। उन्होंने माताजी की ओर संकेत किया। माताजी ने मुझे यहाँ आने की स्वीकृति दे दी और मैं यहाँ आने लगी। मुझे प्रसन्नता है कि चाची अब स्वस्थ हो रही हैं।"

"किंतु तुम्हें यह किसने कहा है कि तुम यहाँ खाना मत खाया करो। मैं समझता हूँ, यह तुम्हारा एक प्रकार से दृढ़ निश्चय है कि तुम हमारी कोई वस्तु नहीं लोगी।"

कांता ने इसका कुछ उत्तर नहीं दिया। चुप्पी का अर्थ स्पष्ट था। केशव सब समझ गया। निर्मला को भी डंक सा लगा। वह कांता से कहनेवाली थी कि अब उसके आने की आवश्यकता नहीं, परंतु घर की स्थिति तथा अपनी असमर्थता देख वह मौन रही।

उस रात केशव ने निर्मला से पूछा, "क्या तुम्हें उस बात पर लज्जा की अनुभूति नहीं होती, जो तुमने मेरे भाई के साथ करवाई?"

"क्यों, मैंने क्या करवाया था?"

"तुमने मुझसे उनकी सहायता बंद करवाई, जबकि उस समय उनको इसकी अत्यंत आवश्यकता थी। परिणाम यह हुआ कि सुंदर को तुरंत कॉलेज छोड़कर दुकान करनी पड़ी।"

"मैंने आपको उनकी आर्थिक सहायता करने से मना नहीं किया था। यह तो उन्होंने स्वयं अस्वीकार की थी।"

"नहीं, हमने इसके लिए उन्हें विवश कर दिया था। सुनो, अब मैंने निश्चय किया है कि मैं वहाँ जाकर भैया तथा भाभी के चरणों में सिर रखकर क्षमा माँगूँगा और उनसे याचना करूँगा कि दोनों परिवार पुनः एक हो जाएँ। यह ठीक है कि उन दिनों तुम्हें भाभी से अधिक काम करना पड़ता था, परंतु युवा होने के कारण तुम यह कर सकती थीं, उसी प्रकार जैसे कांता अब यहाँ करती रही है। इस प्रकार काम करना किसी के प्रति एहसान करना नहीं होता। किसी संस्था की भाँति एक संयुक्त परिवार में किसी से सहायता प्राप्त करने के लिए स्वयं भी उनकी सहायता करने लिए तत्पर रहना चाहिए।"

निर्मला को अपने प्रियजनों के समीप रहने से प्राप्त सुविधा का भास तो हो गया

था, परंतु वह यह नहीं समझ पाई थी कि केवल एक घटना किस प्रकार संयुक्त परिवार के औचित्य को सिद्ध कर सकती है। उसने कहा, ''हम दुर्भाग्यशाली थे, जिन्हें किसी की सहायता की आवश्यकता पड़ी, किंतु ऐसा कोई नियम तो नहीं कि सबके साथ ऐसा ही होगा। हमारा दुर्भाग्य यह सिद्ध नहीं करता कि बड़े परिवारों की आवश्यकता रहती है।''

''किंतु निर्मला, हमारा दुर्भाग्य इस बात का सीधा परिणाम नहीं है, क्योंकि हमारा कोई ऐसा सहायक नहीं था, जो कि समय पर काम आए। चोर नित्य ही किसी के घर सेंध नहीं लगाते। इस पर भी पुलिस को सदा और सब स्थानों पर सचेत रखा जाता है। आग लगने की घटनाएँ नित्य और सदा नहीं होतीं, परंतु आग बुझानेवाले दमकल सदा तैयार रखे जाते हैं। भावी दुष्परिणामों को रोकने के लिए सदा सुरक्षात्मक उपाय व्यवहार में लाए जाते हैं। बहुत से लोगों का एक साथ एक परिवार के रूप में रहना ऐसी संभावित विपत्ति से, जैसी हम पर आन पड़ी थी, चौकस रहने का प्रयत्न है।

''निर्मला, तुम्हीं बताओ, जो सेवा कांता और मोहन केवल स्नेहवश करते रहते हैं, वह क्या किसी भी मूल्य पर मिल सकती थी?''

''किंतु हमारी वैयक्तिक स्वतंत्रता का क्या होगा?'' निर्मला ने निरुत्तर होते हुए अब यह प्रश्न कर डाला।

''वह सदैव तुम्हारे पास रहेगी, यदि तुममें उसको बनाए रखने की योग्यता होगी। अयोग्यों की वैयक्तिक स्वतंत्रता उनके अहित में ही होती है।''

□

तलाक

"तो जाती क्यों नहीं न्यायालय में?"

"वहाँ क्या करने के लिए जाऊँ?"

"मुझे तलाक देने।"

"क्यों दूँ तलाक?"

"मैं दुराचारी हूँ, मैं तुम्हें खर्चा नहीं देता, तुम्हारे बच्चे को मिठाई लाकर नहीं देता और भी जो-जो कुछ तुम चाहती हो, उस सबके लिए।"

ऐसी चुनौती सुनकर तो सदारानी टुकर-टुकर मुख देखती रह गई। उसका पति सुरेंद्र मोहन मुसकराते हुए अपनी आरामकुरसी पर बैठा था। सिगार का कश लगा धुआँ छोड़ते हुए और छत की ओर देखते हुए वह बोला, "क्या मजे में कह दिया, मत लाया करो इन लड़कियों को घर में। घर में न लाऊँ, तो कहाँ ले जाऊँ?"

"मैं तो यह कह रही थी कि आप मेरे खाने-पीने और वस्त्रादि के लिए तो कुछ देते नहीं और जब ये लड़कियाँ आती हैं, तो घर में लहर-बहर लग जाती है।"

"यह तो तुम ठीक कह रही हो, पर मैं विचार करता हूँ कि तुमको मैं क्यों दूँ? दो लकड़ियाँ जलाकर उसके चार चक्कर काट लेने से क्या मैं तुम्हारा देनदार हो गया हूँ?"

"आप इस बेटे के बाप हैं। इस पर ही दया कर इसकी माँ को कुछ दे दिया करें। मैं अपनी सौगंध खाकर कहती हूँ कि कल से एक भी दाना मेरे पेट में नहीं गया।"

"दाने तो मेरे पास बहुत हैं, पर तुम्हें क्यों खाने को दूँ? तुम अपना ठिकाना कहीं अन्यत्र क्यों नहीं बना लेतीं? घर छोड़ोगी, तो फिर तुमको दूसरी लड़कियों के यहाँ आते और खाते-पीते देख दुःख नहीं होगा।"

"पर जाऊँ कहाँ?"

"अपने बाप के घर जा सकती हो।"

"और यह बच्चा?"

"इसकी मुझे आवश्यकता नहीं।"

"तो विवाह क्यों किया था?"

"पत्नी पाने के लिए किया था, किंतु यह तो अपने आप बिना इच्छा किए ही आ पहुँचा है।"

अपने पति की इस जीवन-मीमांसा का उत्तर पत्नी नहीं दे सकी। सुरेंद्र उसको कई बार कह चुका था कि उसे वह पसंद नहीं है और जहाँ उसके सींग समाएँ, वह जा सकती है। आज उसने यह भी कह दिया था कि भारत सरकार की कृपा से उसके लिए अपने इस नालायक पति को छोड़ देने का मार्ग प्रशस्त हो चुका है।

सुरेंद्र अपने काम पर जाने के लिए तैयार था और उसकी पत्नी अपने खाने-पीने के लिए उससे पैसे माँगने आई थी। उस समय उनमें उक्त वार्त्तालाप हुआ था। सुरेंद्र मोहन जाने लगा, तो उसे एक बात स्मरण हो आई। उसने कहा, "अच्छा, एक काम करो। मैं तुमको पचास रुपए देता हूँ। इन रुपयों में तुम चार व्यक्तियों के खाने के लिए सामान तैयार करना। एक बोतल व्हिस्की, दो मुर्ग, नान, प्याज, टमाटर, खीरा, चुकंदर की सलाद, मेज पर सफेद चादर और पलंग पर धुला बिस्तर, कुछ फूल इत्यादि भी। बताओ कर सकोगी?"

"चार में कौन-कौन होगा?"

"मैं, सरोज, मनोज और चौथी तुम।"

"दोनों, एक साथ?"

"हाँ।"

"परंतु पचास रुपए पूरे हो जाएँगे क्या?"

"देखो, पैंतीस की बोतल, दस रुपए के दो मुर्ग, एक रुपया सलाद के लिए, घी-मिर्च, नमक-मसाला आदि के लिए चार रुपए।"

"और इस समय पेट भरने के लिए? यदि कुछ खाऊँगी नहीं, तो यह सब तैयार कैसे करूँगी?"

"अच्छा, पाँच रुपए और ले लो, परंतु देखो, हिसाब देना होगा?"

सदारानी चुप रही। सुरेंद्र ने पचपन रुपए उसके सम्मुख फेंके और सीढ़ियों से नीचे उतर गया।

सदारानी ने पिछले मास एक चूड़ी बेचकर मास भर निर्वाह किया था। इस बार वह दूसरी चूड़ी बेचनेवाली थी, जबकि उसके मन में विचार आया कि जीवन बहुत लंबा है। इस प्रकार कब तक चलेगा और जब सब चूड़ियाँ बिक जाएँगी और पतिदेव को पता चलेगा, तो वह चोरी करने का आरोप लगा सकता है। तब वह किस-किस को बताती फिरेगी कि उसने अपना पेट भरने तथा बच्चे के दूध के लिए यह सब किया था। आज वह अपने पति को बतानेवाली थी कि वह चूड़ियाँ बेचकर अपने खाने का सामान

खरीद रही है। उसके ऐसा कहने के पूर्व ही तलाक की बात चल पड़ी थी और फिर सरोज, मनोज के आने का प्रस्ताव हो गया।

जब उसके पति ने उसके सामने पचपन रुपए फेंके तो उसने उठाए नहीं। सुरेंद्र मोहन नीचे उतर गया तो उसने रुपए उठाए और गिन डाले। अब वह विचार करने लगी कि क्या वह इन रुपयों से अपने पति के भोग-विलास का प्रबंध करे? एक बार पहले भी उसने ऐसा किया था। तब उसके मन में यह भावना थी कि वह अपने खाना बनाने तथा दावत का प्रबंध करने में योग्यता दिखाकर अपने पति को प्रसन्न कर लेगी, परंतु ऐसा हुआ नहीं। उसने पुनः ऐसा करने से इनकार कर दिया था। प्रायः सप्ताह में एक बार उसका पति इस प्रकार की दावतें किया करता था और पीछे कई बार, जब सदारानी ने इस प्रकार की दावत के प्रबंध करने से इनकार कर दिया, तो उसने घर का सब खर्च बंद कर दिया और जब भी वे लड़कियाँ आतीं, तो वह किसी होटलवाले से प्रबंध करवा लेता और पचास के स्थान पर सत्तर-पचहत्तर व्यय कर देता। इस प्रकार अधिक व्यय होने पर वह और भी चिढ़ जाता और घरखर्च न देने के लिए उसका संकल्प दृढ़ होता जाता।

□

सदारानी ने अपने मन में निश्चय किया कि वह अपने पति के इस प्रकार के भोग-विलास की प्रबंधिका नहीं बनेगी। आज जब सुरेंद्र मोहन ने उसको रुपए दिए, तो उसने इनकार नहीं किया। वह चुप रही। उसके पति ने इसको स्वीकृति मान लिया और निश्िंचत हो अपने कार्यालय चला गया।

सदारानी ने रुपए उठाए तो इस निश्चय के साथ कि वह अब इस घर को छोड़ देगी। उसके पिता लखनऊ में रहते थे। बहुत साधारण वृत्ति के व्यक्ति थे और एक बहुत बड़े परिवार के बोझ के कारण वह लड़की की सहायता करने में असमर्थ थे। यदि सदारानी अभी तक वहाँ नहीं गई थी, तो इसी कारण कि वह उनके दुःख का कारण बनना नहीं चाहती थी।

परंतु जब पानी नाक से भी ऊपर आ गया, तो डूबने से बचने के लिए अंतिम उपाय यही प्रतीत हुआ और वह लखनऊ जाने के लिए तैयार हो गई।

जब जाने का विचार पक्का हुआ, तो यह समझकर कि वह जीवन भर के लिए जा रही है, उसने अपने सब आभूषण एकत्रित किए, उन्हें अपने तथा बच्चे के कपड़ों के साथ संदूक में रखा और ताँगे में बैठ स्टेशन जा पहुँची। दिन के ग्यारह बजे शाहजहाँपुर से गाड़ी में बैठकर साढ़े सात बजे सायं वह अपने पिता के घर जा पहुँची।

सदारानी का पिता अपने कार्यालय से आकर पड़ोस के दो बच्चों को पढ़ाने के लिए जाया करता था। वह वहाँ गया हुआ था। उसका भाई बी.ए. में पढ़ रहा था। वह

भी आठवीं कक्षा के एक छात्र को पढ़ाया करता था। उसके चार और बहन-भाई तथा उसकी माँ उस समय घर पर थे। लड़की को बिना किसी प्रकार की सूचना दिए आती देख माँ मुख देखती रह गई। उसके भाई-बहन भी उसको विस्मय से देख रहे थे।

पार्वती ने पूछा, "सदा, क्या बात है, इस प्रकार किस कारण आई हो?"

"माँ, मैं पति का घर छोड़ आई हूँ। पिताजी कहाँ हैं?"

"वे पढ़ाने गए हैं, आते ही होंगे।"

"और विनोद?"

"वह भी पढ़ाने गया है। आजकल महँगाई इतनी बढ़ गई है कि एक आदमी की कमाई एक के लिए ही पर्याप्त नहीं होती।"

सदारानी ने अपना संदूक माँ के कमरे में रख दिया और अपने सबसे छोटे भाई जगदीश को बाजार भेजकर बच्चे के लिए दूध मँगवाया।

पार्वती विचार कर रही थी कि यह एक और बोझ सिर पर आ पड़ा है। भगवान् जाने क्या कर आई है, जो एकाएक इस प्रकार आ धमकी है। छह मास पूर्व आई थी, उस समय भी अपने पति के व्यवहार से संतुष्ट नहीं थी, परंतु वहाँ से सदा के लिए चले आने का तो उस समय कोई विचार था ही नहीं।

पार्वती रात का खाना बना रही थी। अतः अनुमान से उसने एक व्यक्ति के लिए और आटा छान लिया। एक चतुर गृहिणी की भाँति इस महँगाई के युग में वह एक दाना भी व्यर्थ गँवाना नहीं चाहती थी।

बाजार से दूध आया, तो गरम कर बच्चे को दिया गया। वह दूध पीकर सो गया। सदारानी ने अड़तालीस घंटों से भोजन नहीं किया था। अब वह उत्सुकता से रोटी बनने की प्रतीक्षा कर रही थी। इस कारण वह उठी और माँ से बोली, "माँ, हटो तो, आज मैं पका देती हूँ।"

सदारानी का पिता जब पढ़ाकर आया, उसने अपनी बेटी को रसोई में रोटी सेंकते देखा, तो अपनी पत्नी को पृथक् ले जाकर पूछने लगा, "कैसे आई है सदा?"

"मालूम होता है, पति से लड़कर आई है।"

"लड़कर आना तो विचित्र नहीं हो सकता। भय तो इस बात का है कि कहीं घर से निकाल न दी गई हो?"

"यह आप ही उससे पूछ लीजिए। मुझे तो बहुत ही बुरी बात सुननी न पड़ जाए, इससे भय लगता है।"

"क्या बुरी बात हो सकती है?"

"लड़की पर कोई झूठा-सच्चा आरोप न लग गया हो और घरवाले ने धक्के दे-देकर निकाल दिया हो।"

"अच्छा, बच्चे सो जाएँ, तो बात करेंगे। उनके सामने इस प्रकार की बातें ठीक नहीं होंगी।"

□

रात के भोजनोपरांत सदारानी ने अपनी पूर्ण बात अपने माता-पिता को सुना दी। सब छोटे बच्चे अपनी-अपनी पढ़ाई कर रहे थे। केवल विनोद उनके पास बैठा सुन रहा था। वह अब घर की समस्याओं को सुन, समझकर उनमें सहायता किया करता था। पिता ने उसको सदा की बात सुनने के लिए बुला लिया था।

"तो अब क्या करोगी?"

"वहाँ अकेली रहती तो व्यर्थ में बदनाम हो जाती, इस कारण यहाँ चली आई हूँ।"

"ये पाँच आभूषण पूर्ण जीवन भर साथ दे सकेंगे क्या? तुम जानती ही हो कि मैं तुम्हारी अधिक सहायता नहीं कर सकता। यहाँ तो सब सज्ञान प्राणी मेहनत करते हैं और जीवन चलाते हैं। सबके यत्न करने पर भी पेट पूरा नहीं भरता।"

"पिताजी, मैं यह सब जानती हूँ। यह जानती हुई भी मैं यहाँ आई हूँ। आप पर बोझ बनने के लिए नहीं। मैं भी जीवनयापन के लिए कुछ-न-कुछ करूँगी।"

विनोद कहने लगा, "पर बहिन, जीजाजी ने ठीक ही तो कहा था कि उनको तलाक दे सकती हो?"

"दे तो सकती हूँ, परंतु मैं देना नहीं चाहती।"

"क्यों?"

"विनोद, तुम समझ नहीं सकोगे। मैं अब दूसरा विवाह नहीं करूँगी। जब विवाह ही नहीं करना, तो तलाक देने से क्या लाभ होगा? एक बार तलाक हो जाने के बाद पुनः सुलह के लिए कोई स्थान ही नहीं रह जाता।"

"परंतु तुम इस प्रकार कितने दिन तक जीवन चला सकोगी?"

सदारानी इस प्रश्न पर मुख देखती रह गई। इसका उत्तर जानती तो थी, परंतु भविष्य के विषय में कुछ भी कहने और उसमें किसी प्रकार का दावा करने का उसमें साहस नहीं था। तो भी वर्तमान पर ही अपना ध्यान केंद्रित करते हुए उसने कहा, "विनोद, धन-वैभव और अकिंचनता का संबंध विवाह करने अथवा न करने के साथ नहीं है। तुम लोग भी तो जीवन-संघर्ष कर रहे हो। यहाँ तो माता-पिता में झगड़ा नहीं। दोनों परस्पर प्रेम से रहते हैं।"

"पर बहिन, हम तो आशा करते हैं कि कुछ ही वर्षों में हमारी स्थिति बदल जाएगी। दो वर्ष में मैं बी.ए. कर लूँगा और फिर मोहन और जगदीश भी तैयार हो जाएँगे। सब मिलकर रहेंगे, तो घर में संपन्नता हो जाएगी।"

"यह आशा ही तो मनुष्य के जीवन का आश्रय है। इसी के भरोसे तो मनुष्य दुर्गम-से-दुर्गम कठिनाइयाँ पार करने की क्षमता प्राप्त करता है। विनोद, यह मुझमें भी विद्यमान है। पिताजी ने कुछ पढ़ा दिया था, उसके भरोसे मैं जीवनयापन तथा आगे उन्नति करने की आशा रखती हूँ। मैं भी तुम्हारी भाँति आशा कर रही हूँ कि यह बच्चा बड़ा होगा, पढ़-लिखकर विद्वान् बनेगा और फिर घर में संपन्नता का आगमन होगा।"

"और तब तक तुम बूढ़ी हो जाओगी।"

"तो फिर क्या हुआ? यह तो सुखी हो जाएगा। उसकी सुख-सुविधा से मेरे मन को तुष्टि होगी।"

"क्या तुष्टि होगी?"

"यही कि मैंने अपने परिश्रम से अपने पुत्र को संसार में सिर ऊँचा करने के लिए अवसर उपलब्ध कराया है। विनोद! गरीबी और अमीरी की बातें विवाह से संबंधित नहीं हैं। इसका संबंध भाग्य और पुरुषार्थ से है।"

"क्यों पिताजी," विनोद ने निरुत्तर होते हुए और अपने पिता की बात को आगे ले चलने के लिए पूछा, "आप क्या समझते हैं?"

"बेटा, सदारानी ठीक कहती है। विवाह के साथ दारिद्र्य चला ही जाएगा, यह निश्चित नहीं। यह भाग्य की बात है, परंतु विवाह तो किसी अन्य बात के लिए किया जाता है। बड़े-बड़े ऋषि-महर्षि भी अपनी इंद्रियों पर नियंत्रण नहीं रख सकते, इस कारण समाज ने इस नियंत्रण में सुविधा के लिए ही विवाह-प्रथा बनाई है। मैं तो सदारानी को इस दिशा में विचार करने की बात कह रहा हूँ। क्या वह जीवन को अकेली चला सकेगी?"

यह फिर भविष्य में होनेवाली संभावना की ओर संकेत था। सदारानी ने व्यर्थ का अभिमान और शौर्य दिखाने की अपेक्षा कहा, "पिताजी! आप बड़ों का आशीर्वाद और संरक्षण प्राप्त होता रहा, तो वह दुस्तर सागर भी पार हो ही जाएगा। कौन व्यक्ति है, जो भविष्य के संभावित भय से त्रसित वर्तमान को विकृत करने का यत्न करेगा। इस प्रकार विचार करना भी मैं ठीक नहीं समझती। मुझको यत्न करने दीजिए और कहीं मार्ग से विचलित होने लगूँ तो आप सचेत कर दीजिए।"

विनोद ने पुनः वार्त्तालाप में हस्तक्षेप करते हुए कहा, "परंतु इस दुर्घटना का पूर्ण बोझ और कष्ट तो तुम केवल अपने ही कंधों पर उठाने की योजना बना रही हो। उस दुष्ट को क्या दंड मिलेगा? उसे तो तुमने स्वतंत्रता से गुलछर्रे उड़ाने के लिए मैदान खाली छोड़ दिया है?"

"भैया, मैं उनके विषय में नहीं सोच रही। मेरी अनुपस्थिति में वे आनंद में होंगे अथवा दुःख में, मैं विचार कर चिंता करने की स्थिति में नहीं हूँ। मैं उनकी सुख-सुविधा

में सहायक होने की स्थिति में भी नहीं हूँ। मैं तो अपने विषय में ही विचार और उपाय कर सकती हूँ।''

''मैं तो चाहता हूँ कि कोर्ट में तलाक की प्रार्थना कर दी जाए और यत्न किया जाए कि बच्चे के पालन-पोषण के लिए उनसे खर्चा मिल जाए।''

उसके पिता ने कहा, ''इस प्रक्रिया में कम-से-कम एक वर्ष लग जाएगा। उसमें सदारानी को अपने पति के दुश्चरित्र होने की कहानी सुनानी पड़ेगी। साथ ही केवल सुनाने से तो काम बनेगा नहीं। अपने कथन के लिए प्रमाण और साक्षी भी प्रस्तुत करने होंगे। मैं समझता हूँ कि मुकदमेबाजी में व्यर्थ का धन और शक्ति का व्यय नहीं करना चाहिए। यदि सदारानी को तलाक के बाद भी विवाह नहीं करना है, तो फिर इस सब झंझट की आवश्यकता ही क्या है?''

''परंतु पिताजी, जीजाजी को शिक्षा किस प्रकार मिलेगी?''

''शिक्षा तो उसका शिक्षक ही उसको देगा। सदारानी को मैंने उसका शिक्षक बनाकर नहीं भेजा था। विनोद, एक बात और समझ लो। तलाक देने से जो दंड मिलता है, वह पति को नहीं, वरन् पत्नी को मिलता है। इस अवस्था में तो सुरेंद्र मोहन को अपनी पत्नी को तंग करने अथवा मारने-पीटने का पुरस्कार मिलेगा। नहीं, मेरी सम्मति में तलाक के लिए आज के कार्यक्रम में झगड़ा करना लाभ की बात नहीं।''

''परंतु तलाक का कानून बनानेवालों का तो यह कहना है कि स्त्रियों के सुख-वर्द्धन के लिए इसका निर्माण किया गया है।''

''कहते होंगे, परंतु अनुभव तो इसके विपरीत ही प्रमाण प्रस्तुत कर रहा है।''

□

सुरेंद्र मोहन की मित्रता अपने ही कार्यालय में काम करनेवाली दो लड़कियों से हो गई थी। पहले तो वह एक-एक से पृथक्-पृथक् संबंध रखता था। बाद में जब उन लड़कियों को पता चल गया, तो फिर दोनों से इकट्ठा व्यवहार रखने लगा। उनको बारी-बारी से निमंत्रण देता था। जब सदारानी को उसके उनसे अनुचित संबंधों का ज्ञान हुआ, तो वह उनको घर पर लाने लगा। समय व्यतीत होता गया और सुरेंद्र मोहन अपने विकृत मार्ग पर आगे बढ़ता चला गया।

पत्नी से उसकी तनातनी रहने लगी और उसने उसको खर्चा देना बंद कर दिया। जब स्थिति असह्य हो गई, तो घर में ताला लगा सदारानी अपने पिता के घर चली गई।

उस दिन सुरेंद्र मोहन ने सरोज और मनोज दोनों को एक साथ ही रात के भोजन पर आमंत्रित किया था। वह पैसेवाला आदमी था। तीनों ही अपने-अपने उद्देश्य में लीन थे। सुरेंद्र सुख भोग में और लड़कियाँ उसका धन-शोषण में।

सायंकाल अपने कार्यालय से उठ सुरेंद्र मोहन किसी निश्चित रेस्तराँ में उनमें से

एक से मिलता था। वहाँ चाय पीकर प्राय: सिनेमा देखने के लिए चला जाता था। तदनंतर किसी अन्य रेस्तराँ में भोजन के लिए जाया करता था, फिर घर पर ले आता और रात भर घर में रख प्रात: वापस उसके घर भेज दिया करता था।

आज के कार्यक्रम में कुछ अंतर था। दोनों को एक साथ आमंत्रित किया गया था। सिनेमा से वह उनको सीधा घर पर लानेवाला था। भोजन का प्रबंध घर पर ही था, परंतु रात के साढ़े नौ बजे जब वह घर पर आया, तो मकान को ताला लगा देख वह भौंचक्का हो गया।

ताला बहुत मजबूत था, उसे तोड़ने में कठिनाई हुई। आधे घंटे से अधिक तो ताला तोड़ने में लग गया। अंदर जाकर उसने देखा कि भोजन के तो कहीं चिह्न तक नहीं थे और साथ ही उसकी पत्नी के वस्त्रों तथा आभूषणों का संदूक भी खाली पड़ा था।

अब सुरेंद्र मोहन देख रहा था कि घर में से क्या-क्या गया है तो बड़ी लड़की सरोज ने पूछ लिया, "क्या हुआ है?"

"देवीजी सबकुछ लेकर भाग गई हैं।"

"सबकुछ से क्या मतलब?"

"अपने वस्त्राभूषण और...और न जाने क्या-क्या!"

"आपके पतलून-कोट तो नहीं ले गई?"

सुरेंद्र मोहन ने मुसकराते हुए कहा, "नहीं।"

"और आपका पर्स?" मनोज ने पूछा।

"नहीं, वह भी है।"

"आपकी चैक-बुक?"

मेज का दराज खोल सुरेंद्र ने कहा, "वह भी है।"

"तो फिर चिंता की कोई बात नहीं।" सरोज ने प्रसन्नता व्यक्त करते हुए कहा।

मनोज कहने लगी, "मुझे तो भूख लगी है।"

सरोज कहने लगी, "हाँ, अब बताइए, खाना कहाँ होगा। दस बजे तो होटल बंद हो जाते हैं।"

"मैं बाजार जाता हूँ, यदि कुछ मिल गया तो ले आऊँगा।"

"यदि कुछ न मिला तो क्या होगा?"

"कुछ नहीं, ठंडा पानी पीकर सो जाएँगे।"

यह कह वह मकान के नीचे उतर गया। प्राय: सभी दुकानें बंद हो चुकी थीं। एक भटियारिन की दुकान खुली थी। वह बहुत प्रात:काल रेल की वर्कशॉप को जानेवालों के लिए चबेना भून रही थी। सुरेंद्र मोहन उसकी दुकान पर खड़ा हो गया। वह विस्मय में बाबू की ओर देखकर पूछने लगी, "क्या चाहिए बाबू?"

"चार आने का चबेना दे दो।"

भटियारिन ने आधा सेर चने-मूँग इत्यादि तौलकर दे दिए। सुरेंद्र मोहन ने उन्हें रूमाल में बाँधा और घर आ गया।

जब उसने रूमाल खोलकर लड़कियों को दिखाया, तो सरोज के मुख से निकला, "सब मजा किरकिरा हो गया। मैं तो घर जाती हूँ। माँ को कहूँगी, तो खाना मिल जाएगा।"

मनोज ने भी उठते हुए कहा, "हमको दीजिए, जो देना चाहते हैं। मैं भी जाऊँगी।"

"मैं तो मिठाई लेने के लिए गया था। किसी हलवाई की दुकान खुली ही नहीं थी। मैं क्या करता?"

"करना क्या है, आप चबेना खाइए और सो जाइए। हमसे तो इसे चबाकर रात भर गुजर नहीं हो सकती।"

मनोज ने पुनः सुरेंद्र से कहा, "मुझे तो विदा करिए, नींद आने लगी है।"

"क्या विदाई दे दूँ?"

"साधारण रूप से हमको पचास रुपए मिलनेवाले थे। इस विशेष परिस्थिति में तो हम पचहत्तर से कम नहीं लेंगी।"

"पचहत्तर?"

"हाँ, आज खाने-पीने को कुछ नहीं मिला न?"

"जितना तुमको कष्ट हुआ है, उतना तो मैं तुम्हारे मनोरंजन पर व्यय कर चुका हूँ।"

"बात यह है कि हमारे कष्ट का नाप-तौल आपके पास नहीं है। यह तो हम जानती हैं कि इस प्रकार पूर्ण शाम को आवारागर्दी के बाद सूखे चने सामने देखने पर क्या दशा होती है मन की?"

"परंतु इसमें मेरा तो कोई दोष नहीं है?"

"तो हमारा दोष है?"

"नहीं, यह भाग्य की बात है। जैसे मैं सहन कर रहा हूँ, वैसे ही तुम लोगों को भी करना चाहिए।"

मनोज यह सुन क्रोध से जल-भुन उठी। उसने कहा, "भले इनसान की भाँति हमारे रुपए हमको दे दो। नहीं तो ठीक नहीं होगा। पिछले एक घंटे में जो कष्ट हमको हुआ है, उसका कोई पारावार है भी?"

अब सुरेंद्र ने क्रोध दरशाते हुए कहा, "ऐ छोकरी! हल्ला क्यों करती है? चुपचाप नीचे उतर जाओ। तुम मेरी विवाहिता नहीं हो। झगड़ा कर तुम्हें कुछ नहीं मिलेगा। चुपचाप चली जाओ यहाँ से।"

सरोज अभी भी मिन्नत-खुशामद से जो मिले, ले लेने के लिए तैयार थी, परंतु मनोज तो क्रोध के घोड़े पर सवार थी। उसने सरोज की बाँहों-में-बाँह डाली और उसको मकान की सीढ़ियों की ओर खींचते हुए कहा, "छोड़ो, इस कमीने को। हमारी तुलना अपनी पत्नी से कर रहा है। यह गधा तो पत्नी और प्रेमिका में अंतर ही नहीं जानता।"

□

सदारानी को छोटे बच्चों की ट्यूशन पाने में दस-बारह दिन लग गए, परंतु भाग्य की बात थी, जब ट्यूशन मिली तो कई वर्ष के लिए काम मिल गया। राजा अंबिका प्रसाद की चार लड़कियाँ थीं। तीन तो स्कूल जाती थीं। एक अभी छोटी ही थी। चारों-की-चारों ही सदारानी की देख-रेख में रख दी गईं और उसको छह मास के कार्य की परीक्षा के उपरांत का काम पक्का करने की आशा दिलाई गई।

सदारानी को अपने पिता के घर आए दो वर्ष हो चुके थे। न तो इसकी सूचना अपने पति को भेजी थी और न ही उसके पति ने उसके विषय में जानने का यत्न किया था। सदारानी ने अपना पूर्ण मन अपने संरक्षण में रखे गए बच्चों पर लगा दिया था। प्रातः ही अपने बच्चे को खिला-पिलाकर वह राजा साहब की कोठी पर चली जाती। तीन बड़ी लड़कियाँ गंगा, यमुना और गोदावरी तो स्कूल की पाँचवीं, तीसरी और दूसरी श्रेणी में पढ़ती थीं। वे प्रायः सदारानी के आने से पूर्व उठ स्नानादि कर स्कूल जाने के लिए तैयार हो जाया करती थीं। वह उनको वस्त्र पहना पुस्तकें देख, विधिवत् उनके थैलों में रख और उनको ले स्कूल छोड़ने के लिए चली जाती। यह उसका काम था कि लड़कियों की अध्यापिकाओं से मिलकर उनके विषय में कोई सूचना हो तो घर पर ले आया करे।

घर पहुँचकर सबसे छोटी लड़की को, जो इस समय तीन वर्ष की थी, स्नानादि करा, वस्त्र पहना, उसको अल्पाहार कराती। रानी नीलमणि तो प्रायः रुग्ण ही रहा करती थी। वह बच्चों की देखभाल नहीं कर सकती थी। इसलिए बच्चों का सब काम सदारानी को ही करना पड़ता था।

इस काल में सदारानी के व्यवहार और बच्चों की प्रसन्नता से नीलमणि संतुष्ट हो गई थी। अब तक नीलमणि को सदारानी के इतिहास का भी ज्ञान हो गया और वह उसको अपना बच्चा भी वहीं ले आने के लिए कहा करती थी।

इस समय तक यह उसका स्वभाव बन गया था और सदारानी अपने पति के विरुद्ध अपनी भावना को विस्मरण कर चुकी थी। न तो उसको अपने उस काल की बात स्मरण कर उस पर विचार करने का अवकाश था और न ही वह उस व्यर्थ के जीवन पर विचार करने की आवश्यकता समझती थी।

परंतु जीवन एक सार नहीं चल सका। एक दिन उसने राजा साहब के घर जाते हुए

अनुभव किया कि कोई व्यक्ति साइकिल-रिक्शा पर उसके पीछे-पीछे आ रहा है। वह स्वयं भी रिक्शा पर ही थी। उसे संदेह हुआ, तो उसने घूमकर पीछे देखा। पीछे वाली रिक्शा में सुरेंद्र मोहन बैठा हुआ था।

सदारानी में यह भाव बना कि उसने उसे देखा ही नहीं, वह आगे चलती गई। इस पर भी मन-ही-मन वह भय अनुभव करने लगी थी। वह उसके इस प्रकार पीछा करने का अर्थ नहीं समझ पा रही थी। नहीं जानती थी कि वह क्या करने आया है और क्या कर सकता है।

इसी उधेड़-बुन में वह राजा साहब की कोठी पर पहुँच गई। उसका रिक्शा कोठी के अंदर गया तो उसने पुनः घूमकर देखा। सुरेंद्र मोहन का रिक्शा चौकीदार ने द्वार पर रोक लिया था। इससे उसको कुछ सांत्वना हुई। अपने रिक्शेवाले को पैसे दे सदारानी भीतर चली गई।

भीतर जाकर उसने नीलमणि को द्वार पर रोके गए रिक्शा के बारे में बता दिया। वह कहने लगी कि उसका पति उसका पीछा करता हुआ यहाँ तक आया है, भगवान् जाने उसके मन में क्या है?

रानी ने कहा, ''तुम अपना काम करो। मैं पता करती हूँ।'' उसने घंटी बजा चपरासी को बुलाया और उसको द्वार पर भेज वहाँ पर रुकी रिक्शा में बैठे व्यक्ति को बुलाकर बैठक-घर में बैठाने के लिए कह दिया।

द्वार पर चौकीदार ने रिक्शा रोक सुरेंद्र मोहन से पूछ लिया था, ''किस काम से आए हो?''

''यह किसकी कोठी है?'' उसने चौकीदार से प्रश्न किया।

''राजा साहब की।''

''अरे भाई, कौन राजा साहब?''

''राजा साहब छतरपुर।''

''मैं उस औरत से मिलना चाहता हूँ, जो अभी उस रिक्शा में आई है।''

''ओह, मास्टरायनजी से?''

''मास्टरायन, हाँ, उससे ही।''

''आप अपना नाम-धाम और काम लिख दें, यदि उनको मिलना स्वीकार होगा, तो भीतर ले जाऊँगा।''

सुरेंद्र मोहन मुख देखता रह गया। चौकीदार उसका मार्ग रोके खड़ा था। उसने जेब टटोलकर एक कागज का टुकड़ा निकाला और अपना फाउंटेन-पेन खोल रिक्शा की सीट के सहारे लिखने लगा था कि चपरासी ने आकर चौकीदार से कहा, ''इनको आने दो, रानी साहिबा बुला रही हैं।''

चौकीदार एक ओर को हट गया और चपरासी ने सुरेंद्र मोहन से कहा, ''चलिए, आपको रानी साहिबा बुला रही हैं।''

सुरेंद्र मोहन का मुख लाल हो गया। उसने अपने होंठों में कहा, ''रानी साहिबा। सदारानी, रानी साहिबा! क्या गड़बड़ है।'' फिर कुछ विचार कर चपरासी के साथ चल दिया। रिक्शा वहीं द्वार पर खड़ी रही।

उसको ले जाकर कोठी के बैठकघर में बैठा दिया गया। एक गद्देदार कुरसी पर बैठते हुए वह विचार कर रहा था कि सदारानी जैसी कुरूप स्त्री को कोई राजा अपनी रानी बना सकता है क्या? तभी उसको स्मरण हो आया कि वह रिक्शा पर सवार होकर आ रही थी, यदि राजा साहब की प्रिया होती, तो मोटर में आती-जाती।

सुरेंद्र मोहन वहाँ प्रतीक्षा कर रहा था कि बाहर एक मोटर के भर्र-भर्र का शब्द हुआ। उसने विचार किया कि कौन आया है। उसने बैठकघर से झाँककर देखा। बाहर कोठी की ड्योढ़ी में खाली मोटर खड़ी थी। उसी समय सदारानी तीन पुस्तकों के थैले उठाए हुए आई। लड़कियाँ भी साथ में थीं। सब मोटर में बैठीं और चल दीं।

इस दृश्य से तो सुरेंद्र मोहन समझ गया कि उसको भीतर बुलानेवाली सदारानी नहीं अपितु राजा साहब की रानी हो सकती है। इससे उसका क्रोध शांत हुआ और वह उत्सुकता से रानी साहिबा के आने की प्रतीक्षा करने लगा।

परंतु उससे मिलने के लिए राजा साहब स्वयं आए। सूरत-शक्ल से ही सुरेंद्र मोहन समझ गया कि आनेवाला व्यक्ति इस मकान का स्वामी है। साथ ही बैठक के बाहर बैठे चपरासी ने उठकर और झुककर उसको सलाम किया था।

राजा साहब बैठक में आए तो अनायास ही सुरेंद्र मोहन अपने स्थान से उठा और हाथ जोड़कर नमस्कार करने लगा। नमस्कार करते हुए वह स्वयं ही अपने व्यवहार पर विस्मय कर रहा था। अपने कार्यालय में तो वह अपने अधीनस्थों को सिर हिलाकर अभिवादन करता था और उच्चाधिकारियों का हाथ मिलाकर स्वागत किया करता था।

सुरेंद्र मोहन ने हाथ जोड़े तो राजा साहब ने मुसकराते हुए कहा, ''बैठिए।''

वह बैठ गया।

राजा साहब बैठे और जेब से सिगरेटकेस निकालकर सुरेंद्र मोहन की ओर बढ़ाया। सुरेंद्र मोहन ने केस में से सिगरेट निकाली तो राजा साहब ने लाइटर जलाकर आगे कर दिया। उसने सिगरेट सुलगाई और एक लंबा कश लेकर स्वस्थचित्त हो बैठ गया।

''तो आप श्रीमान सुरेंद्र मोहन हैं?''

''जी।''

''सदारानी के पति?''

''जी।''

''वह मेरे बच्चों की गवर्नेस है। आप किसलिए आए हैं?''

''वह मेरी स्वीकृति के बिना नौकरी करने के लिए आ गई है।''

''हम उसके जीवन-वृत्तांत को जानते हैं। आप यह बताइए कि वह बालिग है या नाबालिग।''

''उसकी आयु इस समय बाईस-तेईस वर्ष की होगी।''

''इस पर भी आप समझते हैं कि अपने जीविकोपार्जन के लिए उसको आपसे पूछना चाहिए?''

''वह मेरी पत्नी है।''

''पत्नी का अर्थ क्रीतदासी नहीं होता।''

''मैं उसे अपने घर ले जाने के लिए आया हूँ।''

''वह अभी आती है, उससे कहना और यदि वह जाना चाहेगी, तो एक मास का नोटिस देकर जा सकती है। आप यहाँ बैठिए। वह आधे घंटे में लौट आएगी।''

राजा साहब ने घंटी का बटन दबाया, चपरासी भीतर आया तो राजा साहब ने कहा, ''बाबू साहब के लिए चाय ले आओ।''

चपरासी के जाने पर उन्होंने सुरेंद्र मोहन से एक बार फिर कहा, ''सदारानी के आने पर उससे बात करने के बाद आप मुझको बुला लीजिएगा। उसके जाने की शर्त मैंने बता दी है।''

सुरेंद्र मोहन अभी इस विषय में विचार ही कर रहा था कि क्या कहे, इतने में राजा साहब उठे और जिस दिशा से आए थे, उसी ओर चले गए।

□

सदारानी आई तो रानी साहिबा से मिल, बैठकघर में चली गई। उससे कहने लगी, ''बोलिए, किस कार्य से आए हैं?''

''तुमको घर वापस ले चलने के लिए।''

''न तो मैं आपकी इच्छा से आई थी और न ही आपकी इच्छा से जाऊँगी।''

''तो किस प्रकार चलोगी?''

''जब मेरा मन करेगा।''

''तुम्हारा मन कब करेगा?''

''जब वहाँ सुख-सुविधा मिलने की आशा प्रतीत होगी।''

''वह कैसे प्रतीत होगी?''

''जब मेरे पास इतनी सामर्थ्य होगी कि मैं आपका भरण-पालन कर सकूँ।''

''वह तो कभी नहीं होगी।''

''तो मैं कभी भी नहीं आऊँगी।''

''तुम मेरी पत्नी हो।''

''वे सरोज, मनोज कहाँ गईं?''

''सरोज का तो विवाह हो गया है, मनोज मुझसे विवाह करने के लिए कह रही है, किंतु मैं कर नहीं सकता।''

''क्यों नहीं कर सकते?''

''एक पुरुष दो स्त्रियाँ नहीं रख सकता।''

''एक पत्नी और एक रखैल तो रख सकता है?''

''हाँ, यह कानून से वर्जित नहीं है।''

''तो आप ऐसे मूर्खतापूर्ण कानून को मत मानिए।''

''परंतु कानून ने नई पत्नी रखने के लिए पुरानी को तलाक का नियम भी तो बनाया है।''

''तो आप एक को तलाक दे दीजिए।''

''मैं तलाक देने के लिए जाऊँगा तो तुम्हारी निंदा करनी पड़ेगी।''

''तो फिर क्या करेंगे?''

''या तो तुम मेरे साथ मेरे घर चलकर रहो अथवा मुझे तलाक दे दो।''

''अभी तो इनमें से एक भी बात नहीं कर सकती। आपके घर जाकर मुझे सुख तो क्या भोजन मिलने की भी आशा नहीं। तलाक देने में मुझे कोई लाभ प्रतीत नहीं होता। सबसे बड़ी बात यह है कि मैं किस बिना पर तलाक दूँ।''

''गुजारे के बिना पर।''

''उसकी मुझे अब आवश्यकता नहीं है।''

''क्या मिल जाता है यहाँ से?''

''दो समय चाय और अल्पाहार। मध्याह्न का भोजन और एक सौ रुपया प्रतिमास।''

''कुटकू क्या करता है?''

''माँ के पास खेलता रहता है।''

''मैं कोर्ट में प्रार्थना करूँगा कि कंजुगल राइट्स मुझको मिलने चाहिए।''

''मैं स्वीकार नहीं करूँगी।''

''तब विवाह-विच्छेद हो जाएगा।''

''तो कर लीजिए।''

''पर क्या हुआ है, पहले तो तुम इसी बात के लिए सरोज इत्यादि से ईर्ष्या करती थीं।''

''हाँ, पर अब उन बातों से अरुचि हो गई है।''

''क्यों, बूढ़ी हो गई हो।''

''ऐसी कोई बात नहीं। केवल रुचि का केंद्र बदल गया है। कभी किसी की रुचि गाने सुनने से हटकर सुंदर दृश्य देखने की हो जाती है अथवा किसी की स्वादिष्ट भोजन करने से रुचि बदलकर वैराग्य की होने लगती है।''

''यह सब वाग्जाल है, बोलो, मेरे साथ चलोगी कि नहीं?''

''नहीं।''

''तो बल प्रयोग करना पड़ेगा?''

''कर सकते हैं, पर इतना स्मरण रखना कि यह राजनियम के विपरीत होगा और दंडनीय भी।''

इस समय राजा साहब वहाँ आ गए। उनके साथ एक लट्ठबंद सेवक भी था। उसे और राजा साहब के माथे पर चढ़ी त्योरियों को देखकर सुरेंद्र मोहन डर गया। वह उठा और नमस्कार कर बैठक से बाहर निकल गया। राजा साहब उसके पीछे-पीछे बाहर आए और सुरेंद्र मोहन को बुलाकर कोठी के लॉन में ले गए।

''क्या यहीं फौजदारी करने लगे थे न?''

''जी नहीं, मेरा मतलब यह नहीं था, मैं तो केवल धमका रहा था।''

''अच्छा, जाओ इतना ध्यान रखना कि अब इस औरत की रक्षा का प्रबंध मैं करूँगा।''

□

समय व्यतीत होता गया और दो वर्ष और निकल गए। सुरेंद्र मोहन ने अपना काम लखनऊ में बदल लिया। वहाँ उसने मनोज को अविवाहिता पत्नी के रूप में रखा हुआ था। वह एक दिन उसे छोड़कर भाग गई। अब सुरेंद्र मोहन पुनः पत्नी की खोज करने लगा। यह बात कठिन नहीं थी। बिना विवाह के तो पैसे के बल पर नई पत्नी मिल सकती थी, परंतु वह अब स्थिर जीवन में विश्वास करने लगा था। उसकी आयु तीस वर्ष की होने जा रही थी, परंतु अत्यधिक भोग-विलास और मद्य-सेवन से उसका यौवन ढल रहा था। विवाह का विचार आया, तो वह फिर सदारानी की खोज में चल पड़ा। इस बार वह उसको उसके पिता के घर पर ही मिला।

रात के समय वह अपने श्वसुर के घर जा पहुँचा। उसने अपने साले से कहा, ''क्यों विनोद! बहिन घर पर है?''

''है।''

''भाई, उसको बुला दो।''

''वह नीचे नहीं आएगी, आप ऊपर आ सकते हैं।''

सुरेंद्र मोहन यही चाहता था। वह ऊपर चला गया। सदारानी अपने बच्चे को खाना खिला रही थी। सुरेंद्र मोहन को द्वार पर खड़ा देख वह विस्मय करने लगी।

"पहचाना है?" सुरेंद्र मोहन ने पूछा।

"कुछ-कुछ, थोड़ा अंतर आ गया है।"

"हाँ, लखनऊ की जलवायु अनुकूल नहीं आ रही है।"

"तो वापस शाहजहाँपुर चले जाइए। अपना काम करते हैं, किसी की नौकरी तो है नहीं।"

"तुम भी चलोगी?"

"मुझे लखनऊ का जलवायु अनुकूल बैठ रहा है।"

"तो मेरी खातिर ही चली चलो।"

"मनोज भाग गई है, इसलिए?"

"तुम्हें कैसे मालूम?"

"बैठ जाइए। इसे पहचानते हैं?" उसने बच्चे की ओर संकेत किया।

"इसका कुछ नाम भी रखा है कि नहीं?"

"हाँ, रखा है, कल्याणस्वरूप।"

"नाम तो चुनकर रखा है।"

"हाँ, वैसे तो इसके बाप को भी चुनकर ही पसंद किया था, परंतु..."

"परंतु क्या?"

"मनोज आई थी और बता गई कि आप..."

"क्या बात है? बात आधी ही क्यों छोड़ देती हो?"

"उसने विवाह कर लिया है।"

"और अपना लड़का कहाँ रख गई है?"

"वह उसके साथ ही है। उसने अपने पति को समझा दिया है कि उसको त्यक्ता पत्नी मानकर उसके साथ विवाह करे और उसके पुत्र को उसके पहले पति का पुत्र माने।"

"बिना विवाह के ही त्यक्ता बन गई है?"

"हाँ, कहती थी कि बिना विवाह के विवाहिता थी और अब बिना तलाक के त्यक्ता बन गई है।"

"देखिए, जिस समाज में यह सबकुछ हो सकता है, उसमें मैंने तलाक की आवश्यकता नहीं समझी। विवाह देश के कानून का क्षेत्र हो गया है। इससे इसका मूल्य एक ठेकेदारी के वचन-पत्र के बराबर रह गया है, कभी वचन-पत्र के विपरीत कार्य हुआ, तो उसका प्रतिकार रुपयों में आँका जाता है। जहाँ संतान के माता-पिता का इतना मात्र मूल्य हो, वहाँ उस संबंध के लिए विवाह जैसे आडंबर के करने की आवश्यकता ही क्या है और फिर उसको तोड़ने के लिए मजिस्ट्रेट के सम्मुख एक वर्ष तक नाक

रगड़ने की मुझे आवश्यकता अनुभव नहीं हुई।''

''मुझे अब अनुभव हो रहा है कि तुम ठीक कहती थीं।''

''आपकी प्रकृति देख विश्वास नहीं हो रहा।''

''तो एक बार फिर परीक्षा कर सकती हो।''

''और एक कुटकू और बना लूँ?''

''हो सकता है।''

''एक शर्त है।''

''क्या?''

''कुछ रुपया मुझे पृथक् दे दीजिए। मैं उसके ब्याज से अपना निर्वाह करूँगी। आप पर आर्थिक रूपेण निर्भर नहीं रहना चाहती। जब आप खाना नहीं देंगे, तो पेट में घुटने देकर सोने की आवश्यकता नहीं रहेगी।''

''कितना धन देना होगा?''

''इतना कि जिसकी आय से दो सौ रुपया मासिक मिलता रहे।''

''तुम मेरे घर में आकर भी तो अपनी नौकरी कर सकती हो?''

''मैं करूँगी नहीं और कदाचित् कर भी नहीं सकूँगी।''

''सदारानी, सरोज, मनोज...मैं इस सूची को लंबी बनाना नहीं चाहता। इसलिए इसे पुनः सदारानी पर ही समाप्त करना चाहता हूँ।''

''विचार कर लीजिए। जब विवाह-धर्म का संबंध था, तब धर्म-पालन के लिए श्रद्धा पर विश्वास कर लिया जाता था। अधिकांश हिंदू स्त्रियों में तो इसमें धर्म की सी निष्ठा अब भी है, परंतु पुरुषों में लोप हो रही है। आप में तो इसको इस प्रकार समझने का कोई चिह्न भी नहीं दिखाई देता। इसीलिए आपसे गारंटी माँग रही हूँ।''

सुरेंद्र मोहन विचार करता हुआ चला गया।

इसके एक मास बाद सदारानी को एक पत्र मिला और उसके साथ ही उसको हजरतगंज की एक इमारत के कागजात मिले, जिसकी आय ढाई सौ रुपया मासिक थी।

इसके एक मास बाद सदारानी सुरेंद्र मोहन की कोठी में चली गई। कल्याण उसके साथ था।

एक दिन सुरेंद्र ने उससे पूछा, ''सदा, अब प्रसन्न हो?''

''प्रसन्न नहीं, पत्नी के पद से गिरकर ठेकेदार की पदवी पर पहुँच गई हूँ। यह पतन है, इसमें प्रसन्नता कैसी?''

''हाँ, इस पतन से अंग-भंग नहीं हुए, इसका संतोष तो है ही।''

□□□